A Cosmology of

MONSTERS

怪物的宇宙學

Shaun Hamill
夏恩・漢米爾 著

李函 譯

本書獻給我的母親，派崔絲・漢米爾（Patrice Hamill），我的導師蘿拉・柯普奇克（Laura Kopchick），和我的妻子蕾貝卡・H・漢米爾（Rebekah H. Hamill）。

他是演出我們心理的人。他不知怎地步入我們體內的陰影。他能夠抓住我們某些秘密恐懼，並將之詮釋在螢幕上。朗・錢尼(Lon Chaney)的歷史是段單相思的愛情史。他將那部分的你拉入空曠處，因爲你害怕沒人愛自己，你害怕永遠不會有人愛你，你害怕自己身上有某種醜惡部分，使世人轉身背棄你。

——雷・布萊伯利(Ray Bradbury)

入睡後，他做了個前所未見的夢，夢見以巨型岩石與高聳入雲的石碑組成的龐大城市，上頭沾滿了綠色黏液，也散發出令人恐懼的邪惡氣息。牆面與石柱上佈滿了象形文字，而從無法估算實際深度的地底，也傳來一陣不似人聲的嗓音；只有透過想像力，才能將那股混亂的感受形容爲聲音，但他努力用最難以發音的字母詮釋了那聲響：「Cthulhufhtagn。」

——H・P・洛夫克拉夫特（H. P. Lovecraft），《克蘇魯的呼喚》（*The Callof Cthulhu*）

目錄
contents

第一部

房中畫

The Picture in the House

一

七歲時，我開始收集我姐姐尤妮絲（Eunice）的自殺遺書。我依然把它們收在最底層的書桌抽屜裡，用黑色活頁夾裝起來。它們是我唯一受允許能帶來的物品之一，過去幾個月，我也經常閱讀它們，尋找慰藉和智慧，或甚至只是顯示我爲我們所有人做出正確選擇的暗示。

最後尤妮絲發現我收集了她的信件，於是她開始在信中與我談話。在我最喜歡的一封信中，她寫道：「諾亞（Noah），根本沒有快樂結局，只有好的停止點。」

我的家庭對結束特別不拿手。我們從來無法優雅處理結束，但也不擅長開始。舉例來說，一直到最近，我才得知這段故事的前四分之一，在童年和青春期時，大多時間也在我們家族過往的密封墳墓周圍流連忘返，就像傑瓦斯・達德利[1]一樣。無論你是誰，我都希望避免你遭遇那種心痛。爲此，我得從籠罩我家庭陰影的最外層邊緣開始說起，事情發生於一九六八年秋天，由我高大而皮膚白皙、長了一頭紅

1｜譯注：Jervas Dudley，洛夫克拉夫特短篇故事《墳墓》（*The Tomb*）的主角。該故事描寫沉迷於某座陵墓的傑瓦斯所遭遇的陰森經歷。

髮的母親瑪格麗特・拜恩（Margaret Byrne）展開。

二

和我一樣，我母親出生在她父母的婚姻晚期，不過與我不同的是，她擁有生活優渥的父母帶來的好處。她父親克里斯多福・拜恩是迪拉德百貨公司的女裝採購員，也與威廉・T・迪拉德[2]有私交。

瑪格麗特不太認識她父親。她把他視爲某個身上有煙味的英俊陌生人，也總會從前往紐約的旅程中帶禮物回家（大多是他出門時看過的百老匯音樂劇的原聲帶），但她從不想要任何東西。她在田納西州曼菲斯郊區中的一座大房子內長大，總是擁有豐裕的零用錢、良好的衣物與車子，當時機到來時，便前往她父母的母校就讀：提爾頓大學，那是位於阿肯色州瑟西的小型保守派基督教學校。

「妳永遠不必擔心錢。」瑪格麗特的母親告訴她，而一九六五年時似乎沒錯。我

2｜譯注：William T.Dillard，迪拉德百貨公司的創辦人。

外祖父在迪拉德百貨公司相當成功，因此在一九六六年，當我母親錄取成爲大一新生時，他就離開公司，自行開設店舖。不過一九六七年冬天，店鋪剛開幕時生意稍嫌慘淡，而在一九六八年夏天，當瑪格麗特回家過暑假時，她母親揭露了消息：店鋪狀況正在走下坡。拜恩夫婦會支付瑪格麗特另一年的學費，但得拿走她的車、每個月的零用錢和宿舍。

當瑪格麗特提醒她父母說，她至少還需要兩年才能念完英文系的學士學位，更別提她的圖書資訊學碩士學位時，她母親說：「我建議在妳擔心學士學位前，先趕快找人嫁了。」

只稍感氣餒的瑪格麗特在艱困情況下盡自己最大的努力。她在那年秋天回到瑟西時，就在鎮上唯一的書店巴托比書店（Bartleby's）找了份工作，並向店主麗塔・強森租了個房間，這位寡婦唯一的信仰就是文字，她的政治觀更偏向貝蒂・傅瑞丹（Betty Friedan），而非理查・尼克森（Richard Nixon）[3]。強森太太住在校園附近溫暖的兩層樓建築，只收取微薄的租金，也幾乎沒有設下任何規範。她不在乎瑪格麗特多晚回家，只要對方不帶男孩上房子二樓就好，瑪格麗特也能盡情使用電視

3 譯注：傅瑞丹是近代女權運動中的重要作家，尼克森則因水門事件而辭去美國總統一職。

和唱盤，只要她把音量調低就行。

這一切全新的自由是種突如其來、又幾乎令人訝異的改變，和舊宿舍的嚴格規定完全不同。瑪格麗特從來就不想去提爾頓，那裡有強制簽署的道德承諾，校方也強迫學生參與星期日的早晨敬拜儀式。她就讀該校的原因，是由於那是她父親唯一願意付錢的學校。她忍氣吞聲地度過所有宗教儀式，就是希望能得到大學學位、事業和屬於她的生活。直到現在，和強森太太同住後，她才首度明白生活可能的樣貌。

瑪格麗特喜歡她的新房間和新自由，而最棒的是，她熱愛巴托比書店的黯淡燈光和狹窄走道。她喜歡進貨新書，擺設主題展示物，和幫助她的顧客，他們都同樣是渴求故事的人。她工作生活中唯一的芒刺，是個名叫哈利（Harry）的年輕人。他可能一週會來兩次，並問她問題，但她覺得對方早就知道答案了：「誰寫了《遠大前程》（*Great Expectations*）？你們的傳記在哪？」他總會向提供資訊的瑪格麗特致謝，但無論他自稱對什麼有興趣，最後他總會一屁股坐在科幻小說區的地板上，他老是在那看書，也從來不買東西。

他看起來很年輕，約莫和瑪格麗特同年，她認為對方一定也在提爾頓就讀。她想知道，他怎麼有時間看這麼多書，同時還去上學。而且，如果他去提爾頓念書的話，可能有錢買書，為什麼要在這裡消磨時間？這使她感到煩躁，但只要她問他的話，他就把沒買的商品放回架上，道歉後便離開。

有好一陣子，她在店裡一週工作三十二小時，去上課，並在休息時間念書，但這種行程比她料想得更困難。工作（即使是在巴托比書店的寧靜氣氛下相對輕鬆的工作）使她精疲力竭。輪過一班後，她便感到腳痛，腦袋也宛如擠得太乾的海綿。她只想躺在強森太太的長沙發上看電視。在她強迫自己念書的夜裡，她反而覺得過程重複又費力。她很難專心，也得一再閱讀段落（或單句），以便緩緩汲取粗略意義。她總是覺得疲憊，也睡過頭和錯過課程，加上遲交作業，或乾脆不交。九月底時，她的成績便一落千丈。

由她母親虛無飄渺的嘲諷嗓音編織而成的安全網，則化身為她西方文明課上某個名叫皮爾斯・隆巴德（Pierce Lombard）的男生。他高大纖瘦，留了風格落伍十年的平頭，眼皮厚重的雙眼下懸著黑眼圈。他看起來老是睡眼惺忪，也彷彿比他的實際年齡（二十歲）老上十歲，但他一週至少會找瑪格麗特約一次會，還出身自富有的養雞大亨家族，如果你在二十世紀中期的美國南方到雜貨店購物，就有可能至少買過一隻隆巴頓家的雞。皮爾斯有時會試圖解釋他家的生意給瑪格麗特聽，但每次他一講，她的注意力就飄到別處。

他們不太常去看電影，因爲大多數電影皮爾斯都不喜歡（即使以提爾頓大學的標準來看，他也相當保守），但當他們確實看了電影時，他便專心端坐，從不露出笑容，也不發出笑聲。有時，與其注視電影，黑暗中的瑪格麗特反而會望向他。他現在看起來就像三十歲了，過了十年或二十年後，當養雞企業的壓力開始落在他身上時，他看起來會變成哪種模樣呢？

他彬彬有禮，總是爲她開門，也會說「請」和「謝謝妳」。當他們開他的賓士去某處親熱時，他的吻似乎都經過數學計算，遊走在情慾與禮儀之間；他的手擺在她的腰際、腹部或臉孔上。身爲「好女孩」、也依然是處女的瑪格麗特，想像眞正的性愛應該是耳鬢廝磨的活動，刺激又充滿危險，會發生在鐵軌或林地上；兩具肉體相互交纏，奮力進行純粹的靈魂交流。她想知道也身爲「好男孩」的皮爾斯，是否在顯露出那種熱情前，想先等待她表現出精神上的連結。於是在十月初某個夜裡，她把手伸到他大腿上，捏了他的鼠蹊部一把。他嚇了一跳並把她推開，再縮到駕駛座的遠處角落裡。

「妳爲什麼要那樣做?」他說。

「因爲我想要。」她說。

「那不是重點。」他說。「我們不該這樣做。」

他隨後便送她回家，也沒有和她吻別。

她總認爲宗教只存在於斯文場合，而不會出現在私底下，肯定沒人相信自己在星期天做禮拜時做出的允諾。皮爾斯是個男孩，他不是應該爭取更多甜頭，嘗試看看自己能吃多少豆腐嗎?有人認爲耶穌基督在乎他們怎麼使用自己的私處嗎?當她對皮爾斯的陰莖有興趣時，他就該大喜若狂了吧，不是嗎?

瑪格麗特摸了他後，皮爾斯就不再來訪，在班上和禮拜儀式時也坐得離她遠遠的。她新出現的空檔時間，並沒有對她的成績幫上忙:她連續搞砸了三場考試。當她的代數教授把她的期中考考卷遞給她時，上頭標了大大的F，教授則低語道:「振作點，拜恩小姐。」

她對一切不公越發感到一股漫無目標的怒氣。她父親是個糟糕生意人這件事，爲何是她的錯？她爲何得說服某個睡眼惺忪的蠢蛋來享受她的身體？到底有誰能在這些狀況下成功？

收到代數考卷那天，她怒氣沖沖地去巴托比書店值班。強森太太觀察到她的情緒起伏，便讓她獨自爲科幻小說區補貨。這原本是好事，但背對書架的哈利堵住了走道，他的腿上擺了本打開的精裝書，頭頂上還掛了一塊寫了「請勿閱覽書籍」的告示單。

她盤起雙臂瞪著他。陽光從她身後的窗口探入，她的影子則往前延伸到走道上，遮蔽了他的光線。

「嗨，瑪格麗特。」他說。他對她露出微笑。「我一直想問——妳們有菲利普・羅斯（Philip Roth）寫的書嗎？」她沒有回以笑容，他則說：「怎麼了？」

「你不識字嗎？」她說。「你看得懂你翻的書頁上的字嗎？還是你只是坐在這裡裝聰明？」

「我識字。」他說。

「那你爲什麼不……」她把「請勿閱覽書籍」的牌子從他頭頂扯下，想把告示單丟向他。單薄的紙張如落葉般在他們之間緩緩飄落，無精打采地落到地上。哈利看著紙張落地，接著抬頭看她。

「我爲什麼不怎樣?」他說。

「你爲什麼不——你——**你要看書，就買下來!**」她抓住他的肩膀。「起來。」

或許因她的怒氣所驚，哈利便乖乖聽話，讓瑪格麗特把他推向櫃台邊的強森太太，雙手還捧著打開的書本。

「哈利準備要結帳了。」瑪格麗特說。她把他推向收銀台。

他哀怨地看了她一眼，但依然把書擺上櫃台。這是本龐大光滑的精裝書，是你可能會在朋友的茶几上看到的東西。

強森太太拿起書，檢查了封套上的價格標籤。「你確定嗎，哈利?」

他咕噥著說對。強森太太把金額輸入收銀機。當她唸出價格時，他的臉色立刻一沉，但依然掏出裂開的褪色皮夾並付錢。強森太太幫他把書放到袋子裡。他低聲道謝，隨即離開。

她望著他離開後，才對瑪格麗特開口。「怎麼回事?」

「沒什麼。」瑪格麗特說。

「眞的沒什麼，還是妳沒什麼想說？」

「妳選吧，強森太太。」

「講話小心點，小姐。」

瑪格麗特回去幫書架補貨。隨著她繼續工作，怒氣也逐漸淡去，直到火氣完全消散，她對自己發脾氣時的猛勁和力道感到困惑。她不斷回想起某些細節，那是她從未在哈利身上觀察到的東西：他尖領襯衫上的破舊袖管，和因爲洗太多次而變得粗糙的布料；牛仔褲上褪色的膝蓋部分；她還嗅到某種判斷不出來由的些許油膩味，靠近他時，便無法脫離這股怪味。

等到她當晚下班時，感到一股沉悶的羞愧，而當她在停車場碰上哈利時，羞愧感就變得更加強烈。他翹腿坐在一輛老舊不堪的雪佛蘭汽車引擎蓋上，雙手則擺在腿上。她幾乎沒在校園中看過那麼舊的車，或許他是拿獎學金的學生？或是和她一樣嘗試半工半讀？面紅耳赤的她強迫自己走近對方。

「那本書很貴。」他說。

「你可以退貨。如果你有收據的話，就能把錢拿回去。」

他拉下臉。「我不能對強森太太那樣做。她總是對我很好。」

「我可以把錢還你嗎？」她說。她往皮包中摸索皮夾。

他往兩側搖頭，彷彿正與自己辯論。「我本來今晚要去看電影。我猜如果妳想還人情的話，妳可以去買電影票。」

「你要我和你去看電影？」

「我開車。」他說。「你付票錢。」

「你想看什麼？」

「《失嬰記》(*Rosemary's Baby*) 剛在小岩城上映。」他說。

瑪格麗特聽過那部片。牧師上週才在禮拜堂中用浮誇的字眼譴責它：**褻瀆**，**粗俗**，**醜陋**。只要有學生被抓到看這部片（或是讀艾拉・萊文〔Ira Levin〕的原著），就會遭到開除。但藍登博士的警告（或是貼滿校園的便條）完全沒描述電影的細節。是什麼讓它變得粗俗？它爲何有褻瀆性？

如果瑪格麗特還住在宿舍，她就完全不會考量這個點子，但強森太太不會出賣她，巴托比書店的店主認爲每個人都能閱讀所有故事，無論固有道德爲何。她會因瑪格麗特下定自己的決心，而感到驕傲。

不過，小岩城離瑟西有五十英哩的車程，瑪格麗特還有沒寫完的化學課作業，她把這件事告訴哈利。

「我會盡快開到那裡再回來。」他說。

她往下看自己當天早上穿去上課的平凡毛衣和裙子。這不全然是頂級的首次約會打扮，但這是彌補，不是浪漫場合，這套衣著能恰如其分地爲他設下期待。

「那我們走吧。」她說。

三

那是部由那個演過《冷暖人間》(*Peyton Place*)的女孩主演的恐怖片，敍述搬進新公寓的一對年輕夫婦，最後遭到隔壁充滿關愛之情的年老撒旦崇拜者們拐騙。瑪格麗特買了票，哈利則付錢買爆米花和汽水。電影播放時，他們的手指在爆米花桶中相觸了幾次，但哈利沒有試圖牽她的手或用手臂環住她的腰。他入迷地盯著螢幕。

這部電影沒有突如其來的驚嚇感，反而在更深層原始的層次使人感到不安。瑪格麗特發現自己能與片名中的角色蘿絲瑪麗產生共鳴，丈夫與鄰居霸凌與孤立她，魔鬼還強暴了她，最後她束手無策，只能爲產自邪惡交合中的孩子擔任母親。當蘿絲瑪麗搖著黑搖籃中的嬰兒，工作人員名單也開始出現在螢幕上時，瑪格麗特震驚地往後靠在座椅上。電影能這樣結束嗎？魔鬼得勝，女英雄卻落敗了？

電影的魔力一直持續下去，直到哈利在停車場中打破沉默。「如果我們加速的話，我十點半前就能載妳到家。」

瑪格麗特讓他幫自己開車門，並觀察他的臉。他的長鼻子懸在小嘴和尖下巴上，棕色雙眼頂端則長有濃密的黑眉毛。她不會在派對中的房間彼端注意到他，但他的臉孔友善和藹。她感到電影帶來的朦朧感逐漸消散。

「你餓了嗎？」她說。「我好餓。」

「我可以吃點東西。」他說。

他帶她去幾個街區外的麥當勞，那裡可能是鎮上唯一還開著的餐廳。當他們踏出車外時，瑪格麗特便從他們之間的座位拾起巴托比書店的袋子。

「我想看看讓我今晚耗掉這麼多念書時間的東西。」她說。

「妳可能會想等吃完東西再看。」哈利說。「它很噁心。」

他點菜時，要她先去找位子。她找了窗邊的座位，一面從袋子中取出書本，把它平擺在桌上：《克蘇魯視界：受H・P・洛夫克拉夫特作品啟發的繪圖》(*Visions of Cthulhu: Illustrations Insp iredby the Work of H. P. Lovecraft*)。封面上有幅醜惡巨獸的畫像，牠的形體略像人類，綠色的手臂和雙腿粗壯結實，手腳末端都長了利爪，而非手指與腳趾。牠惡夢般的頭顱宛如烏賊，圓胖的頭上長滿許多眼睛，下巴則有一大團觸鬚，懸掛在生物的胸口與碩大渾圓的肚子上。生物背上長了雙銳利但看似脆弱的翅膀，瑪格麗特不禁感到好奇，這種肥胖生物怎麼可能會飛？

「我希望妳還是餓得想吃這些東西。」哈利拿著擺滿漢堡、薯條與汽水的托盤，在她身旁坐下。

瑪格麗特拍拍書本封面。「這是基乎盧嗎？」她把它念成基乎盧，也從對方的竊笑中看出自己念錯了。

「是其中一個藝術家的版本，對。」他說。「發音是『克蘇魯』。」

她把書拉向自己，讓他有空間擺食物。「他看起來不嚇人，只是有點噁心，像是中國餐廳裡的怪物版胖佛像。」

他大聲笑出來，並偏頭過去看。「對，我猜他有點像。」

「他應該很嚇人嗎？」

他在她對面坐下。「他在故事裡很嚇人。但或許不減少一些精髓，就無法詮釋出這種東西了。比如說，它在想像之中才恐怖。」

她打開書本，隨意翻到某頁，發現另一隻怪物的畫像——這隻怪物的型態更加不定，是一大塊長了四顆眼睛的肉球；形如陰唇的發光大嘴中長滿利齒，背後還有大量觸手在搖曳。牠漂浮在繁星間，比前景中的一顆小星球更爲龐大。

「這個呢？」她說。

「阿撒托斯（Azathoth）。」他拿起一塊漢堡，打開包裝紙。

瑪格麗特有些不情願地闔上書，將書擺在她身旁的座位上。她從托盤上的油膩小袋中取出一根薯條。「所以，這本書裡的每張圖，都是從這個叫洛夫克拉夫特的人寫的故事裡取材的。」

哈利點頭，一面咀嚼他的食物。

「這本書很厚。」她說。「他一定創造了很多怪物。」

哈利用一隻手遮住嘴巴，邊咬食物邊說話。「有一大堆。牠們也都有關聯。」

「什麼？牠們彼此有關係，像家人一樣嗎？」

他吞了一口，再喝了口汽水。「有些是，沒錯。但我指的是牠們都活在共通的世界，有點像是德古拉碰上科學怪人的那種電影，妳懂嗎？」

她聳聳肩。「我看過亞伯特與卡斯提洛碰到狼人那部片。[4]」

「基本概念相同，牠們都生活在共同的空間，呼吸同樣的空氣。就像威廉・福克納（William Faulkner）有許多書故事都發生在同座郡一樣。」

「你在英文課上做過那種比較嗎？」

4｜譯注：Abbott and Castello，一九四〇年代至一九五〇年代的美國喜劇拍檔。此處指的是兩人在一九四八年演出的恐怖喜劇片《兩傻大戰科學怪人》（*Abbott and Costello Meet Frankenstein*）。

「很久沒有了。」他說。「我學乖了。」

「教授不在乎嗎?」她說。

他想開口說些什麼，接著停了下來，又把一根薯條塞進嘴裡。

四

他們在午夜前不久回到強森太太家，並坐在車中，試圖弄清楚該對彼此說什麼。

「好啦。」哈利終於開口。「謝謝妳請我看電影。」

「謝謝你買了本貴書。」瑪格麗特說。「我們感謝你大駕光臨。」她對自己的笑話大笑，尖銳的笑聲有點太響亮了。

他直盯著前頭，嘴角往臉龐左側一扭。「我猜我們在書店再見吧。」

「晚安，哈利。」她順著座椅滑動，親了他臉頰一下。長了新鬍渣的皮膚十分粗糙。

她走出車外踏上車道，想判斷自己是否因他什麼都沒做而感到放鬆或開心。這條思緒很快就與作業的壓力相衡——她還沒開始寫美國文學報告，化學等式也依然在虛空中飄蕩。

「嘿！」

她轉身看到哈利跑向自己，一手抓著某個東西。他停在一英呎外，拿出一本書脊碎裂的小平裝書：H‧P‧洛夫克拉夫特的《墳墓精選集》（*The Tomb and Other Tales*）。黑色的封面上有白色字體，上頭的圖畫描繪了被劈開的男人前額，他大腦原本的位置湧出了紅色的蟲子。

「妳可以讀看看他的作品。」哈利說。「我媽在我十三歲生日時送了我這本書。」

瑪格麗特接下書本。「好，聽起來不錯——」她開口說道，但他打斷了她的話語，拉近他們倆的距離，再托住她臉孔兩側，並吻了她。在瑪格麗特來得及察覺發生什麼事前，這道吻就已結束。他慢跑回車上，讓暈頭轉向的她緩緩走上房屋前的臺階；她摸索著鑰匙，暗自希望自己先前點的是沒加洋蔥的漢堡。

五

瑪格麗特通宵讀完了《墳墓》，彷彿書本中的天才、狂人與無可名狀的恐怖，握有解開那個古怪的年輕浪子內心的鑰匙，而她才跟對方共享了一段充滿洋蔥味的簡短親吻。

這本書幫不上忙。哈利不像是瘋子、怪物或天才（請別見怪）。她對他僅有的理解，是他對恐怖事物的喜愛，也對過度雕飾的艱澀文句擁有獨到的耐心。她覺得洛夫克拉夫特簡直不堪閱讀，這些故事中會有角色，純粹只是爲了讓書頁上出現有名字的人物，但他們從未成長或改變，或是做出任何有意義的人性互動。無論他們何時開口，聽起來都像是從異次元來的人型教科書。大多故事似乎都在描寫一個生還者講述探索某種古代遺跡的事蹟，並在他發覺遺跡是由某種原始恐怖所建（有時還住在裡頭）後，就隨之發狂。書中文筆過度矯飾且充斥著形容詞，完全不及《克蘇魯視界》中的圖畫帶來的強烈毛骨悚然感與深邃恐懼。

另一方面，有許多故事都有種引人入勝的黑暗眞相，由旁白逐漸得知，人類居住的「眞實世界」其實只不過是一道脆弱紗網，隨時準備好被拉到一旁，露出底下的恐怖深淵。這像是某種與摩西和燃燒荊棘、或前往大馬士革的保羅恰恰相反的故事。同樣的基本概念也是宗教（**世界並非世界**），不過備受扭曲。

她隔天早上蹣跚走進西方文明課時，腦子裡依然在思考這種概念，也完全沒注意到皮爾斯，直到他在她身旁坐下。

「你又願意和我說話了？」她說。

他嘆了口氣，並撐大鼻孔。「我承認我或許反應過度了。但妳做的事……」

她往後靠回椅背，揚起眉毛。這下可好玩了。

他把一隻手伸到額頭。「我在試著道歉。」他的前額擠出皺紋，看起來不知怎地十分眼熟。

「你做得很棒。太厲害了。」

「我今晚可以約妳出去嗎？像眞正的大人一樣對話？可以嗎？」

這是近一週來，瑪格麗特首次感覺到她母親的嗓音在腦袋裡令人不適的拉扯。「太太」這個字眼在她心中如同火炬般熊熊燃燒。她太疲倦了，無法拒絕。

他帶她去瑟西最昂貴的餐廳，那是家名叫比爾船長的海陸雙拼餐廳，牆上和天花板上都掛滿了舊漁網和魚叉。他鼓勵她點任何想吃的東西，也叫了龍蝦以證明他不是說說而已。瑪格麗特點了沙拉，她從來沒吃過龍蝦。她看她父母吃龍蝦時，就覺得整個亂七八糟的過程令她作噁：圍兜、大量汁液與裡頭肉量稀少的碎裂甲殼，她父母根本像是在吃紅色巨蟲。這讓她想起《墳墓》的封面，也讓她再度為點了沙拉感到慶幸。

在皮爾斯敲敲打打、滴汁大嚼完之前，她就吃完食物了。即使在昏暗的餐廳燈光下，他的前額也泛出了光澤，她也試圖判斷他是否開始變禿了。而且，他因為吃龍蝦而冒汗了嗎？那不是好事，對吧？

服務生送帳單來時，皮爾斯把它擺在桌子中央，再從夾克中抽出皮夾。她望向帳單，再看著皮爾斯，並發現他也盯著她瞧，確保她看到總金額。他假裝沒看到金額，扔出幾張鈔票，跟服務生說不用找了。

「他試著表現了。」她責備自己道。

晚餐過後（和禮貌地吃過幾顆薄荷糖後），他們便開往市立公園旁的停車場。夜色晴朗，天空繁星點點。星辰讓瑪格麗特想起《克蘇魯視界》中的阿撒托斯，也就是那隻用觸手在蒼穹中推動身軀的陰道型怪物。她昏昏欲睡地想哈利在做什麼，也希望自己在約會前小睡過。

當她幾乎睡著時，皮爾斯開口說道：「妳不用坐這麼遠。」他拍了拍身旁的空間時，她嚇了一跳。

她迅速坐近。他用手臂環住她，她則靠上他的身體。感覺沒有這麼差，這種體驗令人感到有些安心，有點人味。

「妳還氣我嗎？」他說。

「不氣了。」

「如果妳還氣的話，我可以理解。我表現得像個傻瓜。」

「沒關係。」她拍拍他的胸口。她發現，其實她並不在乎。

他深吸了一口氣。「是這樣的，當妳——做那件事時，嚇到我了。我們約會的時間還不夠久，事情也太快發生了。我沒表現得像個男子漢，反而像個小男孩一樣逃跑，還躲開妳。我問上帝：『她爲何這麼做？她是個好女孩。』最後，祂回答了我：『**她這麼做**，**是因爲她愛你**。』」

瑪格麗特的身體隨之一僵。「你常常和上帝談話嗎？」她從來不在教堂或用餐以外的場合和其他基督徒一起禱告，就算在那些場合，她也只會低頭閉眼，並在恰當的時刻說阿門。她的心在禱告時四處飄蕩，她以爲大家都這麼做，不過不該把這件事說出來。

「整天都會，每天都會。」他說。「總之，我的重點是，上帝告訴我說妳愛我；而且，我逃跑是因爲我也愛妳，我只是還沒準備好承認。」他在座椅上蠢動並端詳著她，他的前額在月光下亮得幾乎令人眩目。他的頭皮附近冒出一根青筋。它在顫動嗎？他還好嗎？「我愛妳，瑪格麗特。我知道這樣很快，但我父母說當你知道時，心裡就明白了。如果妳是認眞的，那我也是。我要妳在感恩節假期時和我回家，我要妳見我的家人。」

瑪格麗特坐直起來。皮爾斯帶著某種和藹對她微笑——這種表情讓她想起她父親在聖誕節早上的臉，像是個賞賜大禮的人。

「那——那可是一大步。」她說。

「我愛妳，瑪格麗特。」他說。他傾身吻她。她讓他把自己推到座椅上，他爬到她身上。她接受他的吻與笨拙的雙手。當他輕咬她的雙耳與頸子時，她從眼角瞥見某種東西——皮爾斯的車窗邊有東西。不過，當她移動以便仔細觀察時，那東西就不見了。她試圖回到擁吻的節奏中，把她的雙手放在他臉上，一面親吻他，讓他把宛如肥黏蠕蟲的舌頭擠進她嘴裡。她睜開雙眼，這次當他努力對她大致被動的身體展現熱情時，他前額上的青筋確實顫動了起來。她抬頭看，讓視線遠離他，並在外頭看到別的東西，這次出現在她這一側的車窗邊——那是個龐然大物，寬闊的肩膀向前彎曲，兩隻眼睛則透過玻璃閃爍著橘光。

她發出驚慌的悶聲，並把雙手放在皮爾斯雙肩上，試圖推開他，也想吐出他的舌頭以便警告對方，但他僅是發出呻吟，還更使勁地撫摸她。他前額上的青筋已蔓延到眉毛附近，將它分爲兩塊沾滿汗水的蒼白皮膚。她扭動身子試圖掙脫。有東西在他的前額皮膚底下移動。青筋顫動了兩次，隨卽爆開。

皮爾斯的頭裂了開來，數百隻紅色小蟲從中湧到她臉上，爬進她的髮絲，再竄進她洋裝的縫隙和皮肉上，數千隻渺小蟲腿爲了追求自由而扭動。她把皮爾斯從自己身上踢開，一面尖叫後退，還不斷拍打自己。她得打掉蟲子，她得離開車子，如果她沒出去的話，一定會死在裡頭——

她抓住身後的門把用力一拉，車門打了開來，讓她摔到外頭的地面。皮爾斯從座位上爬向她，她則試圖起身移動，想在看見對方的臉孔前，看到蜘蛛鑽進他的雙眼，湧進他的鼻孔，再跑進他的嘴巴，將他從腹內開始吃光前先逃跑——但她因通宵看書而過於疲憊，還上氣不接下氣地無法尖叫，移動速度也太慢了。等到他的臉伸入月光中時，她不禁望了一眼。

他流了點汗，也有些慌張，臉孔因發情遭到中斷（也可能是因爲警戒）而脹紅，但其他方面都沒事。青筋已經消失了，油膩的額頭看起來光滑平坦。

「怎麼了？」他說。他走到外頭並跪在她面前。

她眨了幾次眼，用力呼吸。「我沒事。」她說，跟他說話的同時，彷彿也在對自己喊話。「我沒事。」

六

她解釋說自己前晚沒怎麼睡，可能產生了某種幻覺。他表現得像關切的男友，沒有問太多問題。不過，她覺得自己又餓了，也想避開進一步的親熱行爲，問皮爾斯能不能去買得來速。

於是她連續第二晚來到麥當勞，盯著皮爾斯的車窗外看，同時他去得來速幫她點薯條和奶昔。她感覺臉有點擦傷，彷彿磨蹭過砂紙，不想走路，也不願思考，只想往窗外看並放空腦袋，讓皮爾斯應付得來速擴音器中那不見其人的嗓音。不過，就連這段無害的交談，一段僅僅不到五十秒的對話，都讓她感到不安。那是什麼？她胸口為何會有股朦朧的驚慌？她在座位上轉身並檢視車內，試圖找出她不安的源頭。一直到他們駛到窗口，她才明白原因。哈利打開摺疊窗，收他們的錢。

他與車子另一端的瑪格麗特眼神交會，也顯然因訝異而張大了嘴。

「妳確定妳要這個嗎？」他說，在遞出奶昔時露出一小抹微笑。「裡頭可能有坦尼斯根[5]。」

「不好意思？」皮爾斯說。

瑪格麗特微微搖頭。哈利的目光從她身上回到皮爾斯。

「沒事，抱歉。」哈利說。

「多少錢？」皮爾斯說。

5｜譯注：tannis root，《失嬰記》中的虛構植物。

哈利告訴他，他們繼續交易。哈利數錢並關上窗戶，皮爾斯則開車離開。在強森太太家外頭，瑪格麗特用兩手拿著奶昔，但她一口都喝不下去。進屋子後，她把奶昔拿到廚房，在上樓前把它倒進水槽。還眞的是坦尼斯根咧。

她幾乎立刻入睡。她夢到吠叫聲，彷彿附近有某種承受了極大痛苦的狼或獵犬。

七

當瑪格麗特打電話給母親，把感恩節的消息告訴她時，她大聲歡呼。她的聲音大到讓瑪格麗特得把聽筒從耳邊移開。

「眞是我的好女孩。」拜恩太太說。

「我的成績很糟。」瑪格麗特說。「我所有學科都排在後段。」

「妳只需要撐到結婚就好。」拜恩太太說。「妳辦得到的，公主。」

「媽。」

「怎麼了？」

「不太對。」

「什麼不太對？」

感覺不對，瑪格麗特心想。但她反而說：「感覺還不太現實。」

「會的。」拜恩太太說，彷彿讀出了她女兒嗓音中的潛在意涵。「只要練習戀愛，再好好等待就行。」

早上準備上學時，瑪格麗特便一再重複那句口號。**我們戀愛了。我們戀愛了。**刷牙時，她試圖想像皮爾斯在她身邊，兩人輪流往水槽吐水。她梳好頭髮，穿好衣服時，試圖想念皮爾斯，試圖思考他在哪，和他在幹嘛。她嘗試思念，也想期待西方文明課。她彷彿舉著代表他們倆關係的風箏，一面奔跑，試圖讓它自行飛翔。它總似乎需要點額外的助力。

哈利不再過來店裡。她理解他爲何保持距離——他沒把自己的工作告訴她，而她不只發現這件事，還是在和別的男人約會時察覺的。一個開賓士的男人。換作瑪格麗特，她也會遠離。可憐的哈利。但她還有他的《墳墓》，那是來自他母親的禮物，他會想拿回去，瑪格麗特也急於擺脫這本書。即使距離在皮爾斯車上失控已經兩週了，她依然持續做著和潛伏身影與遙遠嚎叫有關的惡夢。她幾乎肯定是那本書的錯。《墳墓》中有篇叫《獵犬》(*The Hound*) 的故事，內容是關於一對盜墓賊，他們挖出死了數世紀的巫師屍體，卻在棺材裡發現某種非人物體：「發出磷光的眼窩彷彿帶有意識，對我投以不懷好意的眼神，銳利又血腥的獠牙扭曲地大張，嘲諷著我無可避免的厄運。此時它咧開的大嘴，發出低沉又輕蔑的吠聲，宛如某種大型獵犬……我放聲尖叫，並痴呆地拔腿狂奔……」

她從強森太太的車庫裡借了輛腳踏車，橫跨小鎮，騎車到麥當勞去。她在午餐高峰期抵達，發現哈利在收銀台，正在應付大排長龍的顧客。她加入隊伍時，他並沒有注意到她。他看起來很開心，彷彿每個客人都是他想見的人。這種表情持續到瑪格麗特抵達隊伍前端，此時收銀機似乎吸引了他所有注意力。

「我能爲妳服務什麼嗎？」他說。

「我要把你的書還給你。」

「還給我吧。」

「你什麼時候休息？」她說。

「我已經休過了。」

「你什麼時候下班？」

他嘆了口氣。「我三點下班。」

她看看自己的手錶。現在是一點四十五分。「我要點……」她打開皮包，檢查裡頭貧瘠的內容物。「……你們最小份的薯條。內用。」

他幫她結帳，並把擺在托盤上的一小包薯條遞給她。她把薯條拿到角落的桌邊，坐了下來，儘可能慢慢吃——速度慢到她吃完前，最後幾根薯條已經變得又冷又軟，但還是只花了十五分鐘。她的注意力飄到窗口，以及外頭明亮的藍天，再到在收銀台旁結帳的哈利。怎麼有人能一直這麼快樂？

最後在五點三分時，哈利蹣跚地走過來，一屁股在她對面的座位坐下，發出一聲呻吟。他坐下時，身上飄來一股烹飪油味，瑪格麗特的胃也咕嚕作響。他們說話時，他撥弄著麥當勞小白帽。

「我能幫妳什麼忙嗎，瑪格麗特？」他說。

她把《墳墓》推到桌子對面。「我想確定你把書拿回去。」

「謝謝，但妳不用這樣做。」

「但書是你媽媽送你的，這是生日禮物。」

他揉了揉臉，瞇起眼睛往天花板望。「對了，那件事呀。」

「這是什麼意思？」

「沒什麼，只是——如果妳有檢查出版日期的話，就會發現它兩年前才上市。算起來完全不對，除非妳以爲我才十五歲。」

瑪格麗特把書抓回去，並看了版權頁。「爲什麼要撒謊？」

「我以爲這樣比較可能有第二次約會的機會。」他端睨著她。「但這不是妳來的原因。」

她在座位上不安地蠢動，試著想該如何回答。

「沒關係。」他說。「我懂。我看到妳男友的衣服和車子了。這是很簡單的選擇——要男大學生，還是以收銀維生的鎮民？」

「我不曉得你不在提爾頓上學。」她說。「我以爲你和我一樣——身上一點錢都沒有，也在半工半讀。」

「我猜我早該說清楚的。」他說。「不過——那也是爲了第二次約會。」

「所以你沒去學校？那你爲何不在越南？[6]」

「我爸死了，我媽得了妄想型精神分裂症。」他說。「我有緩徵令。」他旋轉套在食指上的帽子。瑪格麗特動了動嘴，但沒有說話，於是他說：「眞的沒關係，妳不需要向我解釋什麼。」

6—譯注：此時爲越戰期間，美國尚未取消徵兵制。

「我們可以當朋友嗎？」

帽子從他手指上甩開，掉到地板上。他彎腰撿起帽子。「賓士隊長會怎麼想？」

「**他的名字是皮爾斯**。」她說。「他是個好人。也是好基督徒。」

「那對妳很重要嗎？」

「我上的是基督教學校。」她說。「你不相信上帝嗎？」

他把帽子放在桌上。「從來沒見過這傢伙。」

她發出了嘲諷的哼聲。

「所以妳家有錢讓妳到提爾頓上學，但不夠有錢到讓妳不用工作。」他說。

「爸爸老是說我們家境小康，但不算有錢。」她立刻後悔說出這句話，也痛恨聽起來的感覺。

他聳聳肩。「我猜世上有各種不同的有錢人，對普通人來說，看起來都一樣。」

她回以聳肩。「隨你怎麼說。總之，我們已經沒有錢了，所以我才得找工作。」

「我從十四歲就開始工作了。」他說。「我半工半讀唸完高中。」

「試試看在大學這樣做。」她說。

「大學？妳是說一週只上十二小時的課嗎？」

「不只是上課。」她說。「還有作業、報告，期中論文和期末考。」

「妳是念什麼的？」

「行銷。」她說。

他翻了白眼。「妳和基督徒乖男孩打算在結婚後都找行銷工作嗎?當妳變成養了三個小孩的家庭主婦時，妳會覺得自己十年來的辛苦工作得到豐富報酬了嗎?」

她的臉變燙了。「他的名字是皮爾斯。」她重複說道。

「眞棒。」

「嗯。」她用手指敲敲書。「你是個還在看鬼故事和怪物故事的成年人。」

「妳早就知道了。」他說。

「我猜直到現在之前，我都沒想過這件事。」她說。「你不覺得有點荒謬嗎?也許你該看點成年人看的書?」

「我認爲恐怖小說是世上最重要的小說。」他說。

她差點要把皮爾斯車窗外的東西、紅色小蟲和好幾週來的惡夢告訴他。她差點要對他大吼，因爲對方用這本蠢書害惡夢進入她腦海中，但她反而譏笑了對方。

「那本嗎?」她指向書本。「它是自吹自擂的垃圾，我根本讀不下去。」

他取回書本。「妳想從我身上得到什麼，瑪格麗特？」

「什麼都沒有。我只想把書還你——你的謊言之書。」

他又笑出聲來，但這次聽起來並不壞心，只是訝異。

「幹嘛？」她說。

他投降般地舉起雙手。「沒事。我喜歡妳生氣時形容事情的方式。我知道妳爲何想學行銷了。」

「我其實是在說謊。」她坦承道。「我主修英文。」

他往前傾身，把臉埋進雙手，笑得更大聲了。

「你不用取笑我。」她說。「我已經夠難爲情了。」

他抹掉臉上的淚水，試圖再度掌控自己。「我們爲何這麼想讓彼此留下好印象？聽著，我很抱歉說妳會當養三個小孩的無業家庭主婦。我是由兼兩份差的單親媽媽養大的，她把我教得比這樣更好。」他看看手錶並拉下臉。「說到這點，我得回家看她了。」

他們倆都站起身來。瑪格麗特望向強森太太的腳踏車，它鎖在外頭的欄杆上，再轉向哈利。「我可以搭便車嗎？」

八

當他們抵達強森太太家時，哈利下車幫瑪格麗特從後車廂卸下單車。

「所以妳和好基督徒認眞交往了。」他說。

她捶了他的手臂。「別說了。對，我感恩節時會去見他的家人。」

「連萬聖節都還沒到呢。」他說。「離感恩節還很久。」

「所以呢？」她說。

他關上後車廂，往後靠在上頭並盤起雙臂。「我媽從來沒停止約會，直到她和我爸結婚。在她結婚前晚，她還有去約會。」

「她才沒有。」瑪格麗特說。

「我向上帝發誓——」

「妳根本不相信上帝——」

「她說她想確定。」

「你想說什麼，哈利？」

「妳還沒結婚，甚至還沒到感恩節。也許在那之前，我們可以多見幾次。」

她板起臉。「我不認爲皮爾斯會喜歡那樣。」

「幸好我沒問他。」哈利說。「誰在乎他想要怎樣？妳想要怎樣呢？」當她沒立刻回答時，他說：「至少讓我們再試一次。」

「你不會改變我的想法。」她說。

「可能不會吧。」他同意道。「但我也還沒準備好放棄妳。」

我們戀愛了，瑪格麗特再度對自己說道，試圖想起皮爾斯。**我們戀愛了**。

九

他們第二次約會時，哈利帶瑪格麗特離開瑟西，再度沿著所有路標前往小岩城。進城後，他從上衣口袋取出一張紙，在市中心區域找路時，就看著那張紙。他們進入一處破爛的住宅社區，道路兩旁建有毀損程度不一的老房屋——破裂的窗口，下陷的前廊，和在上頭擺盪的雨水槽。它們或許曾一度美輪美奐，但瑪格麗特想知道，究竟還有誰想住在這裡。

他們停在這些街道之一的轉角，待在一座有角樓屋頂的兩層樓房屋陰影中，院子裡插了根告示牌：**嚇人屋！**（Spooky House）有一群人從前廊口開始排隊，隊伍一路沿著人行道延伸出去。

「這是什麼地方？」瑪格麗特說。

一九六八年，迪士尼樂園幽靈公館（Haunted Mansion）開張前一年，以及山寨版遊樂設施在國內各地大量出現前，哈利無法找到生活周遭可以簡略稱爲鬼屋的東西，只好找尋最接近的同類地點。

「它應該像是嘉年華會的遊樂屋，或是鬧鬼火車遊。」他說，並繞過街區找尋停車位。「但它是眞正的房子，這就是踏進鬼屋的感覺。」他傾身掠過她，打開雜物箱，拿出一份摺起來的報紙。他將報紙攤開遞向她前，瑪格麗特瞥見了頭條（**當地男孩失蹤**），他指向角落的小廣告。

當他倒車進入景點街道對面的空地時，瑪格麗特調整了報紙角度，讓她能用路燈的燈光閱讀。那份廣告是個黑色小方形，上頭畫了個通俗的卡通鬼魂，底下則有粗體白字：「快來嚇人屋——**體驗眞實惡夢！**」

「你覺得這很好玩嗎？」她說。

「如果妳不想去，也沒關係。」他說。「我們可以看場電影，或是我可以送妳回家。」她聽出他聲音中的壓抑。他很想去，但也想表現出紳士風度。

「不，我們去吧。」她說。「我有多常能體驗眞實惡夢？」

他們加入隊伍，每二十分鐘左右就稍微往門口靠近一點，好幾批大笑著的人群從房屋旁邊的圍籬中走出。最後他們站在售票員面前，那是個體格魁梧的年長女子，她留著軟塌灰髮，一邊嘴角叼了根煙。哈利付了錢，女人找他錢，指向屋內。

「我們該——要怎麼做？」哈利說。

「進去就知道了。」女人說，她的嗓音粗啞地像是相互摩擦的石塊。

前門向外敞開，但下垂的橘色飾帶遮蔽了視線。瑪格麗特和哈利推開飾帶，踏進光線微弱的走廊，光源只有頭頂閃爍的燈泡，纏在樓梯欄杆上的彩色小燈則一路延伸到二樓的黑暗中。瑪格麗特向前傾身，往上窺視樓梯。有東西動了一下，那是個獨立於黑暗的形體，它從視野中消失。瑪格麗特往後退，撞上了哈利。

「妳沒事吧？」他說。

「沒事。」她咕噥道。或許這是個壞主意。

有四個年輕人跟在他們身後進屋，這兩對情侶咯咯發笑並緊靠彼此，他們的活力顯而易見，也令人感到放心。哈利和瑪格麗特讓到一旁，讓年輕人帶頭走。他們跟著那群人踏進走廊，右側有道門口通往客廳。有四個人坐在看起來不太舒適的樸素沙發上，身穿怪異（但不太恐怖）的戲服。他們似乎是一家人：父親穿著西裝，蓄著濃密的黑色八字鬍；母親留了又長又直的黑髮，身穿緊身長外衣；有個胖嘟嘟的男孩穿著條紋T恤，留著碗蓋頭髮型；還有個穿黑洋裝的小女孩，她的陰沉小臉兩旁都有黑色髮辮。他們盯著播放雜訊畫面的電視螢幕。

「歡迎呀！」父親揮了下手說。「我們正在看電視上的氣象預報。」

「看起來又下雪了，高魔子（Gomez）。」母親對父親說。

高魔子？瑪格麗特怎麼會認識那個名字？

「那一直都像雪。」小女孩說。

「妳知道嗎，星期三（Wednesday），妳說得太好了。」高魔子做出結論。

星期三？高魔子？

「噢，這就像那部電視節目。」其中一個青少女說。「呃——它叫什麼？」

「《阿達一族》（*The Addams Family*）。」哈利說，音量低得只有瑪格麗特聽得見。她和他四目相交，他則擺出道歉的表情。她仔細端睨阿達一族的模仿者們。她現在自然看出來了——但《阿達一族》不是拿怪物開玩笑的情境喜劇嗎？它不是恐怖片，而是錯中錯喜劇[7]吧？報紙上的廣告看起來並沒有以幽默當賣點。

「既然雪把我們困在家裡，你們就得和我們共進晚餐了。」高魔子說。「路奇（Lurch）！」

一個稍微高於常人的人影緩緩踏上走廊，走向訪客們。他穿著燕尾服，還畫上了讓他看起來像科學怪人的妝容，並發出質疑的呻吟。

「路奇，帶我們的客人去餐廳，好嗎？」高魔子說。

身穿燕尾服的怪物再度發出呻吟。瑪格麗特、哈利、高魔子和青少年們跟著他沿著走廊踏入由蠟燭照亮的大型餐廳，裡頭有張可供十二人使用的長桌。路奇走到桌邊，拉出六張椅子。沒人接受邀請而移駕，於是他傾身向前，掀起長桌中央菜盤上的蓋子。他指著內容物，那是一團似乎在搖曳燈光下扭動的黑色東西。

依然沒有人走向前。路奇把手伸進盤子，抓起裡頭的東西，把它丟向客人。那團東西在半空中裂開，瑪格麗特及時辨識出細長的腿與塑膠光澤。當黑色物體撞上

7｜譯注：comedy of errors，以誇張肢體語言、雙關語和文字遊戲組成的喜劇類型。

青少年們並彈開、再掉到地上時，他們放聲尖叫。瑪格麗特瞇眼看那東西的形體，是橡膠蜘蛛。路奇剛剛往他們投擲橡膠蜘蛛，至少它們不是紅色的。

「噢，天啊。」哈利說。

「路奇，不是跟你說過不要玩食物嗎？」高魔子說。瑪格麗特不太喜歡他站這麼近，他的口氣也飄散出煙臭味。「我們得清理客人了！」當他擠到人群前頭，帶他們走向房間盡頭的門口時，她鬆了口氣。煙霧從門口與地板之間的縫隙飄出。

他們走進瀰漫濃霧的廚房，瑪格麗特完全看不見地板。一個戴著護目鏡、身穿白大衣的男人站在房間中央，攪動一只冒煙的鍋子。

「它活著！」他呻吟道。「活著呀！」

哈利的肩膀稍微下垂，他把臉埋入雙手之中。

「湯做得如何，亨利？」高魔子說。

「一切都很順利，阿達先生。」穿著實驗室大衣的男子說。他用金屬湯匙敲打鍋子裡的某種東西，把水潑灑到爐子上。

「太好了！」高魔子說。「你有乾淨的毛巾嗎？我們在餐廳中發生了點小意外。」

「沒有乾淨的，抱歉。」亨利說。「除非——『沾血』和『骯髒』的意思一樣？」

他拿起一條沾滿鮮紅液體的毛巾，青少年們發出作嘔的呻吟。

高魔子再度轉身對訪客說話。「我想樓上的浴室還有些毛巾，請各位往那走。」

「我們不髒。」哈利說。「我們可以走原路回去嗎？」

「胡說。」高魔子說。「我們最近才重新改裝了樓上的客房。你們一定得看看。路奇？」

路奇再度於廚房門口出現。

「帶我們的客人上樓拿乾淨的毛巾。」高魔子說。

路奇發出咕噥聲，並示意要大家回到走廊。瑪格麗特先走，哈利跟在她後頭。

「這是間小房子。」他靠近她耳朵悄聲說，炙熱的氣息飄到她肩膀上。「不可能有更多東西了。」過了一秒後，又說，「對不起。」

瑪格麗特帶頭走上樓梯，並在走到樓梯平台時移到一旁，把空間讓給其他人。他們站在狹窄黯淡的走廊裡，兩側都有關上的門。在樓梯對面的牆上，還有不協調的高盆栽。瑪格麗特在欄杆上傾身，往下看著一樓。她想到當自己走進屋時，曾看到有東西從這個位置往下看她。那段遭遇感覺並不假，也不像玩笑。感覺起來很眞實。她將自己推離欄杆，轉身面對擠成一團的人群。

「該往哪走?」其中一個青少年說。

走廊遠端的門打了開來。路奇轉身走下樓，讓他們留在原處。

他們走向前。沒有食屍鬼或惡魔跳出來，屋子變得比先前更寂靜，空無一物。

走廊末端的房間籠罩在病態的粉紅光線下，裡頭裝潢得像老太太的臥房。房間左側有座舊梳妝台，對面的角落則擺了張單人床。床墊放在金屬架上，床頭板與床尾板高聳到讓床鋪看似成人用的搖籃。毯子底下有個一動也不動的突起物。

牆上掛著老舊的黑白照片：小孩們在夏日的海灘上歡笑；有張肖像照中的士兵身穿正式服裝，帽子的歪斜角度在當年看起來肯定相當活潑；一對新婚夫妻跑出教堂，低下頭並舉起手，抵抗飛來的麥粒[8]；一張意外事故照片中，有輛車攔腰撞上另一輛車，第一輛車的乘客座扭曲凹陷，第二輛車的保險桿上貼了張「新婚」貼紙和一串空罐。第二張意外照片掛在第一張旁邊，這張照片描繪出一具床單下的軀體，床單有一側沾滿了血跡。可看到有隻手懸著，手腕上掛著白色蕾絲，婚禮鑽戒則在陽光下閃爍著。瑪格麗特盯著這張照片很長一段時間。這是真的嗎?還是造假的?

8 — 編注：西方婚禮後，賓客會用對新人灑五彩碎紙和麥粒的方式祝賀，麥粒象徵豐收，同時也有祝賀子孫滿堂之意。

「我不懂。」其中一個女孩說。「這是很詭異，但重點是什麼？」

「這和《阿達一族》有什麼關係？」瑪格麗特說。

「我不知道。」哈利說。

其中一個女孩指向床上的突起物。「那是什麼？」

「去看看。」另一個女孩說。

「才不要。」

她們又爭論了一陣子，直到兩個男孩中較高大魁梧的人自願過去查看。較矮小的男孩跟在後頭一兩步的距離，他彷彿受限於自己的理智，軀幹不斷後仰，離下半身越來越遠。

高大男孩站在床上的突起物旁，背對房間。他甩甩雙手，讓手不那麼僵硬，往被單探去。瑪格麗特舔了舔乾燥的嘴唇，心裡想到從皮爾斯的車窗外窺探她的形體。她把手伸向哈利，哈利握住她的手。

高大男孩抓住被單，一把將被單掀開。他的朋友叫出聲來，女孩們放聲尖叫，瑪格麗特則朝門口踏出一步。高大男孩一動也不動地站著，手上拿著毛毯，目光往下。瑪格麗特依然看不見他眼中的東西。

「那是什麼?」哈利說。他放開瑪格麗特,走向前好看清楚些。高大男孩扔下毛毯,撿起床上的突起物。他轉身舉起那東西,讓大家都看到那是顆枕頭,上頭有幅孩子氣的德古拉畫像。女孩們哈哈大笑,哈利回到瑪格麗特身邊。

「這地方太爛了。」他說。「想離開嗎?」

「好,麻煩了。」她說。

他們走出房間,讓那群青少年自己待在那。他們回到二樓平台的盆栽旁時,發現有道金屬滑門擋住了往樓下的路。

「我上樓時沒注意到那道門。」哈利說。他扯了扯門。它發出一點嘎吱聲,但沒有移動。

「現在怎麼辦?」瑪格麗特說。

「讓我看看。」哈利說。他開始撥弄滑門。瑪格麗特回頭看粉紅色的房間,發現房子再度陷入死寂。那些孩子在裡頭幹嘛?

她豎耳傾聽,想聽到明顯的擁吻聲。她全神貫注地偷聽,使她沒注意到盆栽開始移動,直到它緊緊抓住她。

她尖聲大叫，恐懼地前後扭動，試圖掙脫，而她的驚懼反應可能嚇到了盆栽，使它立刻放開瑪格麗特。她往前撲向哈利，他則撞上金屬門。他們倆都往後彈開，撞到硬木地板。

瑪格麗特把自己從哈利身上推開，試圖起身，自己的腿卻被他的腿絆倒，又再度跌到地上。她的頭撞到地板，痛楚讓她在眼瞼下看到白色閃光。她眨了幾次眼，試圖讓自己聚焦，也感到自己的身體彷彿身在遠方穿過太空，有雙手抓住她的手臂，把她拉起身。

「來吧。」哈利說。他握緊她的手，把她拉向走廊盡頭剛打開的門，遠離粉紅色房間、盆栽、樓梯與滑門。這座房間空無一物，只由一顆燈泡照亮，原本該是窗口的地方，則有一個黑洞。

哈利放開她，走向黑洞，並望向裡頭。他轉頭看她，張開嘴巴，眼神忽然變得飄渺空蕩。在瑪格麗特來得及問出了什麼差錯前，有個身影踏進他們身後的門口，使她一切理智思緒頓時停止。駝背的高大身影全身包在鮮紅色斗篷中，有張毛茸茸的長臉，突出的口鼻部中長滿巨大獠牙。牠沒有手，而是長了有彎曲長爪的獸掌，雙眼閃著亮橘色光芒。這生物用一根利爪指向瑪格麗特，發出非人的動物吼聲。

瑪格麗特放聲尖叫。哈利抓住她，把她舉高，當她望向他的雙眼時，他似乎又恢復神智了。他露出微笑，並說：「相信我。」接著把她丟進黑洞裡。

她撞上黑色塑膠，迅速墜入黑暗中，她的身體在滑坡的質地上發出嘎吱聲。她聽到身後傳來急速聲響，是某種龐大鼓噪的東西，她也完全無法看見對方。當她轉頭試圖窺探，看看是哈利還是紅衣野獸時，就到了滑坡盡頭，她一頭掉進清爽的夜風中。她輕盈地停在空中一刻，接著碰一聲落在某種又大又軟的物體上。

她躺在枕頭般的大軟墊上，這裡似乎是房屋的後院。外頭也有個青少年，正對她大叫。她的心怦怦直跳，努力清理思緒，使她花了一陣子才明白對方說的話：「走開。」所以當她還橫躺在軟墊上時，哈利從滑坡上落下，正好掉到她身上。

在一九六八年的那一刻，當他們用傳教士體位倒在嚇人屋外時，我母親望著哈利的臉龐，感到與皮爾斯共度的舒適生活逐漸消散。在她眼中取而代之的，則是截然不同的體驗，更爲艱辛的多年生活出現在她面前：令人掛心的小婚禮，數量過多的小孩，在藍領階級社區中的生活，極度節儉的態度，破舊老衣服，以及去二手商店購物。她感到無力，也不願阻止這件事成眞。

她沒有把這些思緒告訴我父親。反之，她用雙手捧住他的臉，說：「我母親會恨死你。」

特納檔段一：瑪格麗特

當瑪格麗特進入這座混雜了記憶與夢魘，變化多端的清醒夢之城時，她以爲自己還待在她和哈利在拉伯克（Lubbock）貧困地區同住的小公寓：那座破舊的一房公寓中，有著老舊地毯和鑲嵌木板的牆壁，不過你難以看見房間內成堆箱子後的牆壁。這些箱子裡裝滿了哈利的平裝書、漫畫書和通俗雜誌。

哈利的東西擺得到處都是。小廚房餐桌被埋在他的打字機、成疊學校報告和她永遠認不出是什麼的都會天際線塗鴉之中。他總是答應要清理那團亂，但似乎從來沒有要動手處理的打算。這是種充滿壓力的生活方式，她得躡手躡腳地繞過別人的東西，從來無法在自己家中感到舒適。

砰。

聲音似乎來自臥房，瑪格麗特離開擁擠的客廳，前往調查。她打開臥房的門，穿越門口時，發現自己躺在床上。哈利睡在她身旁，嘴巴微張。他戴著她的睡眠面罩，這樣她才能開燈閱讀。面罩有薰衣草味，邊邊還有蕾絲，但哈利用面罩時從未抱怨，瑪格麗特就是愛他這點。

砰。

這次它似乎來自房內某處，但她看不出位置。**砰**。**砰砰**。彷彿房間本身位於聲音之中。她把書放在肚子上，且第一次注意到自己懷孕了。**砰**。**砰砰**。她的腹部如同過度充氣的氣球般又大又圓，準備炸開。聲音是來自房間裡，還是她身體裡？她把雙手擺在腹部上。**碰碰**。她的腹部即時與聲音產生迴響。

她搖搖哈利的肩膀，但他翻過身背對她。

砰。**砰砰**。

她的內臟忽然猛烈抽痛起來，讓她倒抽了口冷氣，把身體縮成球狀。狀況不太對勁。她閉上雙眼，從乾燥的雙唇與緊咬的牙關間吸入空氣。或許只是消化問題，或許她吃了某種寶寶不喜歡的東西。

她坐起身離開臥室，打算前往廁所，但她肯定走錯路了，因爲她已經不在公寓中了。她站在漆黑狹窄的長廊中，兩旁的牆壁掛滿了相框。遠處盡頭有道關上的門。砰。砰。砰砰。低沉到幾乎如感覺般傳來、而非透過聽覺飄來的聲音，在老舊的硬木質地板上迴響。她把一隻手擺在肚子上。嬰兒造成的突起消失了。她的腹部不再平坦，不完全如此，但隆起處和隨之而來的抽痛已經不再。

她轉身望向自己穿過的門口，卻發現自己面對著一堵空白牆壁。碰碰。走廊發出脈動，也緩緩振動，走廊盡頭的門則往內打開。有股虛弱的抽鼻子聲如同微風般從中飄出。她不想進入房間，但她無法阻止自己向前移動。

房內一片漆黑。她把手伸向開關，讓房間籠罩在令人暈眩的微弱粉紅光線中。這座房間是座空蕩的育嬰房。裡頭沒有玩具，沒有尿布台，沒有懸掛飾物，也沒有賞心悅目的壁紙——只有牆上一堆裱框的黑白照片，一把搖椅，和一座搖籃。她走到搖籃邊，但啜泣聲已經停止了。搖籃中空無一物，毛毯也翻了開來。

她在這裡多久了？

她緊抓搖籃的欄杆。**天啊。天啊。**

她環視房間，沒看到任何反常的景象。她跪了下來，發出呻吟並往床下看。沒有嬰兒，但有塊積滿灰塵的裱框照片。她把相框撿了起來。

那是張瑪格麗特和哈利婚禮當天在法院的照片。哈利穿著他父親其中一套舊西裝，衣服不太合身——西裝在他的精瘦身材上看起來鬆垮過大，使他看起來像個玩扮裝遊戲的小男孩。瑪格麗特穿著簡單的綠色洋裝，這是強森太太付錢買的（是綠色而不是白色，因爲強森太太希望她能多穿幾次）。瑪格麗特的父母不在相片中，因爲他們拒絕參加，但哈利的母親黛博拉（Deborah）在場，蒼白的她正對相機外的某個東西皺眉。這是黛博拉看起來最開心的模樣，看起來像試圖在陣陣牙痛中佯裝愉快的人。

嬰兒發出了聲音，轉開了瑪格麗特在照片上的注意力。聲音移轉到了走廊。她讓自己靠著搖籃，緩緩起身。她的腹部再度變得又圓又硬。嬰兒的哭聲在走廊上迴盪，受到聲音驚動後，有某種東西在瑪格麗特的子宮中蠢動起來。她離開育嬰房，手中拿著照片，察覺自己已經回到臥房裡了。

她看到哈利醒了過來，坐在床上。有兩個小身影在他身上攀爬，一面嗅聞又咂嘴。它們的型態看起來有些像人，但沒有皮膚。它們讓她想起舊高中解剖課本中的示意圖，人體的肌肉組織閃閃發光，結實的血肉隨著每個動作伸展拉長。不過那些小生物的頭部，擁有骷髏般的修長臉孔，往前突出的口鼻部，以及如同交通錐般呈亮橘色的雙眼。這些東西在哈利身上爬上爬下，咬下他的皮肉。

「哈利。」她呻吟道。

「妳拿了什麼？」他指向裱框的照片。瑪格麗特把照片遞給他，他們倆一起盯著它瞧，咀嚼著的嬰兒們則不斷振動，如同她腦袋裡的偏頭痛。

他指著他母親。「她是個好人。她會這樣，並不是她的錯。」

「當然不是。」瑪格麗特說。她想觸碰、安撫他，但她怕小怪物會咬自己。

「我不像她。我沒有生那種病。」

「我知道。」她說。

「上床吧。」他說。

「我不太想。」她說。

他困惑地看她。「妳怎麼想並不重要。」

其中一個嬰兒爬到他胸膛上，往他臉頰上咬了一口。他似乎沒注意到。瑪格麗特體內的嬰兒動了起來，踢著她的子宮囚牢。碰。碰碰。

「哈利。」她說。「哈利，我們得逃走。」

「逃走？」他說。

她的腹部再度產生抽痛。不，不是抽痛。感覺像是有人用生鏽的鐵釘劃過她體內。她摸向床鋪側面，卻失去了平衡，往後摔倒在地板上。她往旁翻滾，並捧住她的肚子。

「這些不是我們的寶寶。」她咬緊牙關地說。

哈利傾身過去，讓他能看到倒在地上的她。他可能又試圖對她露出困惑的微笑，但他臉上的皮膚已經少到看不出表情了。破爛的幾絲皮膚如同風中窗簾般擺蕩。他似乎變得遙不可及。

「瑪格麗特，這些當然是我們的寶寶了。」

它們的臉孔在床鋪側邊出現，用橘色眼睛窺視她。它們咕嚕作響、前後搖擺，想得到足夠的動力將自己往前推，一路落到地板上。它們要來幫忙，用銳利的小牙齒把第三個嬰兒從她的子宮中拉出，送入這個世界。

第二部

墳墓

The Tomb

一

到了一九八二年夏天，瑪格麗特和哈利．特納已經結婚十三年了。在他們三十多歲中旬時，兩人的臉龐與身體都變得較爲圓潤，還不到胖，但腰圍已開始變寬，也會買尺寸更大、穿起來更舒服的新衣服。他們和兩個女兒住在德州范德葛里夫一處良好社區的磚造房屋中：女兒們分別是剛滿六歲的尤妮絲，以及十歲的席德妮（Sydney）（我還要將近一年才會出生）。哈利爲沃思堡高速公路部門工作，而從提爾頓大學退學，並與哈利在一九六九年春天結婚後，瑪格麗特就一直是家庭主婦。情況並不刺激，但每個人似乎都多少感到滿意——直到這天早上，瑪格麗特從某個令人不安的粉紅色夢境中醒來，並發現哈利那側的床鋪空無一人。

碰撞聲吵醒了她。睡眼惺忪且困惑的瑪格麗特用一隻手肘撐起身子，環視漆黑的臥房。根據她的床頭鬧鐘顯示，當時是凌晨四點。通常在夜晚關上的臥房房門，現在則打了開來。她爬起身，穿上拖鞋，沿著走廊經過女孩們的臥室，兩人依然十分安靜，她走入客廳，發現通往後院的玻璃拉門敞開著。

全裸的哈利一動也不動地赤腳站在沒割的青草上，背對著瑪格麗特。

「哈利？」她呼喚道。

他沒有露出任何聽到的跡象。她穿過庭院，站到他身旁。他的眼瞼下垂，半閉著眼，用空洞的眼神盯著充當庭院邊界的木製圍欄。

「哈利。」她再說一次。

他發出咕噥聲。他還在睡嗎？他之前從來沒有夢遊過，不過他臉上的神情看起來有些熟悉。她把一隻手放在他的手臂上。

「它看見我了。」他說。「它知道我的氣味。」這些話語十分清晰，但毫無情緒起伏，使瑪格麗特感到毛骨悚然。

「我們何不進屋去呢？」她說。

「一座迷宮。」他說。

她拉著他的手臂，當她帶他回到他們的臥房時，他並未抗拒。「星期六這時候起床太早了。」她說，並輕柔地把他壓到床上。「我們該睡了，對吧？」

「我頭痛。」他用同種平板的語氣說。

「多睡一點，看看有沒有幫助。」

他閉上雙眼，靜靜躺著。瑪格麗特在他身旁躺下，儘管他幾分鐘後就輕柔地打起鼾來，她卻十分清醒。她爬起身，煮了壺咖啡，開始爲這天準備。

不久後，我姊姊們就因爲瑪格麗特在廚房中製造的聲音與氣味而醒來：席德妮有我父親近乎全黑的暗色頭髮，還有小嘴和蒼白的膚色，與眼皮沉重的棕眼。尤妮絲則長了我母親的紅髮、綠眼和紅潤（幾乎有斑點）的皮膚。席德妮粗魯固執又常生氣。尤妮絲性情溫和，也很好相處。如果你不曉得她們是姊妹的話，絕對不會認爲她們是手足；兩人現在都醒了過來，一面狼吞虎嚥地吃下早餐，並幫瑪格麗特整理尤妮絲六歲生日派對的物品清單。

八點左右，哈利再度醒來。他沖澡、穿上衣服，爲自己倒了杯咖啡，迅速地幾下把它喝完，再宣布他要出門拿生日蛋糕。他離開時，沒有跟瑪格麗特吻別。她和女孩們站在廚房中，聽著車子啟動退出車道。

「爸爸還好嗎？」尤妮絲說。

「因爲妳的蠢生日，他才覺得難過。」席德妮說。

「道歉。」瑪格麗特說。

「對不起，爸爸不喜歡妳，尤妮絲。」

「席德妮。」瑪格麗特說，嗓音中帶著警告意味。

「我只是開玩笑啦。」席德妮說。這是她最接近道歉的方式了，但這似乎讓尤妮絲感到滿意，所以瑪格麗特就此打住。

二

瑪格麗特絕不會用尤妮絲很受歡迎來形容她，但參加派對的人數卻不少。住在街道另一頭的韓森夫婦帶他們的女兒克里希來，桑格里夫婦帶了他們患有氣喘的矮小兒子赫伯特來。有一對哈利的同事，瑞克和提姆，帶了他們的孩子們過來，席德妮也邀請了幾個朋友。年紀較大的女孩們躲在席德妮的臥房，避開席德妮溫和地形容爲「寶寶派對」的場合，但她們都帶了禮物，消失前也有跟尤妮絲打招呼和說生日快樂。

使瑪格麗特訝異的是，隔壁沒有小孩的夫婦也來了。丹尼爾和珍奈特·蘭森幾週前剛搬來，瑪格麗特出於禮貌邀請了他們。丹尼爾是高中的新戲劇課老師，珍奈特則在鎮上的工作室教芭蕾舞。

「你們能來眞好。」瑪格麗特閒下來時，對他們說。「我沒想到你們會有興趣。」

「我們不會一直沒有小孩。」珍奈特說。「我們覺得應該先搞清楚情況，妳懂嗎？」她身材嬌小，骨架如鳥兒般纖細，身材也如同男孩般瘦弱，她後腦杓的棕髮綁成了緊繃的髮髻，外型就像瑪格麗特想像《安娜．卡列尼娜》(*Anna Karenina*)中凱蒂(Kitty)的模樣：美麗而脆弱的瓷娃娃。瑪格麗特從來沒這麼瘦過，現在的身材還比之前更圓潤沉重，因此站在珍奈特和她英俊的丈夫身旁時，她覺得難堪且自慚形穢。

「別相信她。」丹尼爾說。「她在找未來的客戶。」

瑪格麗特笑出聲來。珍奈特面露尷尬神色。

「如果妳覺得席德妮或尤妮絲會有興趣的話，我是有幾份工作室的小冊子。」她說。她狠狠地瞪了丹尼爾一眼。

他揉了揉頸部後方。「你們有好多恐怖書籍。」他說，並指向附近牆壁旁的書架，上頭擺滿了史蒂芬・金、安潔拉・卡特[9]、彼得・史超伯[10]、雪莉・傑克森[11]、威廉・彼得・布拉蒂[12]、艾拉・萊文[13]、詹姆斯・赫伯特[14]、拉姆齊・坎貝爾[15]與湯瑪斯・特萊恩[16]的書，自然也有H・P・洛夫克拉夫特的著作。

「你應該看看我們收起來的書。」瑪格麗特說。他們在鬧區的U-Haul倉儲公司租了一個空間，裡頭塞滿了老舊平裝本、通俗雜誌和漫畫書的箱子。哈利不願與他深愛的收藏品分開，但他同意家裡當前沒地方放了。

「所以啦，瑪格麗特，妳是做什麼的？」珍奈特說。

「我是家庭主婦。」瑪格麗特說。「但現在女孩們長大了，我想要回學校去。」

她從一九六九年就一直在講重新入學的事，但從未真的付諸實行。

「我不曉得能不能接受整天和孩子待在家。」珍奈特說。「我會想自殺。」

9——譯注：Angela Carter，英格蘭女作家，以女性主義和魔幻寫實作品聞名。
10——譯注：Peter Straub，美國恐怖作家，曾與史蒂芬　金合著《魔符》（*The Talisman*）。
11——譯注：Shirley Jackson，美國恐怖作家，著有《鬼入侵》（*The Haunting of Hill House*）。
12——譯注：William Peter Blatty，美國作家與導演，著有《大法師》（*The Exorcist*）。
13——譯注：Ira Levin，美國恐怖作家，著有《失嬰記》。
14——譯注：James Herbert，英國知名恐怖作家。
15——譯注：Ramsey Campbell，英國恐怖作家與評論家，曾撰寫並編輯過不少克蘇魯神話故事選集。
16——譯注：Thomas Tryon，美國演員與小說家。

「相信我，我也想過。」瑪格麗特說。

這句話聽起來不太像是玩笑，更像是她真有意如此，沒人笑出聲來時，她就找藉口去四處閒聊。其他成年人靠在廚房流理臺邊，和坐在餐桌邊，啜飲塑膠杯裡的飲料，再從成疊的達美樂盒子中抽出披薩。孩子們全待在外頭的八月酷熱中，在院子裡租來的充氣屋裡頭和周圍玩耍。哈利和瑞克與提姆坐在戶外，表面上是爲了避免有人碰上生命危險。

瑪格麗特停在玻璃門邊看著哈利。當瑞克與提姆在他兩旁大笑時，他盯著遠處。他的啤酒瓶在他右手的指尖之間搖晃。他去拿蛋糕回來後，依然沉默寡言。他記得自己夢遊過嗎？他感覺還好嗎？這個版本的哈利與她熟悉的男人截然不同。

他從椅子上起身，盯著玻璃門看。瑪格麗特對他揮手，對他露出同情的微笑。他似乎完全沒有看見她，動作僵硬且稍微顫抖，彷彿因某種費力勞動而感到痠痛。

就在此時，尤妮絲從充氣屋中跳出來，臉上的笑容與每個興高采烈的壽星兒童無異，紅髮則如同一抹夏日火焰般在她身後搖曳。哈利沒看見或聽到她，所以她撲到他背上時，他完全沒機會準備。瑪格麗特往門把伸手時，哈利跌向前，手上的啤酒掉到地上。酒瓶在水泥露臺上破裂，像是由綠色玻璃和泡沫構成的小型新星。

尤妮絲放開他並落到路面，哈利站穩身子。他忽然轉向她，抓住她的肩膀。「妳他媽的在搞什麼？」他飄入門內的叫聲儘管低沉了點，卻依然響亮。

哈利的同事中較高大的成員提姆，立刻拉開嚇呆的尤妮絲。瑞克抓住哈利的手臂，並用低沉冷靜的嗓音說話，聽起來是要中止一群醉漢打架鬧事的人。哈利甩開瑞克，再往他的鼻子揍了一拳。瑞克立刻用雙手摀住臉，隨卽踏上碎玻璃，碎片在他的球鞋下與地面摩擦。

瑪格麗特的身體終於動了起來。她一把拉開門，跑到外頭，擋在瑞克和哈利之間。有一瞬間，她以爲自己犯了一生最大的錯誤。哈利的雙眼狂野慌張又憤怒。

她舉起雙手，一面低語：「嘿。嘿。你沒事。你沒事。」

哈利舔舔嘴唇前後搖晃，喘著粗氣，握緊雙拳。瑪格麗特的雙肩流下斗大汗珠，凝聚在她的脊椎骨底部。她的皮肉在悶熱的空氣中發癢。

「哈利。」她用最緩和的嗓音說。「沒事的，一切都很好。你只是嚇到了。」

他眨了眨眼，些許理性回到他的眼中。他變回哈利了。他環視周遭，望向充氣屋和裡頭嚇壞的孩童們，坐在折疊椅上的瑞克，用血跡斑斑的手指摀住自己的鼻子和嘴巴；再看到輕拍哭泣尤妮絲背部的提姆，和席德妮與她的朋友們，她們如同動物園訪客般擠在玻璃滑門邊。

瑪格麗特抓住哈利的手臂，當天第二次帶他進屋，從女孩們身邊走過，跨越走廊，進入主臥室。

「躺下。」她說。

「我不累。」他說。

「我不管。你失去今天的後院特權了。」她在離開時用力關上門。

她用模稜兩可的藉口說哈利不太舒服，並允諾等醫生隨後到來後，他們的問題就會得到解答，同時引導賓客走向前門。尤妮絲目瞪口呆地看著她的派對土崩瓦解，並逃到她的房間，漲紅的臉滿是淚水。席德妮面無表情地坐在沙發上，觀看電視上的電影，瑪格麗特掃起了前廊上的玻璃，再扔掉紙盤，清空塑膠杯，把所有垃圾都拿到外頭的車庫。她讓氣球和飾帶留在原處，不過現在它們看起來十分突兀，像某種醜陋光景的虛假偽裝。

她和席德妮一起坐在沙發上，用一隻手臂環繞她的肩膀。她身旁的席德妮依然顯得僵硬，目光也不願離開電視。

「讓我獨處。」她說。

瑪格麗特放開她，上樓去看尤妮絲的狀況。她發現自己的小女兒躺在床上，面向牆壁。她坐下來，揉了揉尤妮絲的背部。

「我的派對。」尤妮絲說，嗓音沉重不已。

「我知道，甜心。對不起，但爸爸不舒服，我——」她停了下來，不確定自己該說什麼。「如果爸爸的問題會傳染的話，我不想讓他讓別人不舒服。他現在去睡午覺了。妳何不也躺一下，我們晚上再繼續辦妳的派對呢？」

「那我的充氣屋呢？」

「我們當然可以再多留一天。」如果有必要的話，她會逼哈利答應。至少他能做到這件事吧。她親了尤妮絲的臉頰一下，接著走進主臥室。

哈利還躺在床上，盯著天花板瞧。他揉揉右手，指關節都腫了起來。瑪格麗特關上門，靠在門上。

「我知道。」他說。「我知道。」

「瘋狂根本不足以形容。」瑪格麗特說。

「我不曉得發生了什麼事。」

「你今天凌晨夢遊了，你記得嗎？」

她能從他嚇呆的臉上看出他不曉得這件事。自從他們交往以來，他們一直在注意這種事。由於他母親，哈利做過好幾次思覺失調症測試，但結果總是健康無事。現在才發生症狀的話，顯得太晚，但並非全無可能。瑪格麗特無法忘卻今天早上他臉上的神情——兩眼無神的冷淡表情。爲何那看起來這麼眼熟？

「聽著——我不覺得會發生什麼事。」他說。「這不是——這不是妳擔心的那種事。我不曉得是什麼事，但絕對不是那種事。如果——**如果的話**——出了事，我保證會去看醫生，好嗎？」看她沒有回答，他說：「瑪格麗特，拜託，讓我先用自己的方式試試看。」

三

他們在那天接近傍晚時再度聚首，繼續過完尤妮絲的生日派對。哈利和女孩們在充氣屋裡玩，瑪格麗特則加熱了剩下的披薩。她和哈利讓女孩們同時吃披薩和蛋糕，旁邊還擺了一大堆冰淇淋。晚餐後，他們讓尤妮絲衝向茶几上的禮物堆，睜大眼睛又亢奮的她撕開了閃亮的包裝紙。他們坐在客廳，周圍擺著新玩具、遊戲和衣服，看著電視上播放的電影。瑪格麗特躺在沙發上，哈利躺在地板上，女孩們擠在他兩側。瑪格麗特有時會用手拂過他的頭髮，感受在她手指間彎曲的髮絲。

那晚，女孩們快樂放鬆地上床後，哈利與瑪格麗特做了愛。屋內的牆壁很薄，所以他們得緩緩移動，並保持安靜。這讓瑪格麗特有時間觀察哈利的臉孔，並見到對方心中溫和與善良的基石再度鞏固下來。他柔和的吻似乎在堅稱下午的事只是意外，一切都沒事。之後，當他們汗流浹背地躺在彼此身旁時，他說出那句老話：

「**我愛妳直到時間的盡頭，與彼端的來世**。」

那是他在他們結婚當晚想出的打油詩，由於內容太過戲劇化，使瑪格麗特在他面前大笑。此後這句話成了他們之間的簡略用語，是婚姻的內在語言，也是諷刺又懇切的用語，讓人翻起白眼，心頭卻也爲之一跳。

「與彼端的來世。」她認同道，並把頭枕在他的胸膛上。

四

派對過後幾週，哈利支付了瑞克治療鼻子的保險共付額，爲席德妮報名了珍奈特・蘭森工作室的芭蕾舞課，也幫尤妮絲買了台康懋達64（Commodore 64）電腦和一疊磁碟片。

哈利送出這些禮物時，瑪格麗特假裝感到興奮，也和女孩們一同表現得很開心，但一等她和哈利獨處，她說：「我知道你內疚，付瑞克的醫藥費是明智之舉，但我希望你沒花這麼多錢在女孩們的小東西上。」

哈利從《死亡禁地》（*The Dead Zone*）的封面後頭望向她。「這是女孩們在二十到三十年後會記得的事，這是造就童年的東西。」

「那台電腦幾乎要花上六百塊美金。」她說，一面把潤膚霜抹到手上。「這還沒算上你買的所有遊戲。」

他把書放在胸口上。「妳想要我怎麼做？走進尤妮絲的房間，把電腦拿走嗎？」

「拜託，不要再買昂貴的東西了，我們還有聖誕節的錢得花。」

她看著他努力壓下怒氣，維持冷靜。他爲什麼這麼火大？他在氣什麼？「妳說得對。我應該先跟妳說說這些事的。」

但隔天，他下班回家時晚了一小時，而當瑪格麗特在車庫裡和他見面時，發現他的旅行車後車廂裝滿了五金行買來的木材與袋子。

「這是什麼鬼東西？」她說。

「我要爲萬聖節蓋棟鬼屋。」他說。

儘管萬聖節是哈利最喜歡的節日，他也總會與女孩們一起慶祝，但就瑪格麗特所知，自從他們在一九六八年去嚇人屋後，他就從來沒去過另一間鬼屋了。形容這句聲明讓瑪格麗特大感訝異，其實還算是輕描淡寫。

「我們說好了。」她說。

「這很棒耶。」席德妮說。她擠過瑪格麗特身邊走進車庫，打開後車廂，開始卸貨。

「席德妮，住手。」瑪格麗特說。「爸爸要把這些東西送回店裡。」

席德妮在車子到房屋門口之間停下腳步，雙臂抱著一只塑膠袋。她望向哈利。

「我沒有要把東西送回店裡，甜心。」他對席德妮說。「沒問題的。」

「女孩們，回妳們的房間去。」瑪格麗特說。

她們低下頭快速離開車庫。

瑪格麗特指向旅行車中的木材。「我們說好了，不再花大錢買東西。」她說。

過了一陣子後，他伸出他的手。「跟我到外面。」

她讓他領著自己穿越房屋，走入院子。他們走路時，青草尖端戳著她赤裸的腳踝。他停在中央，緩緩轉了一圈，一面把她拉進自己的軌道中。

「妳看到什麼了？」他說。

「你該割草了。」她說。

「我一直等到秋天才要開始除草，但一直都沒動手。」

她胸中的頹喪感放鬆了點。「你才是想搬到德州的人。」

「不，德州是我找到工作的地方。」他說。「但告訴我——妳還看到什麼？」

她閉上雙眼，深吸一口氣，再度睜眼。她端睨著院子，是個龐大平坦又有些傾斜的草地庭院，三側都有高大的木製圍籬。後門外有塊小型水泥露臺，上頭有烤肉架、桌子和幾張塑膠椅。草地上有條捲起的水管，依然連在房屋磚牆上突出的水龍頭上。她發現，她和哈利正好站在自己幾週前發現他夢遊的地點。

她沒對哈利說這件事，反而說：「我看到普通的院子。」

「我懂。」他說。「直到尤妮絲的派對那天之前，我也這樣覺得。但是，當我坐在前廊，盯著充氣屋看時，我腦中浮現了某種點子。把這一切視爲某種東西的基礎，是某種偉大的東西。現在我無法甩掉這種想法了。」他碰觸自己的太陽穴，縮了一下。「就像從未消失的悶痛。」

「所以你才失去理智，開始尖叫和打人嗎？」

「我不確定。」他放下手，皺起眉頭。「但無論是不是，我都得承認有事情不對勁。這和妳或女孩們無關。」他趕緊補充道，並再度去牽她的手。這個動作感覺起來敷衍且毫無意識。「不，感覺像——我每天起床，穿上襯衫和領帶，開進車潮，抵達辦公室，把大部分清醒的時間都耗在那，然後我回到家，累到什麼都做不了，只能看一下下電視然後睡覺。有時我覺得，在最佳狀況下，這就是我退休前唯一能指望的生活，之後我就會太過衰老，什麼都做不了，只能在電視機前浪費僅剩的幾年生命，和等待信件，還希望我哪個長大的孩子會打電話或寫信來。之後我會死去，一切塵埃落定。」

「有些人會認爲那是很成功的人生。」瑪格麗特說。

「妳會這樣想嗎?」

她幾乎要向他撒謊說，會，那是很棒的人生，他也應該閉上嘴巴。但大多怒氣已經消散，而她心中那股冰冷變得太過強烈，無法輕易忽視。

「你夠了解我，我本來有機會過安全的『成功』人生，而我選了你。我想要冒險。」

「妳比我聰明。」他說。「我爲了上學存了很多錢，但之後我主修工程學。我想證明我能照顧妳，我們也不會窮。我應該要勇敢，像妳一樣。」

一棟鬼屋。瑪格麗特把鬼屋和她在嚇人屋盡頭看到的類狼生物聯想在一起——那隻生物有橘色雙眼和紅色斗篷，就在哈利將她拋下滑坡前，那生物還指向她，彷彿在將她挑出來。她在幻覺中看到一堆蟲子從皮爾斯・隆巴德的前額爆出來前，就在對方的車窗外看過那生物。她從來沒和哈利討論過這些事，也從未把出現嚎叫聲、狼群和古怪嬰孩的夢告訴他。現在似乎不是提起這些事的時候。

「告訴我，」她說，一面抓緊他的手。「在院子裡蓋鬼屋到底能改變什麼？」

「我不確定。」他說。「但感覺很重要。我覺得如果我動手的話，就會瞭解下一步要幹嘛了。」

她把哈利的臉轉向她。「我跟你談個條件。你想要蓋某種東西，也不想負責任。我想要某種回報。」

「是什麼？」

「我也不快樂。」她說。她深吸一口氣，並說出自從她與珍奈特・蘭森首度交談後，就使她耿耿於懷的話。「我要念完我的學位。除非我們不需要擔心錢，不然我辦不到，那代表你得有工作，哈利，即使是你討厭的工作。這就是我的條件：你可以蓋這個東西，但你得繼續套上領帶、穿過車潮，直到我畢業找到工作。你辦得到嗎？」

他臉上閃過某種神色，但難以在黯淡的光源下看清楚。「我想可以吧。」他說，她則忽然明白為何他夢遊時的表情看起來如此熟悉。那就是他在嚇人屋時露出的神情，瑪格麗特也在當晚見到穿紅斗篷的生物。那表情似乎指出，他的腦中一片空白。

五

她讓哈利帶女孩們下來，在客廳告訴她們這件消息，她則到廚房加熱他的肉捲。

「你要蓋一整棟屋子？」尤妮絲說。

「不會是整棟屋子，傻瓜。」席德妮說。「就像妳生日用的充氣屋不是整棟房子一樣。」

「席德妮，別亂罵妳妹妹。」瑪格麗特說。

「她太兇了，但她沒說錯。」哈利對尤妮絲說。「那只是個名字。我會在車庫裡打造一切，然後我們再去後院組裝房子。」

「所以那比較像是鬧鬼院子。」尤妮絲說。

「嚴格來說，沒錯。」哈利說。「但如果我們蓋得好，人們進來時，就會忘記這是我們的院子。他們會以為自己眞的看到怪物和幽靈了。」

「我們爲何要嚇人？」尤妮絲說。

「因爲被嚇壞有時很好玩。」哈利說。「我也覺得我們應該會幹得很好。我負責大部分設計，妳們可以設計自己的房間，我負責蓋。」

「我可以編出任何我想要的東西，然後你蓋嗎？」席德妮說。

「在合理範圍內可以。」哈利說。

「我可以做戲服。」瑪格麗特說，這也讓她感到訝異。她沒打算自願，但現在卻發現自己正在和她成年生活的核心問題搏鬥。她從來就不想要小孩，哈利想要。她希望她第一個孩子能將她變成天生的母親，是個會對孩子感到驕傲的女子。但席德妮和尤妮絲的出生反而使她變得冷感。她盡了自己的責任，照顧、陪玩、唱歌和念書給孩子聽，也餵飽她們，但從未對她的孩子們感到如自己對哈利產生的炙熱烈愛。如果所有父母都有這種感受，覺得要花許多年才能愛上你的孩子的話，可能會讓她感到寬心點：但每個女孩出生時，哈利總會大哭，每天下班後看到她們時，似乎也真心感到興奮。他似乎不在意自己的私人時間與空間消失，瑪格麗特則認爲女孩們似乎直覺地明白他和她之間的心境差異。她總是感到對她們屈居劣勢，並急於展現恰當程度的愛。

「妳確定嗎？」哈利說。他看起來訝異又感激。

「對。」瑪格麗特說。

接下來整個晚上，他們全部坐在餐桌邊，在方格紙上描繪出藍圖。

我的工程師父親是個執著的收藏家，和挑剔的記錄者，所以這些設計大多都有保存下來。我把它們夾在我書桌裡的筆記本中，裡頭還有我姊姊們根據自己點子製作的繪圖：擺滿娃娃頭顱的房間，木乃伊會在裡頭追趕你。還有我的最愛：有座看似尋常的房間，讓你覺得彷彿來到了鬼屋盡頭，但燈光隨即熄滅，無形的聲音則開始悄聲說出醜惡的眞相。尤妮絲在這張圖片上的注記稱它爲「惡祕房（The Bad Secrets Room）」。

當晚結束時，哈利把所有截然不同的點子收集起來，把它們擺在餐桌上。他揉揉下巴並皺眉。「我們現在有一大堆亂七八糟的恐怖點子。」他說。「我們得挑出一個嚇人的好點子，再從中延伸出其他較小的驚嚇點。我想，」他說，一面用橡皮擦敲著文件，「我想我們該蓋間墓園。我們可以製作假墓碑和尖銳的黑色圍籬，把它們擺在房子前，然後在後院蓋一座墳墓。每個房間都可以是不同的墳墓或墓穴。或許我們可以做個有木乃伊的埃及墳墓，再蓋一座像路易斯安那州那裡的地上墓。」

「路易斯安那州的人爲什麼要把人埋在地上？」席德妮說。

「因爲路易斯安那州是座大沼澤。」尤妮絲說。「人們把遺體埋在地底後，遺體會被沖到地面。它們無法待在地下。」

瑪格麗特和哈利都訝異地望向尤妮絲。突如其來的關注使她嚇了一跳。

「是眞的嗎？」席德妮說。

「對。」哈利說。他依然把注意力放在尤妮絲身上。「妳怎麼知道？」

她充滿罪惡感地向客廳中的書架瞥了一眼，隨卽盯著桌子。「我不記得了。」

六

生活繼續進行。哈利早上去上班，瑪格麗特把申請信寄給位於范德葛里夫的德州大學。晚上，哈利將他的木材堆改裝成組合式牆壁、天花板和地板。席德妮在車庫裡陪他，戴著兒童尺寸的護目鏡做功課，哈利則負責測量和切割材料。

席德妮開始上芭蕾舞課，珍奈特・蘭森說她是天生的舞者。無論瑪格麗特在何時看到席德妮在臥房鏡子前練習五種基本姿勢，都會注意到她臉上流露出的熱切專注，那是某種狂熱的激動情緒。她看起來決心要讓姿勢變得完美，並帶著優雅做好一切。尤妮絲用相似的熱情面對她的新電腦，每天下課後，她都會回到房間，坐在笨重的棕色鍵盤前，一動也不動，直到有人要求她起來。哈利選的禮物很好，瑪格麗特自己從來不會想做這兩件事。令她心痛的是，儘管他平常都在工作，沒跟女兒相處，不知怎地卻憑直覺就猜到她們的需求與心願，比她還更懂她們。

至於他自己的需求，在哈利完成墳墓的基礎架構前，就把木材用光了，只好下班後在社區打探，找尋沒人看管的建築工地，和正在拆除圍籬的屋主。他累積了太多木材，導致車庫的空間不夠，得將一大堆木材擺在屋子旁，上面再鋪塊防水布。他用這堆新木材搭建了更多牆壁和地板，外型普通、毫不嚇人的板子，如同纖細的積木般堆在車庫中。現在哈利和瑪格麗特把車子停在車道上，以便讓計畫室有更多空間。

有好一陣子，一切似乎平安無事——直到一聲尖叫將瑪格麗特從睡夢中驚醒。

「寶貝們。」她心想，思緒從消散的夢境最後幾縷粉紅色輕煙中流竄而出。「寶貝們在尖叫。」哈利推開尤妮絲的房門打開燈光，她跟上對方。尤妮絲坐在床上，她的身體緊緊貼在床頭板上，嘴裡發出銳利而恐怖的聲響，那是能讓任何父母心臟停止的警報聲。

「怎麼了？」哈利在喧鬧中喊道。「發生什麼事了？」他在床上坐下，用雙手捧著她的臉。她的雙眼讓瑪格麗特想起哈利在生日派對時發病的狀況。眼神中有某種狂野的東西，不太像人類。

尤妮絲開合嘴巴幾次，接著指向房間另一頭的窗戶，窗口正好面對後院。「外面有個人。」

「什麼？」瑪格麗特說。

「狗娘養的。」哈利說。他側身擠過瑪格麗特身旁，走出房間。他離開時，訝異的席德妮走出她的房間，雜亂的頭髮看起來像是老鼠窩。

「出了什麼事？」她說。

「沒事，親愛的，回床上去。哈利，等等。」瑪格麗特在他身後喊道。萬一後院眞的有人呢？哈利沒有穿鞋，也沒有武器。

「直到有人告訴我出了什麼事前，我不會回床去。」席德妮說。

在那一瞬間，瑪格麗特想賞她好鬥又冥頑不靈的女兒一個耳光，這是她母親會做的事。但擔憂壓過了短暫的怒氣，她緊跟在哈利身後。他沒關上玻璃滑門，在院子裡走動，手上拿著手電筒。他將光線來回掃過面前的地面。

「該死，瑪格麗特，妳可以回屋裡去嗎？」哈利說。

「去跟妳妹妹待在一起。」瑪格麗特說。

「出了什麼事？」席德妮跟著瑪格麗特出來，盤著手站在她身後。

「我們該報警嗎？」她說。

「回屋裡和女孩待在一起。」他說。

這個要求很合理。有鑑於當前狀況，女孩們或許不該獨處。當她跨越露臺走向門口時，右腳足弓傳來一陣尖銳劇痛。她叫出聲來。

哈利把光芒對著她。「怎麼了？」

「我踩到什麼東西了。」她說。「別擔心。」

她一跛一跛地走進屋內，打開廚房的燈光，坐在桌上。她用左膝撐住受傷的腳，腳跟髒到她無法從外表看到任何東西。她用一側手背擦過它，立刻感到一股痛楚閃過。大概有碎片扎進腳底了。

她跳著去尤妮絲的房間，先在房間門口穩住身體，右腿宛如紅鶴般翹在身後。席德妮坐在床上，尤妮絲身旁，握著她的手悄聲說話。瑪格麗特進來時，她停了下來。

「席德妮，去浴室最上層的抽屜拿鑷子來。」瑪格麗特說。

「發生什麼事了？」席德妮說。

「**現在就去**，席德妮。」瑪格麗特說。由於感到愧疚，她補充道：「我在外頭踩到東西，自己拔不出來。妳可以幫我嗎？」

席德妮起身照做。瑪格麗特跛著腳走到床邊，坐下來，臉皺了一下。她握住尤妮絲的手，試圖露出微笑。

「爸爸找到什麼了嗎？」尤妮絲說。

「還沒，但他還在找。」

「我真的有看到人。」尤妮絲說。「妳不相信我，對不對？」

還好此時席德妮帶著鑷子回來，中止了對話。尤妮絲和瑪格麗特坐到地上，瑪格麗特把她的頭擺在尤妮絲膝上。席德妮坐在床上，把瑪格麗特的腳擺在她腿上。瑪格麗特要尤妮絲握住她的手，不只是因爲她需要慰藉，也由於她想讓她女兒分心。席德妮找到了碎片，並在嘗試幾次後，將它拔了出來。它離開瑪格麗特的身體時，又讓她感到一陣刺痛。

「夾到了。」席德妮說，一面舉起鑷子給她母親看。

「夾好。」瑪格麗特說。「別讓它掉到妳妹床上。」

「我不會弄掉。」席德妮說，她的勝利感逐漸化爲陰鬱。

瑪格麗特坐起身，從席德妮手上接過鑷子。她仔細檢視夾在鑷子間的物體：一根細長的綠色碎玻璃。這一定是來自哈利幾週前在派對上丟下的瓶子，在那之後，她已經掃過露臺很多次了，這塊碎片怎麼還在？

她在腳上擦了新孢黴素，貼上OK繃，再把碎片拿到廚房。她打算把它丟掉，但卻不知怎地感到猶豫，於是把碎片放進塑膠三明治袋中，隨後將袋子藏在她擺放擦碗巾和防燙布墊的抽屜深處。她說不上來自己爲何感覺得這麼做，只知道自己動手了。

她關上抽屜時，哈利走進屋內，他皺著眉頭，口中正準備吐出問題。

「有發現什麼嗎？」瑪格麗特問，以便轉移他的注意。

他把手電筒放在餐桌上。「我在院子裡繞了三圈，但什麼都沒看到。她一定是作惡夢了。」

之後他們試著再度安撫女孩們，但尤妮絲拒絕相信整件事都是自己在做夢。

「我知道自己看到什麼了。」她堅持道。

「有時很難判斷睡夢和清醒之間的差異。」瑪格麗特說。「夢境感覺起來可能會很逼眞。我們何不先睡，早上再談呢？」

「我可以睡在你們的床上嗎？」尤妮絲說。

「不行。」瑪格麗特說。

「可以。」哈利同時說。

「我也要。」席德妮說。「經過這些事後，我才不要當唯一自己睡的人。」

於是特納全家都擠上瑪格麗特和哈利的加大雙人床，瑪格麗特和哈利睡在外側，女孩們睡在內側。女孩們幾乎立刻入睡，哈利不久後也遁入夢鄉，席德妮緊靠在他身旁。不過，尤妮絲打從在娘胎裡就愛踢腿，每次瑪格麗特開始失去意識時，尤妮絲的腳或膝蓋就會擊中她的臀部、腹部、大腿或背部。約莫四點時，疲於受到攻擊的瑪格麗特下了床，泡了壺咖啡，在電視機前坐下。她在當地公共電視台找到一部老電影。那是部默片，劇情講述一位專業催眠師利用一個夢遊者來進行謀殺。等到太陽升起時，她覺得比起清醒地躺在床上、還不時被踢，現在感到更不舒服。

由於受到培根與烤吐司氣味的呼喚，哈利和孩子們在六點後蹣跚地走出臥房。餐桌旁的交談只剩下簡單的要求——「把這個傳過去」和「我想拿……」等等。瑪格麗特目送哈利出門上班，再陪女孩們走去上學，房子剩她一個人後，就拿掃把和畚斗去前廊再掃一次，然後再一次，接著又掃了第三次。每次掃完後，她望向畚斗裡的東西，但只看到泥土。她清楚自己該感到放心，但卻又感到一股微微的失望，彷彿自己錯過了線索或跡象。

她把掃把靠在房屋旁，走到尤妮絲的臥房窗口。長方形的小窗戶看起來屬於一樓，照亮了地下室，但它卻是位在牆面高處。要從裡頭看到某人的話，對方必須長得很高，更別提從外頭爬進來了。當其他臥房有更低矮、尺寸也正常的窗戶時，爲何要嘗試這裡呢？因爲這是從街上唯一看不到的窗戶嗎？你需要梯子才能站得夠高，好將它撬開——或是你得強壯到能用單手撐起自己，並用另一隻手打開窗戶。

她走進室內，把掃把擺到一旁，拿了個踏凳來。她把踏凳拿進院子，將它放在窗戶旁的柔軟土地，爬上去仔細看看。

她胃部深處開始傳來一股輕微的不適。窗口右邊的磚塊有三道深邃的凹洞，而紗窗框架左側則往外彎曲突出了至少一英吋。

她抓住窗框好穩住自己，一面轉頭往草地嘔吐。當她的身體抽搐、胸口產生灼燒感時，她的指尖擦過了堅硬的磚塊。

七

哈利下班回家後，她逼他爬上去自己看。他用手指拂過磚塊，也摸了摸窗戶，並露出不悅的神色。

「你看到了，對吧？」她從自己在地面的位置說道。

他爬了下來。「我看到磚頭上有些瑕疵，紗窗也有點突出，這兩者都不代表什麼。每塊磚頭都有點小缺陷，對吧？工人們蓋這棟屋子時，那塊磚頭可能就長那樣了，紗窗上的則可能只是正常磨損。我不曉得，我沒有那麼專心維護房子。」

「你是說——」

「我是說，我看不出有什麼需要慌張的理由。」他折起凳子，把它拿回室內。

「我知道這句話聽起來的感覺。」她說，一面跟著他跨越露臺。「但在尤妮絲昨晚看到東西後，你不覺得——」

哈利把凳子丟向房屋並快速轉身，使瑪格麗特嚇得後退一步。

「老天爺。」他說。「妳他媽的別說了好嗎？」

她又後退一步。

「妳得發明新麻煩來讓我解決嗎？」他說。「妳那麼無聊嗎？」

「你瘋了嗎？」她說。「這哪裡是編出來的麻煩？尤妮絲看到某種東西，窗戶看起來也很怪。我不認爲那讓我顯得歇斯底里。」

他閉上雙眼，搓揉太陽穴。「對，妳說得沒錯。」他說，嗓音中的怒意已然消散。「但我昨晚什麼都找不到，所以除非有東西飛進來，不然我不曉得外面怎麼可能有人。尤妮絲是個孩子。我們不能讓她的惡夢宰制我們的清醒時間。」他拿起凳子，把它拿進屋裡。

瑪格麗特沒有跟著他，而是坐在一張露臺座椅上。這是他頭一次兇她之後沒道歉。他怎麼能說窗戶沒事？他瘋了嗎？還是她瘋了？

八

即使在平日夜晚，從晚餐時間到就寢時間，和週末一整天，哈利打造墳墓的進度都持續落後。十月第一週，他開始熬夜工作，如果他有睡的話，就會睡在長沙發上。他做了紙漿面具，打造橡膠怪物，爲組合式牆壁上漆，並和女孩們爭論房間的點子，直到他們決定爲尤妮絲做間孤兒院墳墓，席德妮則得到吸血鬼芭蕾舞女伶墳墓。

他買了好幾罐噴霧網液、小包裝玩具蟲子和塑膠吸血鬼牙齒。萬聖節用品堆積在車庫中，還疊進廚房，瑪格麗特則在廚房裡把縫紉機擺在桌邊。她先前沒有縫紉過多少次——她母親教過她作法，但也給了瑪格麗特這是「低等」工作的觀感，還覺得瑪格麗特只該在緊急時刻才動手縫東西（比方說，在度假或極度貧困時扯破襯衫）。讓瑪格麗特感到訝異與開心的是，她發現自己對此十分拿手，而她做的頭幾套服裝，都差不多跟織品店賣的樣式品質相同，甚至更好。

「哇。」當她給哈利看她爲他做的特製破損白色長燕尾服時，哈利這麼說道。儘管布料很新，卻傳達出一百年多年以上的破爛效果，縫線的扭曲程度程度剛好能讓旁人感到不安。「妳可以做這行維生。」

她不太能享受這句讚美。現在她每天早上幾乎都會嘔吐，她算過了：她的生理期晚了兩週。她縫起衣服，不去想這件事。

哈利開始打造戶外結構。他在院子裡把他的組合式牆壁拼成充滿房間與走廊的迷宮。他每晚都工作到日落後，還把兩只手電筒用膠帶貼在一頂安全帽上，讓他在敲打鑽洞時能看到東西。當他的工作超過八點，然後到九點時，鄰居開始抱怨了。

哈利沒有改變他的工作習慣，反而招募鄰居來幫忙搭建，也讓他們扮演角色，還請珍奈特・蘭森來當演員的「動作顧問」。他誇讚新的共事人對方迄今爲止未知的天份，他們則忽然接受了（甚至還對此感到興奮）工地的噪音。

除了院子裡的工程外，哈利還開始在房子的尖形屋頂上建造一座平台，以便製作裝設信標燈的空間。

「我要讓整個社區，甚至是整座城市都看到它，並在萬聖節時過來。」他說。

當瑪格麗特在晚上入睡時，會聽到他低沉的嗓音從上頭傳來，腳步聲也在她頭頂來回踱步，像是等待受邀進屋那種不耐煩的客人。

九

萬聖節兩週前，哈利請了一天假，開車載整家人去泰勒拜訪他母親黛博拉，和她一起過生日。上午大多時間都耗在路上，哈利和瑪格麗特一開始提議讓她搬到威爾伍德療養院時，黛博拉・特納就反對這種距離。

「你們永遠不會來看我。」她說。「那裡太遠了。」

她沒說錯。瑪格麗特和哈利很幸運，每幾個月就能去一次，但威爾伍德是德州最好的長期心理健康照護場所。它有寬敞的單人房，修剪整齊的蒼翠草坪，排滿活動的行程表，以及能協助金錢管理、健康與體能的員工。

瑪格麗特對把黛博拉送到威爾伍德也感到猶豫。她和哈利剛搬到德州時，瑪格麗特曾提議讓黛博拉來和他們同住。

「這種解決方法不是更好嗎？」

哈利雙手握住咖啡杯，盯著裡頭的殘渣。他花了很長一陣子才回答。「妳的提議很棒，但狀況會和妳想的不同。我覺得妳——」他停了下來並搔搔下巴。他敲敲面前餐桌上的威爾伍德介紹手冊。「相信我，這樣最好。」

黛博拉立刻被送往該處。她結交了朋友，裝飾了她的公寓，還愛上編織。當哈利、瑪格麗特和女孩們來訪時，她似乎感到心滿意足；她只會抱怨女孩們在每次來訪之間長大了多少。

「噢不！」當她捧住她們的臉時，她會這麼說道。「別再長大了！」

這次造訪開始的方式沒有多少不同，大伙儀式性地擁抱彼此並驚呼，隨後烤肉，並在草皮上的野餐桌上吃蛋糕。午餐後，哈利和女孩們和療養院裡養的其中一隻狗一起玩，那是隻名叫黛西的黃金獵犬。她們互丟網球，黛西則在她們之間奔跑，試圖咬住空中的球。瑪格麗特和黛博拉坐在桌邊觀看，一邊喝汽水。瑪格麗特偷偷摸摸地窺視黛博拉，直到這位較年長的女人說：「妳在想什麼，親愛的？」

「什麼？」嚇了一跳的瑪格麗特說。

「我老了，但不笨，也不瞎。自從妳過來後，就有某種事讓妳心煩。」

瑪格麗特得強迫自己開口。大聲說出話語，似乎就會讓一切成真。

「妳是在什麼時候第一次知道，」她說，「妳——妳身體不太好？」

黛博拉轉身面對她。「哈利出了什麼事嗎？還是女孩們？」

「我想，女孩們沒事。」瑪格麗特說。「但哈利……最近有點怪。」

「我高中時日子開始過得不太好。」黛博拉說。「有幾天光線太亮，聲音太大，感覺像是宿醉，但少了酒精；有時候我會整整一週沒睡，接著連續睡上三四天。我無法結交或保有朋友，我有瘋狂的心情劇變；我婚禮當天完全沒有感覺，還在我丈夫的葬禮上咯咯發笑；有時我和別人談話時，他們會告訴我說，我講話毫無邏輯。比爾還活著時，他會幫我管理並隱藏這件事，等他受到徵召，家裡只剩下我和哈利時，狀況就變得難熬多了。我開始覺得超市裡的人都在盯著我瞧和議論我；讀著湯罐頭上的成分表，或看著我咖啡杯的底部時，我會看到隱藏的訊息。」她啜飲了一口飲料。「我有本剪貼簿——裡頭有食物標籤、剪報和一堆來自我工作的辦公室裡的便條。我很確定有人試圖告訴我什麼事，眞希望我能弄懂眞相。之後，有天晚上警察在高速公路路肩上找到我，地點離家有十英哩，我穿著睡衣、還打著赤腳，完全不曉得自己怎麼會到那去。哈利獨自在房子裡醒來，並打了電話。我一定夢遊了，天知道原本會發生什麼事？妳可能知道剩下的事，除了醫院和治療外，哈利也得去和他的阿姨與叔叔住一陣子。」

「哈利從來沒告訴我那些事。」瑪格麗特說。

「我不感到訝異。當時對我們倆都是糟糕的日子。」黛博拉說。「沒有孩子該自行應付有心理問題的父母。」她朝自己的大腿眨眼，瑪格麗特握住她的手。她現在無法說出哈利最近的行為，無論接下來發生什麼事，瑪格麗特都會獨自承受。

她反問說：「妳不覺得自己還會收到隱藏訊息嗎？」

黛博拉對她露出緊繃且毫無幽默感的淺笑。「不會。」

「當妳還會收到那些訊息時，妳覺得自己該做什麼？」

年長的女子想了一下。「沒什麼合理的事，所以人們才說這就是瘋了。」

十

他們在約莫五點時前往范德葛里夫。女孩們在後座睡覺，瑪格麗特和哈利在前座聽無線電廣播。瑪格麗特想到自己與黛博拉的談話，在心中反覆思索年長女子的話語。她沉浸在自己的思緒中，使她沒注意到哈利皺眉、搓揉太陽穴，一面咬緊牙關地吸氣。接著，等離家剩下九十分鐘車程時，他倒抽了一口冷氣，猛地轉向路肩，迅速停下車子，使得瑪格麗特猛地前傾，被安全帶往後拉住。

「怎麼——」她正要開口說。哈利的手從方向盤上飛開，一隻手撞到他身旁的窗戶，另一隻手則擊中瑪格麗特頭部側邊。她晃到右側，比起受傷，更多的則是驚嚇，女孩們醒了過來，開始大叫。他雙腿顫動，雙腳用力踩在踏板上，使引擎繼續運轉。他的喉嚨深處傳來微小的呼嚕聲，聽起來彷彿溺水了。他弓起背部，頭部用力撞在頭枕上。

癲癇。她的大腦想出了這個字，並如同抓住救生圈一樣緊咬它不放。她該怎麼做？電影中的人們總會把某些東西塞進病患嘴裡（像是木湯匙），以免他們咬穿舌頭。她該上哪去找湯匙？幹。幹。幹。女孩們正放聲尖叫，這讓一切變得更糟。

「閉嘴！」她對她們叫道。「閉嘴，這樣我才能思考。」

哈利的身體癱軟下來，整個往前傾，下巴貼在胸膛上，雙眼緊閉。女孩們安靜下來。席德妮臉上流下淚水，每次呼氣都伴隨著鼻水的抖動聲。尤妮絲沒有流淚，但臉孔變得蒼白。哈利張開嘴淺淺地呼吸，用一條袖管背面抹著臉。瑪格麗特發現自己有隻手靠在胸口，另一隻手則懸在哈利肩膀上。她把手放在他肩上。

他睜開雙眼，顫抖地吸了口氣，望向瑪格麗特。

「我們在哪？」他說。

十一

剩下的路程，瑪格麗特負責開車。她把尤妮絲和席德妮留在蘭森家，再帶哈利去范德葛里夫紀念醫院急診室。他們坐在擁擠的等候室中好幾小時，才有人帶他們到檢查室。等到醫生探頭進來，允諾會盡快來找他們時，已經凌晨三點了。

「去接女孩們，然後好好休息。」哈利說。「該來接我時，我會打電話給妳。」

她不想承認，但她樂於讓他留在那裡，她需要空間。她親了他的前額，她的嘴唇乾燥，他的額頭則有鹹味；她隨後離開，去接女孩們。她帶她們回家，用空洞的承諾安慰她們，送她們上床，並設定了早起的鬧鐘，以讓她能打電話給學校，讓女孩們留在家。

她睡不著。她在電視上找東西看，卻什麼都找不到。儘管明知不妥，她依然從哈利的書架上拿了本名叫《美國恐怖名著》（*Great American Horror Stories*）的選集。瀏覽目錄時，她發現一個熟悉的書名：H．P．洛夫克拉夫特的《獵犬》。她知道自己該把書放回架上，但她無法阻止自己自從一九六八年以來首度重讀這篇故事。這次，有個段落特別吸引她的注意：

某種活生生的邪惡物體，似乎在我們寂寥的房屋中肆虐，我們也無法猜出那東西的底細，而且每天晚上，那股邪門吠聲總會從強風吹拂的高沼上飄來，音量也變得越來越高。十月二十九日，我們在圖書館窗口下的柔軟土壤上，發現一連串無可名狀的腳印。

「妳得幫幫爹地。」

她嚇了一跳，瞬間從故事中脫離，書掉到她腿上。席德妮站在她面前，瑪格麗特甚至沒察覺她走進房間。

「妳不該偷偷走到別人旁邊。」瑪格麗特說。「而且我在幫他，我們都在幫他。他去看醫生了，而我們能幫他最大的忙，就是好好休息，這樣當他回家時，我們就能照顧他了。」

席德妮對瑪格麗特拋出公事公辦、毫無憐憫的眼神，看起來不像孩子，反而像個上司。「我不是這個意思。」

「好吧，那把妳的想法告訴我。」

她拉下臉，臉上出現某種複雜神情。「妳爲什麼不愛他了？」

「妳才十歲，席德妮。妳連愛是什麼都不曉得。」

「狗屁。」席德妮怒氣沖沖地離開房間。瑪格麗特太過訝異，來不及回嘴。她接受了女兒的咒罵，並陷入沉思。客廳感覺相當狹小，四面八方的牆壁似乎逐漸逼近。她感到胃痛，並畏縮地用手摀住腹部，之後才撿起書本，繼續讀完洛夫克拉夫特的故事。讀第一遍時，她曾對裡頭歇斯底里的通俗劇情嗤之以鼻，但這次，最後幾句台詞反而深植她心中，久久無法消去：

星辰中吹來的風夾帶著瘋狂……數世紀以來，靠著屍體磨亮銳爪與利齒……半埋入土中的貝利亞[17]漆黑神殿，飛出狂舞的蝙蝠群，死亡則與之同行……隨著那毫無血肉的死亡怪物發出的吠叫聲逐漸高漲，恐怖膜翼鬼鬼祟祟的嘶嘶拍打聲也緩緩逼近時，我將用自己的左輪手槍自盡。只有透過死亡，我才能逃離那無可名狀的邪惡生物。

17—譯注：Belial，所羅門七十二柱中的第六十八位魔神，是基督教中的墮天使與惡魔。

「你在哪?」她對房屋中的沉默用氣音說道。「你要的是什麼?」

十二

醫院讓哈利留到接近隔天的晚餐時間。瑪格麗特和女孩們去接他時,他正待在路肩的接送區,看起來十分疲倦,但沒有大礙。他走到車邊,一屁股坐進副駕駛座,放鬆地嘆了口氣。瑪格麗特啟動汽車時,他把頭靠在窗戶上,闔上眼睛。

「所以究竟怎麼了?」她說。

「還不曉得。」哈利說。「他們要我看專科醫生。做更多測驗。」他從襯衫口袋中拿出一張名片,但在她能仔細閱讀前,就把名片收起來。

「就這樣?他們連猜都沒猜?」

哈利搖搖頭。「他們不想過早做出任何診斷。有各種可能的原因,所以最好等到我們弄清楚狀況。」

感覺起來他們彷彿有理由能假裝不需要擔心任何事,而如果我母親有點太急著接受這件事,我也無法怪她。

幾週後，她買了家用驗孕劑，並在她獨自待在屋子裡時使用。這就是我在故事中出場的時候，我還沒登台，但黛西二號測試組中盛水試管的顏色已十分明顯。我母親坐在浴缸旁，用雙手捧住臉龐。一個嬰兒，這件事太糟糕了。

她揉揉腹部的某個位置，想像我在其中漂浮、分裂和獲得體積與形狀。「對不起，寶貝。」她低語道。我眞希望我能回答，能把我的手放在她的子宮壁上，以便安慰她。但我繼續快樂又無知地待在自己的完美小世界中，儘管與她共處，卻無法共享她的焦慮。

我也不是唯一帶來麻煩的新局勢。萬聖節前五天，瑪格麗特接到UTV申請處的威瑪・卡波特打來的電話，對方通知她說，她的申請費支票遭到退回了。

瑪格麗特腹中感到一股冷冽。「我確定一定有地方出錯了。」

「我相信。」威瑪說，她的溫和反而使瑪格麗特的內心感到更加冰冷。「但妳依然沒有支付申請費。」

「我的申請失效了嗎?」支票怎麼會無效?她的支票簿內的金額接近一千美元。費用只有十塊美金。

「不，女士。」威瑪說。「如果妳能在十一月底前給我們有效支票或匯票的話，我們就還能處理。」

瑪格麗特答應過幾天會親自帶錢過去，並向威瑪致謝，再掛掉電話。她走到自己收納財務紀錄的櫃子，檢閱最近幾個月的資料。就她所見，資料一切正常。

哈利很晚才回家，當他在六點半左右到家時，他坐在瑞克卡車的副駕駛座，瑞克則在車道上倒車。瑪格麗特打開車庫房門時，發現那兩人從車斗上卸下一只光亮的銀色棺材。

「這是什麼鬼東西？」她說。

「嗨，瑪格麗特。」瑞克說。他看起來很膽怯，彷彿自己被抓到做了錯事。

「現在別說話，瑞克。」她說，接著怒目瞪視哈利。「我以爲你要自己做棺材？」

「我們要沒時間了。」哈利說。「這樣比較合理。」

「這花了多少錢？」瑪格麗特說。

「免費。」哈利說，但瑞克不安地盯著地面，他則補充道：「我從市中心的社區戲院拿來的。」

「他們就讓你直接拿走嗎？」

「老天爺，沒錯。」哈利說。他搔搔脖子。瑞克走到外頭的車道上，靠在他卡車的引擎蓋上，背對他們。「好啦，有花一點錢。」

「多少錢？」

「一百塊美金。」

「哈利！」

「怎樣？」他說。「等我們完工，我就會把它捐給高中戲劇部。丹尼爾・蘭森會幫忙管制排隊隊伍，如果他留下來的話，他可能會在席德妮之後幾年的生活中扮演重要角色，她會想參與舞台劇。」他觀察著她的反應，似乎不太喜歡他看到的狀況。「有什麼差？」

「我今天接到UTV的電話。」她說。「我的申請費被退回了。」

「是嗎？」他回道。她看不出他的訝異感是眞是假。

「我們談好條件了。」她說。「但現在我們無法兌現支票，你還在一個道具上花了筆錢，想說服我們的鄰居花兩三個小時來當售票員？」

「妳可以冷靜點嗎？我星期五會拿到薪水。打電話給辦公室，問問看妳能不能在下週一帶支票去。」

「那不是重點。」瑪格麗特說。「我不該擔心你背著我花的金額。我們不該當那種夫妻。」

哈利用雙手扶過他的頭髮。「錢已經花掉了，瑪格麗特。我很抱歉，這些年來我支持和鼓勵妳回去上學，妳卻坐著發呆，待在家裡，什麼事都沒做。我很抱歉，花了十年伺候妳之後，我決定為自己做件他媽的事；我也很抱歉，這剛好和妳突然想受教育這件事同時發生。我已經提供了解決方案，所以拜託告訴我，妳到底究竟想要從我身上得到什麼？」

她想讓生活和六個月前一樣。她想能夠擔心她丈夫，想感到單純且毫無矛盾的愛，讓她心中沒有任何部分希望他真的生病或發瘋了。她不想擔心是否該讓寶寶進入這個瀕臨瓦解的家庭，或將它送回虛無。她想要這一切，卻無法開口提出這些事。

「沒什麼。」她說。「我不想從你身上得到任何東西。」

十三

還是嬰兒時，尤妮絲的失眠狀況幾乎逼瘋了我母親，直到她兩歲前，媽都無法讓她整晚入睡。即使在當時，我都不覺得尤妮絲有睡著。她很擅長平靜地娛樂自己，無論是看書，打開手電筒來自學閱讀，有時還會趁每個人都睡著後，偷溜進客聽看電視。

爸買了康懋達64給她後，她就沒再偷看電視了。她花了幾週玩了爸買給她的遊戲，但她很快就厭倦簡單又重複的任務（將文字對上圖片，解開簡單的數學問題，和對抗龍和太空船），開始自學用文字處理程式打字。她在晚上寫作，小心翼翼地不讓敲鍵盤的聲音變得太大。

由於她只有六歲（是個天資格外聰穎的六歲小孩），她還沒掌握所有格式與文法的優點，所以她從一九八二年開始的電子日記中沒有段落縮排或斷行，這使整個計畫變得難以閱讀，但這篇少年時期作品，成了她日後作品的有趣序幕；它是扇重要窗口，讓我能一窺自己只能透過照片、日記篇章、報紙文章和我們家剩餘成員破碎而不完整的回憶，才能觸及的時光。我現在提到這一切的原因，是爲了將你的注意力轉到尤妮絲在萬聖節前寫的一篇記錄上：

爸爸的狀況不太好。他常常生病，但他不想讓別人知道。媽媽很難過，但她假裝沒事。媽媽和爸爸一直都在假裝。昨天我問席德妮說，她會不會覺得爸爸現在很怪，她說我很笨。但是我不知道我能不能相信席德妮。我有次問她想和誰結婚，

她說她要等媽媽斯掉，再跟爸爸結婚。所以席德妮在假裝，因爲爸爸在假裝，席德妮也想配得上爸爸。今天爸爸摔倒，和那天在車裡一樣發抖。我們在後院裡。媽媽和席德妮在商店裡，我不知道該怎麼辦。情況很快就結束了，爸爸要我保證不說出去。所以我現在也在假裝。我希望萬聖節很快就結束，這樣我們就不用假裝了。

這件事有兩個理由值得注意。首先，這證明我父親向我母親隱藏了他的健康狀況。第二，或許也是更重要的一點：這提醒了我，當尤妮絲宣稱看到有人在窗邊時，她應該相當清醒，清醒地在黑暗中敲打鍵盤，她轉身一看，發現某個東西在看她。

十四

因爲棺材吵架後的隔天，瑪格麗特去找她的婦產科醫生確認：她的確懷孕了。她試圖隱忍地接受這消息，但醫生給了她達拉斯一處計劃生育[18]的地址和電話號碼。

她那天下午回家時，發現哈利待在前院，搭起一道搖晃扭曲的圍牆。

18｜譯注：Planned Parenthood，全名爲美國計劃生育聯合會（Planned Parenthood Federation of America），該非營利組織提供性教育與避孕建議。

「你回來得好早。」她說。

「我放了假。」哈利說，但沒有抬頭。「妳去哪了?」

「布料店。」她撒謊道。爲了解釋自己沒有購物袋，她隨卽說道：「我沒找到想要的東西。」哈利沒有追問她，只是繼續做事。她把自己的皮包放在屋內，然後走到學校去接女孩們。她們回家時，哈利已經蓋完圍籬，正在草地上插保麗龍墓碑。如果你看過這種鬼屋，就清楚這類花招。墓碑上的名字很古怪：科學拐人和醫血鬼等等。但哈利不曉得或不在乎確切的假墓園禮節。他的墓碑上寫滿了他認識的人的姓名：隔壁的丹尼爾・蘭森、公路部的瑞克和提姆、他自己和瑪格麗特，靠近前門的兩根十字架上頭，則寫了尤妮絲與席德妮。當尤妮絲發現十字架上寫了她的名字時，就開始哭泣。

「你爲什麼要這樣做?」她說。

他停下工作。「這像是簽名，就像妳在作業上寫自己的名字。我要讓人們知道是誰蓋了墳墓。」

「你爲什麼想要我死?」尤妮絲說，顯然沒有思考哈利的解釋。

「我覺得這個點子很棒。」席德妮說。「謝謝你，爸爸。」

尤妮絲低下頭，用頭用力撞上席德妮的胸口。席德妮慘叫一聲，一屁股往後跌倒，尤妮絲跳到她身上。她用膝蓋壓住席德妮的雙臂，再用張開的雙手毆擊她。

「閉嘴！」尤妮絲叫道。「閉嘴，閉嘴，閉嘴！」

體型更大也更強壯的席德妮抽出右手，往尤妮絲頭部側面揍了一拳。尤妮絲倒向一邊，但她維持住平衡，繼續開掌毆打她。

「哈利，」瑪格麗特說。「幫幫我！」

繼續將整齊的成排墓碑插在草地上的哈利，終於放下了工作，跨過院子，反手往尤妮絲的臉打了一巴掌。尤妮絲從席德妮身上翻落，倒在草地上。她倒在地上，身體蜷曲起來，雙手摀住頭部。席德妮站起身，再衝過瑪格麗特身旁，跑進屋內。

「你到底爲什麼要那樣做？」瑪格麗特對哈利大叫。

哈利眨了眨眼，看看尤妮絲，再望向瑪格麗特。他的神情似乎微微閃動著某種悔意，接著他聳聳肩。「妳想要有人幫忙。」他說。

「不准你再對我們任何人動手。」她說。「不然我會親手殺了你，你懂嗎？」

有一瞬間，她以為他還是會打她。他呆站原地，用力喘氣，接著走過草坪，拾起他剛剛丟下的墓碑，繼續做事。

瑪格麗特扶起尤妮絲，帶她進屋檢查傷勢。她的嘴唇破皮，但其他部分似乎沒事。瑪格麗特把一些冰塊包在毛巾中，把毛巾貼在她臉上。

「對不起。」尤妮絲說。「我很害怕。」

「我知道，親愛的。」瑪格麗特先前從來沒看過尤妮絲打過任何人，就連在幼兒園也沒有。今天發生了很多第一次，卻全非好事。

「現在我老是很害怕。」尤妮絲說。

瑪格麗特望向走廊另一頭，席德妮緊閉的房門。她覺得聽到席德妮在哭。

「爹地還愛我們嗎？」

瑪格麗特強迫自己把目光移回尤妮絲身上。「當然呀。」

之後，尤妮絲不願意和她目光相交。她盯著桌子，任憑貼在臉上的冰塊融化。

瑪格麗特用一隻手拂過她女兒的癱軟紅髮，忽然明白了一點：她要離開哈利。她得謹慎行事，也得低調地動作——墮胎，註冊學校，找工作。但她得盡快離開這棟令人窒息的糟糕房屋，遠離她曾一度深愛的男人散發的恐怖陰影，追求更好的生活。

她揉揉尤妮絲的後頸。「我會處理的，我會解決所有事。再撐一下下就好。」

十五

隔天當哈利在院子裡做事時，她打電話給計劃生育。第一場公開會面是十一月九日，也得耗費一百五十塊美金。電話中的女子告訴她說，事後得有人載瑪格麗特回家。瑪格麗特說沒問題，然後掛掉電話。

之後，她坐在餐桌旁計算。墮胎得花一百五十塊美金，還得加上她的十塊美金UTV申請費，還得將好幾百塊美金花在三房公寓的訂金和首月房租上。她要怎麼弄來那種錢？她不願意打電話給她父母要錢，不能讓她尖酸的母親知道這點：對，如果妳想知道眞相的話，她的婚姻觸了礁，正在土崩瓦解。她無法向朋友開口，因爲她其實沒有任何朋友。該死，她甚至不曉得該找誰從診所載她回家。

她啃咬著鉛筆末端，望向廚房彼端的客廳，盯著滿是恐怖小說的書架。哈利所有舊雜誌和漫畫都還放在市中心的倉庫，那些箱子裡肯定有些値錢的東西。哈利絕對不會漏掉任何東西，但就算他發現了，也會以爲是搬家時把那些物品弄丟了，她希望自己那時候早就遠走高飛了。

她打給當地幾家漫畫店，詢問對方是否會收購舊通俗雜誌。大多店家不收，但有家店把某位名叫傑米・懷特的收藏家聯絡資訊交給她，對方同意在隔天下午去倉庫跟她碰面。

隔天，瑪格麗特從哈利在車庫裡的鑰匙圈上偷了倉庫的備用鑰匙，開車到位於城鎭另一頭高速公路旁的倉庫設施。她抵達時，便四處尋找某個年長男子，某個與她在電話上的交談對象嗓音相符的人，但停車場裡唯一的人，是個靠在汽車旁的女子。瑪格麗特停好車下車後，女子就站起身，走了過來。她看起來比瑪格麗特年輕，但歲數相差不多；她將淡棕色頭髮往後繫成馬尾。她穿著牛仔褲和米奇運動衫。米奇則穿得像電影《萬花嬉春》(*Singin' in the Rain*)中的金・凱利(Gene Kelly)，並懸掛在路燈上。

「是瑪格麗特嗎？」女子說。她伸出手，瑪格麗特與她握手。「我是莎莉。我想我們有約。」

「我以爲我見的是傑米‧懷特。」

「傑米是我叔叔。」莎莉說。「他想自己來，但有另一個客戶拖到他了。有時候我會幫忙他。」

瑪格麗特歪起嘴，也握緊拳頭好幾次。她已經感到擔憂，當她的計畫出現微小差異時，會使她感覺更糟。

「我保證，我知道自己在幹嘛。」莎莉‧懷特說。「我老是在處理這種事，但如果妳覺得不妥，我確定妳可以和我叔叔重新排——」

「不。」瑪格麗特打岔道。「不，一定得在今天辦。」

「好。」莎莉說，她的嗓音出奇溫和。「帶路吧。」

哈利的倉庫位在有溫度控制的建築中的四樓。當瑪格麗特拉起門，露出從地板疊到天花板、塡滿倉庫前後的嶄新白盒時，莎莉吹起口哨。「我可以看看嗎？」她說，邊指向其中一個盒子。

瑪格麗特幫她從箱堆頂端搬下箱子，將它擺在走廊地板上。莎莉仔細檢查內容物，小心翼翼地拿起她拿到的所有東西，還經常搖頭或低聲咒罵。她給瑪格麗特看一份封面日期是一九二八年二月的《怪譚》雜誌（*Weird Tales*）。上頭畫了個身穿大衣、一手握槍的男子，還有個穿著長舞裙的昏厥女子倒在他身旁。上頭寫著：「〈鬼桌〉（*The Ghost Table*），艾略特・歐唐納（Elliott O' Donnell）著」。

「妳相信這是初版的《克蘇魯的呼喚》嗎？」莎莉說。「它甚至還不是**封面主題**。」她露出難以置信的竊笑。「就像《動作漫畫》[19]刊出某期沒有超人的封面。不過，早期他們確實這樣做過。」

「我不太懂漫畫。」瑪格麗特說。

「妳看。」莎莉說。她指向靠近封面底部的一串名字：H・P・洛夫克拉夫特、雷・康明斯[20]、西貝里・奎因[21]、法蘭克・歐文[22]、威爾福・泰曼（Wilfred Taiman）和約翰・馬丁・雷希[23]。「這或許是《怪譚》最重要的一期，而它的作者卻只是附注，眞是瘋了。」

19—譯注：Action Comics，DC 漫畫公司的前身。
20—譯注：Ray Cummings，美國科幻小說與漫畫書作家。
21—譯注：Seabury Quinn，美國律師與通俗小說家，作品散見於《怪譚》雜誌。
22—譯注：Frank Owen，美國小說家。
23—譯注：John Martin Leahy，美國小說家，作品散見於《怪譚》雜誌。

莎莉盯著倉庫裡頭剩餘的箱子。「這些箱子裡面都裝滿同類東西嗎？」

「雜誌和漫畫。電影海報。都是那類東西。」

莎莉板起臉來，似乎在與自己的內心爭辯。

「什麼？」瑪格麗特說。「怎麼了？」

莎莉嘆了口氣。「我叔叔今天派我帶了張支票來。如果我覺得這裡的東西有價值，妳也同意把所有東西賣給他的話，他就要我給妳介於五十塊到兩百塊美金之間的金額。」

「所有東西嗎？」瑪格麗特審視著倉庫。無論自己對哈利現在的感覺如何，她都忘不了哈利多年來爲這些收藏品付出的愛與關心，以及當他得將這些東西從自家搬到鎭上另一頭存放時，讓他有多難熬。他靠這批箱子造就了自己的世界觀和性格，他仰賴這一切來面對他母親的病情和他父親的逝世。她痛恨自己爲此感到難過，但卻始終無法釋懷。

「我叔叔不曉得我在這裡會找到什麼。」莎莉說。「如果他自己過來的話，我不知道耶，他可能會給妳五百塊到一千塊美金。」

對瑪格麗特而言，這聽起來像筆大錢，也能立刻解決問題。「妳可以打給他問看看嗎？」

「問題是，」莎莉說。「如果妳淸楚自己手上有什麼的話，光是這箱子裡的東西，或許就能讓妳賺到五百塊美金。我的工作通常是詐騙不曉得自己手上有什麼的人，讓他們把東西賣給我，我們再用更高的價格轉賣出去。平常我很願意這樣做，因爲一般只有一兩本漫畫，或是一箱雜誌，但是這些——」她向倉庫揮手。「——這些東西太浩大了。妳得編目，找出這些東西眞正的價值，然後要不是自己賣掉，要不就讓像我叔叔或我這樣的人提出相符的金額。」

在別的時候，瑪格麗特會感謝這個女子的坦白，但現在她只想尖叫。

「我很感謝妳想幫忙，」她耐心地說。「但我今天就需要錢。妳何不收下這個箱子，寫張兩百塊美金的支票給我，我們就此達成協議呢？」

「我辦不到。」莎莉說。

「拜託。」瑪格麗特說，嗓音中浮現出焦慮。

莎莉仔細觀察了她一下。瑪格麗特不喜歡對方敏銳的眼神，這使她覺得毫無遮掩。

「有很嚴重的事吧。」莎莉說。這不是在發問。

瑪格麗特快速點了點頭。莎莉又在面前的箱子中摸索，拿出近十本雜誌，再將它們擺在地上。她拿起皮包，掏出一枝筆和折疊支票簿。她將支票簿在一隻膝蓋上攤平，在上頭寫字，並將它遞給瑪格麗特。上面寫了兩百塊美金的金額。

「我還是騙了妳錢。」她說。「只是不多。」

「謝謝妳。」瑪格麗特說。

莎莉又從皮包中取出一張紙，在上頭寫了點字，並把紙遞給瑪格麗特。「這是我的家用號碼。我說的是眞話，如果妳眞的想賣掉這些東西，我能幫妳賣個好價錢，我需要時間來弄清楚妳有什麼東西。」

「謝謝妳。」瑪格麗特又說了一次。

莎莉站起身，幫瑪格麗特把箱子放回箱堆頂端，關上捲門。她們握了手。

「打給我。」莎莉說。「我收最終售價的百分之十當手續費。順道一提，那算便宜的了。」

十六

瑪格麗特在一家西聯匯款兌換了支票，再把錢藏在她皮包底部的舊阿斯匹靈藥瓶中。她開車到UTV的招生辦公室，用現金付了報名費，再把剩餘的錢收起來，留到十一月第二週用。等到萬聖節後，再來擔心公寓的花費。

墳墓上的工程變得越來越狂熱。一家人再度合作，沒人提到哈利的癲癇或暴怒狀況。瑪格麗特暫時拋下要他去醫生的想法，彷彿做出了無聲的協議：直到十一月前，不再叫喊、互毆或產生衝突。這讓他們相處良好，並對彼此彬彬有禮，只不過不太熱情。

屋子又髒又亂，看起來更像是院子裡遊樂設施的後台區域，而非住家。之後會在高中經歷戲劇體驗的席德妮，一九八二年秋季在自家首度認識了古怪的後台氣味——布料、膠水、汗水和灰塵的氣味在空氣中膠著，彷彿古老表演中的幽魂。

接著，在萬聖節早上，哈利在院子裡插了張告示牌，上頭用血淋淋的紅色文字寫了「**鬼屋今晚免費**」。尤妮絲拍了張我父母蹲在牌子旁的照片，我最後一次離家前，帶走了這張照片。

照片中，爸媽蹲在告示牌兩側，房子和假墓園位在他們身後。陽光太過強烈，尤妮絲也忘了關掉閃光燈，所以照片看起來過曝褪色，像是在核冬來襲時所拍下。爸爸穿著牛仔褲和德州理工大學的運動衫。即使相片的色彩變淡，我依然能看出他眼睛下的黑眼圈。媽穿著牛仔褲和丹寧夾克，看起來和天下所有媽媽在攝影機鏡頭前一樣難爲情，但她和爸都露出微笑，而從他們的笑容中，我看不到任何別人後來向我描述的瘋狂能量和虛假雀躍。我只看到我父母快樂的模樣，我明白他們一開始爲何會愛上彼此。

那天早上稍晚，氣球世界（爲尤妮絲的生日派對提供充氣屋的同一批人）帶了顆大氣球來，幫哈利把氣球裝上他的屋頂平台，把它充飽氣。它在鄰近社區上空成形，如同來自繁星彼端的恐怖怪物般揚起；就連在范德葛里夫開發中的平坦市區遠處，都能看到這個巨大的白色鬼魂。當燈塔般的氣球進入城鎮周邊的孩童們視野時，他們都放下玩具停止玩遊戲；它是來自靈界的訊號，象徵萬聖節前夕已然展開。街道上很快就會瀰漫起黑魔法，凡間之外的世界也將露出它的眞面目。

十七

到了下午三四點，已經有群人聚集在人行道上了——其中不只有兒童和父母，還有青少年和大學生。同意幫忙的友人與鄰居在晚餐時間抵達，發現有一疊披薩正等著他們（「我們沒辦法付他們錢，但我們至少該餵飽他們。」哈利說）。這些「墳墓玩家」狼吞虎嚥地吃掉他們的食物，再踏進客廳，打扮成吸血鬼、狼人和鬼魅般的亡者。蘭森夫婦正在處理排隊人潮的細節，也已經感到精疲力竭。屋子前的隊伍沿著街區延伸下去，並繞過轉角。

在屋裡，瑪格麗特慌亂地為戲服做了最後一刻的更動，哈利則負責化妝。哈嘉提先生的修道士戲服裂開時（自從瑪格麗特首次量過他的尺寸後，他又多增加了幾磅體重），瑪格麗特為了修好它而用光了棉線。她派尤妮絲去找更多線，但遍尋不著的尤妮絲一下子就回來了。

「我想我們用光了。」她說。

「握住這個。」瑪格麗特說。尤妮絲握住裂開的布料，並在哈嘉提先生的肚子上把它合在一起，瑪格麗特則衝進臥房。她有可能在梳妝台裡放了個緊急縫紉包。

她過去扯開抽屜，把裡頭的東西倒在地板上。她倒完她的抽屜後，就換哈利的。她拋開他摺好的襯衫，但沒有發現縫紉包。接著，她倒出他的襪子和內衣，裡頭一樣沒有縫紉包，但她從眼角迅速撇見某種東西，那一瞬間快得使她差點錯過。她停了下來，把空無一物的抽屜和其他抽屜擺在床上，再推開襪子和內衣，觀察她找到的東西。

那是本光滑的小冊子，彷彿是爲了塞在口袋裡而對折起來。瑪格麗特拿起冊子打開它。頂端印了「膠質母細胞瘤和惡性星狀細胞瘤」底下則有幾張平凡臉孔的照片：表情嚴肅而堅毅，讓讀者知道他們不會讓這個東西（無論那是什麼）擊倒他們。底下的標誌讓瑪格麗特得知，這是美國腦瘤協會的刊物。

她翻閱著小冊子，試著一次吸收所有內容，不只專注在句子上，也看了段落、圖片和她無法理解的腦細胞圖解。她的內心甩不開特定字眼：**手術**，**輻射**，**癲癇**，**抑制力減低**。她在最後一頁發現了張便條紙，哈利用小而方正的字跡在上頭寫了幾個字：**無法動手術**，**輻射**，**抗精神病藥**，**個性改變**，**六個月到一年**。

她坐在散落在床上的抽屜間。哈利去看了專科醫生，他接受診斷了。膠質母細胞瘤，腦瘤。躲在視野外的獵犬，把英雄逼瘋了。一切都合理了，消失的錢、瘋狂的行爲、叫囂、毆打、殘忍作爲。鬼屋，和無論花費多高，都要蓋好它的狂熱決心，六個月到一年。

「噢，哈利。」她說。

「媽！」席德妮叫道，把她拉回了現實。

「來了！」她喊道。她拋下小冊子，腿軟地跨越屋內。她靠在客廳門口邊，每個人在哈利身旁圍成一圈。「我找不到更多線了。」她說。

「我們得勉強上陣了。」哈利說。他看看自己的演員和工作人員們。「好，各位。今晚好好玩，但也得記好，我們的工作非常重要。」他注意到某些聽衆臉上的質疑神色，便舉起一隻手。「聽我說。在龐大的嚇人宇宙中，人類只是渺小不重要的生物，而在恐怖故事中，無論是電影、書本或鬼屋，我們都得面對這個事實。但無論事情變得有多嚇人，不管觀衆得面對或忍受什麼，總會有快樂結局。當人員名單開始出現，或當讀者闔上書本，或是當我們的客人今晚走出去時，他們的生活就會繼續進行。由於他們面對過黑暗，明天的太陽便會閃爍得更加燦爛，眞實生活中的怪物也不會顯得那麼可怕。在一天，一小時，或一瞬間內，生活就會變得更好。」他似乎想多說點話，不過卻搖了搖頭。「席德妮，讓大家就定位。媽和我要去盜墓者的小屋。」

演員群分散開來。瑪格麗特和哈利前往車庫。它看起來像老電影的片場：粗糙的木牆，和一份舊日曆。房間中央的紙板爐子裡頭裝了橘色燈泡，好模擬火光。前門附近的一張小書桌上，散落著幾張紙。有個角落擺了一對鏟子，房間中心則擺了哈利從范德葛里夫戲院買來的光滑銀色棺材。瑪格麗特開始穿上戲服，不過穿到一半卻停了下來，往下盯著絨布絲綢襯墊；使用多年後，布料已經破爛褪色了。

「妳想練習妳的台詞嗎？」哈利說。

「不，我沒事。」她說。

「好吧。」他揉揉太陽穴。

「你覺得如何？」瑪格麗特說，一面拉起連身褲的拉鍊，並戴上藍帽。

他皺起眉頭。「不知爲何，感覺還是不對。我應該多做點事，整個計畫應該比現在更好。」

「只能硬著頭皮了。」瑪格麗特說。「要我扶你進棺材嗎？」

當他屈身進入棺材時，她握住他的雙手。她傾身過去闔上蓋子。

「聽著，瑪格麗特——」

「我懷孕了。」她說。她沒打算說這件事，就她所知，她還是打算要在兩週內墮胎。她自然而然吐露了眞相，爲了拖延眞正的話題，這是她唯一能想到的事。用對生命的宣告，來擊退死亡。

對於卽將出生的我，我父親的反應是掩飾拙劣的痛苦。「妳確定嗎？」

「對。」

他張口想說些什麼，但車庫大門上傳來的響亮敲擊聲打斷了他。他把視線從她身上轉開，望向門口，再轉回來。

「那是什麼？」他說。

「或許是丹尼爾・蘭森想催我們快點。」瑪格麗特說。

敲擊聲又響了起來，然後又響了兩次。

「也許吧。」哈利說。「瑪格麗特。」他又說了一次，面露驚恐之色。

她不想聽，今晚不要。明天他們會應付膠質母細胞瘤，他們會討論折磨般的治療，並爲此反覆爭執。她英俊善良又可愛的丈夫，將在輻射下萎靡不振，因服用爲了阻止癲癇和防止他攻擊孩子們的藥物，變得脆弱無比。明天他們會討論要如何處置我，這個在瑪格麗特子宮中逐漸長大的寄生蟲。明天他們會面對要求進屋的門外怪客[24]。但不是今晚。

她向前傾身並吻了他。

「我愛你。」她說。「直到時間的盡頭，與彼端的來世。」

他向她伸手，彷彿要抱緊她，但她挺直身子站了起來，將假鬍鬚貼到臉上，走向門口。敲擊聲現在變得固執，毫不停歇。

「來嚇嚇這些人吧。」她說。

特納檔段二：席德妮

席德妮踏進城市時，她感到驚恐不已，心中依然迴盪著尖叫聲。不過，當她發現自己身處前半段童年住過的房子外頭時，恐懼立刻消散；這棟房子讓她聯想到愛、豐饒與安全感。她站在從車庫延伸到整座街區的隊伍中。每個人都穿著戲服，包括席德妮自己。她穿著皺巴巴的骯髒粉紅色芭蕾舞裙，她的雙臂、肩膀和

24—譯注：此處原文致敬洛夫克拉夫特的短篇小說《門外怪客》（*The Thing on the Doorstep*）。

臉上都有白色的妝容結塊。有個充氣鬼魂在屋頂上前後搖晃，把訪客召喚過來。漆黑天空下的它看來陰森不祥，她心中也竄過一股興奮的愉悅。這是她十歲時和父親一起蓋的鬼屋——也是爸爸生病前，全家人最後一起做的作品。

車庫大門打了開來，但上頭蓋了座假的房屋前端，所以它看起來像是小屋的入口——老舊磨損的牆壁右側有道門，左側則有扇瀰漫霧氣的小窗子。

住在隔壁的蘭森先生站在車庫前，計算著進屋的人群數量。席德妮面前有六個人想一起進去，也願意等，所以蘭森先生讓他們站到一旁，並對席德妮和她身後的人招手，要他們走到門前。

「妳不是應該在裡頭嗎？」蘭森先生說。席德妮準備接受責難，但他眨了眨眼。「我不會說出去的。」他說。他轉開門把，把門推開。

席德妮和一群陌生人慢吞吞地走進盜墓者小屋。右邊有張小工作檯和椅子，一具大型棺材占據了房間中央。席德妮的母親瑪格麗特坐在工作檯旁，身穿藍色工作服和帽子，還配戴了灰色假髮與假鬍鬚。她屈身看著一些文件，旁邊擺著一只裝滿咖啡的金屬熱水瓶蓋子。她抬頭一看，假裝感到訝異。

「哈囉！」她說，嗓音聽起來扭曲沙啞，但依然不太像男人。「我沒料到這麼快就有訪客，但還是歡迎光臨。事實上，如果你們想聽聽事實的話，我有幾件事需要聽聽別人的意見。你們覺得可以幫上我嗎？」

「好呀！」群眾中的一個小男孩說。

「我們去走走吧。」盜墓者說。她站起身，往房間後頭的另一道門揮手示意。「這裡發生了一些怪事，我不確定——」

棺材的蓋子飛了開來，一個身穿白色高禮帽和燕尾服的男人坐起身大吼。群眾放聲尖叫，席德妮也嚇了一跳，不過那只是化了妝的爸爸，看起來毫無人性。

「看吧，那就是我說的事。」盜墓者說。她打開門——那道門原本通往廚房，現在則是導向一座以組合式牆壁搭建出的漆黑隧道，一路穿越房屋，進入後院。穿燕尾服的食屍鬼在席德妮與訪客身後嚎叫，但沒有追過去。

「我得用鏟子打斷他的雙腿，才能制止他。」盜墓賊承認道，一面帶著大夥踏上走廊。牆壁上的鑲板打了開來。護壁板附近冒出一條觸手，勾住了席德妮的腿。她能透過緊身衣感受到觸手的冰冷黏膩。她沒有尖叫，只是甩開了觸手，並跟著大夥走進下一座房間。

她跟上時，大夥頓時消失，她發現自己沒有穿戲服，還走出了鬼屋，坐在客廳沙發上。房屋依然因上週的萬聖節準備工程而一片雜亂。媽草率地打掃了一下，但好幾捲布料依然靠在角落，餐桌上也依然擺著化妝品和義肢。全家人仍然精疲力竭，昏昏欲睡地過著生活。

尤妮絲坐在沙發上的席德妮旁邊。爸媽手牽著手，坐在斜對面的兩人小沙發上。自從萬聖節後，他們相處得更好了，席德妮也不確定該對此做出哪種反應，她不確定媽配得上爸爸的原諒。

媽說：「我們有消息要說。」

「好消息還是壞消息？」尤妮絲說。

「都有。」媽說。「首先，我們要生另一個寶寶了。」

「那是好消息還是壞消息？」席德妮說。

媽冷笑一聲。「好消息，做作鬼。」

「壞消息呢？」尤妮絲說。

爸舔舔他的嘴唇。「我得了癌症。」

「癌症是什麼？」席德妮說。她在電視上聽過這個字眼，也知道意思不好，但她不曉得原因。

「那是一種病。」尤妮絲說。「一堆異常細胞分裂並摧毀你的身體組織，就像被活生生吃掉。」

爸媽都對尤妮絲露出某種介於訝異與作噁的眼神。

「你會好起來，對吧？」席德妮說。

她父母交換了個眼神。「我有很棒的醫生，他們也抱持希望。」爸爸說，但那是謊言。大人老是對席德妮說謊，他們說聖誕老人是眞的，而怪物是假的，也在他們不愛彼此時說反話，或是當他們顯然毫不在意時，卻說自己盡力了。這又是一場騙局。

尤妮絲對爸媽露出虛弱的微笑。席德妮想吐。「抱歉。」她說。她跑出後門，遠離這些騙子，卻發現自己回到萬聖節當晚的墳墓，身處一群訪客之中，他們跟著盜墓者走進伸手不見五指的房間。大伙緊張地偷笑。

一道眩目的光芒瞬間劃破了無底洞般的黑暗，似乎還有某種東西正在移動，快得在房間恢復黑暗前就迅速消失。有個人發出驚呼。

光線再度亮起，這次迅速閃了兩次，接著又閃了三次。席德妮能看到房間另一頭嬌小輕盈的人影，也認出了自己——在萬聖節當晚表演的自己。她眼見自己的分身擺出五種姿勢，而儘管她站在陌生人中，卻也感到自己的肌肉伸展並繃緊。她同時成為觀眾與表演者，藏在角落的音響開始大聲播放音樂，那是股輕盈但強勁的鋼琴混合曲，加上響鈴與低音貝斯旋律。頻閃燈將她流暢的動作切割成一連串靜態姿勢：雙臂高舉，腿踢得老高；頭向前傾，雙臂伸到身側。她踮腳站立，用蘭森太太教她的方式在房內旋轉。

一股奇特的冷靜籠罩住席德妮，只有在她表演時，才會感受到這種平靜。旁觀的席德妮逐漸消失，與舞動的席德妮融為一體。她如飛鳥般舉起一條腿，擺出臀部交叉的姿勢，旋轉了一次，兩次，三次。而在她轉第三次圈時，她發現自己坐在尤妮絲房裡的床上，尤妮絲則坐在她的書桌前，大聲讀出一本尺寸滑稽地大的圖書館書本裡的內容。

「膠質母細胞瘤是種源自星形膠質細胞的腫瘤——那些星形細胞組成腦部的支持組織，也是接合一切的黏著劑。這是種高度惡性的腫瘤——」

「惡性是什麼意思？」席德妮打岔道。

「危害生命。」尤妮絲說。「非常危險。」她又念了起來。「這是種高度惡性的腫瘤，因爲細胞繁衍得很快，也由大量血管網路所維繫。有兩種膠質母細胞瘤。一種是原發性，又稱『新發生』，它會迅速成形，也容易察覺它的存在。另一種是次發性，這種類型具有更慢更長的生長期，但依然有強烈攻擊性。」

「爸爸得了哪種？」席德妮說。

「原發性。」尤妮絲說。

席德妮和尤妮絲沉默地坐著，想找出方式來接受這項資訊的末日性意義。

「妳相信我，對吧？」尤妮絲說。「關於窗邊有人那件事？」

席德妮起身離開房間，但當她穿過門口時，發現自己身處醫院房間。爸爸躺在床上，頭髮全沒了，身體衰弱而萎靡。媽把她的椅子拉到他身旁，爸爸身旁的她看起來令人作嘔，彷彿在爸爸變瘦時，她卻以同樣的速率增胖，彷彿她吸乾了爸爸，以便餵養新寶寶。席德妮和尤妮絲坐在角落的沙發上，觀看音量調小的電視節目，內容似乎與釣魚有關。

媽把一本筆記本擺在腿上，根據爸爸的口述製作筆記與素描。他們在構思明年的鬼屋，彷彿爸爸屆時還能處理。爸爸的想法是製作整座城市，他和媽正在其中增添建築。

「那是棟旅館。」爸爸說道。「不是《鬼店》（*The Shining*）那種偏僻旅館，而是鬧區的高級建築——還遭到棄置。窗戶打開，簾幕隨風飄蕩，雪花吹入屋內，而且到處都有古怪的聖誕節小丑裝飾。像是遊樂屋加上冬季樂園。」

媽把素描板舉起來給他看。「像這樣嗎？」

爸爸從她手中接過素描板和鉛筆。他翻了一頁，用鉛筆迅速又猛烈地畫了幾下。「我對上天發誓，瑪格麗特，我寧可死，也不想再和妳度過另一分鐘。」

尤妮絲把臉埋進雙手，但席德妮依然把頭抬高。他生病了，他說出惡毒話語時，並不是眞心的——不過這次席德妮悄悄地認同他。媽太弱了，席德妮能從她母親的臉上明顯看出這點。她不夠強悍，她配不上他，她準備好讓他死了。

席德妮認爲，如果在那種下場和與媽共度一生之間做選擇的話，她也會想死。

忽然間，她發現自己回到了墳墓的舞台上。轉，轉，轉。聲音清脆的鈴鐺和叮咚作響的鋼琴，加上低沉的貝斯，以及有時打斷音樂的響亮噪音，聽起來像砍殺電影[25]中的突發驚嚇配樂。來自星形膠質細胞的腫瘤，不知怎的，星形的細胞想像起來卻十分可愛，就像甜膩麥片中的棉花糖。簡短而受制的呼吸，別讓觀衆發現妳下了多大工夫。扮演表演中的席德妮，讓一切看起來輕而易舉。轉，轉，轉。抑制力減低、輻射、抗精神病藥、癲癇、個性改變，無法開刀。轉，轉，轉，速度變快了，因爲卽使席德妮性格堅強，也不想看到剩下的東西。

她還是看到了。儘管跳著舞，她卻失去了冷靜，成爲渺小悲傷的席德妮，且被拉回場景中。

25｜譯注：slasher movie，以兇手殘殺片中主角爲主題的恐怖片類型。

事情發生時，她和爸爸待在房間裡。自從她弟弟諾亞出生後，已經過了兩週。爸爸太過虛弱而無法抱他，反正爸爸看起來也沒興趣。席德妮能夠理解，為什麼要認識你不會養大的嬰兒呢？尤妮絲和媽待在一起，寶寶則在不同的房間。席德妮很少探望她們，她想和爸爸待在一起。她總是喜歡和他獨處，並獨佔他；但由於某種理由，即使當最近只有他們倆待在房裡時，她總會感到另一個存在。有種她看不見的東西，正望著他們兩人。

彷彿這種詭異感還不夠似的，最後幾天的狀況更糟。儘管爸爸寫和畫了很多東西，但他已經沒有力氣了。他盯著半空中，不規律地呼吸著，席德妮則站在他身旁，握住他的手。他似乎沒有察覺到她，彷彿困在自己的心靈之中，與自己獨處。但接著他忽然握緊了她的手，迅速吸了口氣，像是經歷了某種劇痛。

他轉過來看她，眼神十分清醒，神智也恢復正常，同時感到恐懼。

「尤妮絲說得對。」

「爸爸？」她說。這是她在他銳利注視下唯一能擠出的答覆，對方的目光比任何聚光燈都來得強烈。

「瑪格麗特。」他說。

「席德妮。我是席德妮，爸爸。」

「圖畫、設計，都在那裡。妳得。」他說。

「得怎樣？」席德妮說。

「它看到我們了，它記得我們的氣味。」

爸爸闔上眼睛，呼吸深沉而安穩。她又呼喚了他幾次，才注意到他的胸口已經停止跳動了。

轉，轉，轉。席德妮回到墳墓的舞台上，幾乎喘不過氣。她慢下來，擺出瓦嘉諾娃[26]的第四式阿拉伯姿[27]，接著她到了她父親的葬禮，在場的還有尤妮絲、媽、蘭森夫婦、所有鄰居、拜恩奶奶與拜恩爺爺和特納奶奶，所有人都聚集在挖開的墳墓前，牧師在爸爸的棺材旁致詞。諾亞哭了起來，媽把他遞給席德妮，要她把諾亞帶走，直到他安靜下來。席德妮想問爲何不讓特納奶奶帶他走，但她清楚原因。老婦看起來非常悽慘，不只皮膚蠟黃，雙眼也凹陷下去。六個月後，她

26—譯注：俄國芭蕾舞者阿葛麗琵娜・瓦嘉諾娃（Agrippina Vaganova）設計出的芭蕾舞技巧。

27—譯注：arabesque，芭蕾的基本舞姿。

就會過度使用安眠藥，每個人都會說那是意外，也明白事實並非如此。

但那是日後的事。現在席德妮帶著諾亞穿過墓園，用她最輕柔、最平靜的聲音，說出她所知最惡劣的字眼：「人渣、混蛋、婊子、狗娘養的、狗屎，天殺的。」她仔細研究著經過的每座墓碑，它們看起來全都銳利且堅硬。要讓諾亞永遠閉嘴，簡直易如反掌，或許除了尤妮絲外，沒人會想念他，不過尤妮絲喜歡所有人。她擤鼻子以後，可能也會懷念她的鼻涕。

席德妮沒有拋下諾亞。她來回帶他散步，輕拍他的背，一面咒罵他，並對當她向爸爸道別時把她送走的母親發火。這是媽諸多失敗中的最新成果，她賣掉房子，全家人準備像窮人一樣搬進某棟公寓。她們失去了一切。

席德妮發現自己又出現在舞台上。轉，轉，轉。她盡力快速旋轉，然後右轉得更快。表演中的席德妮得成爲唯一的席德妮，她會弄清楚爸爸究竟需要什麼，她會做出正確的事，她會讓他感到驕傲。

第三部

門外怪客

The Thing on the Doorstep

「脫掉，諾亞。」

「讓他玩啦。有什麼關係？」

「他看起來很荒謬。」

「沒人會在乎的。」

「他去哪了？諾亞，過來這裡。我們沒時間搞這套。」

一九八九年八月，六歲的我躲在我們破爛公寓中的泛黃客廳簾子後，媽、尤妮絲和媽的生意夥伴莎莉・懷特，對我當晚選擇的衣著展開爭論。要參加范德葛里夫高中《眞善美》(*The Sound of Music*)表演的我們已經遲到了，但我想穿戲服：爲了那年夏天的蝙蝠俠電影製作的廉價破爛面具，與披風抄襲品。莎莉買給我以後，我已經好幾個星期都要穿著它了。

我不太關注他們的談話。客廳簾幕掛在通往我們公寓小中庭的玻璃滑門前，我轉身透過它往外看。我們社區中的每座建築都有十乘十二的空間，對天空敞開，房間另外三側則是牆壁（就我們家的狀況，我的臥房窗戶位在一側，空白的牆壁對面銜接我母親的浴室窗口，這兩扇窗口的斜對面則是通往客廳的玻璃滑門），第四道牆則將你的中庭和隔壁鄰居的中庭隔開。可以把它想成窮人版本的後廊或陽台，你有片自己的天空，但無法看到你的社區，或甚至是停車場。較寬宏的人或許會想推崇中庭提供的隱私，但在我的經驗中，在那一小塊破碎水泥地上，只會感到沉悶的囚禁感。

「諾亞，我可以看到你的球鞋。」媽說。「立刻出來，不然你就得待在家裡，也沒戲看了。」

我慢慢走進人們的視野中。媽、尤妮絲和莎莉站在沾有污漬的米白地毯上，媽盤起雙臂，尤妮絲背著背包，莎莉則用一隻手掩住笑容。

「把它脫掉。」媽又說了一次。

「尤妮絲有帶背包。」我說。

「尤妮絲要帶功課去。」

「每個演戲的人都有穿戲服。」我說。

「現在就脫掉。」

我解開脖子上的打結細線，再把面具從頭上取下，整套服裝落在我身後的地板。

「你的頭髮一團亂。」媽說。

「瑪格麗特。」莎莉說。「就算他的頭髮看起來有點亂，也不會有人在乎的。」

媽捏了捏她的鼻梁。「好吧，我們走。」

二

我們抵達時，高中停車場已經亂成一團，媽得把車停在離入口很遠的位置，小心地在移動緩慢的人群中，行駛她發出粗重噪音的福特Torino汽車。她拖著我走過停車場時，怒目圓睜且氣喘吁吁，我得加快腳步跟上。比起我的小學建築，高中看起來龐大而複雜。我們快步前往禮堂時，我對無盡的獎盃盒和置物櫃感到驚奇；禮堂中擺滿了填充折疊椅，和午夜藍的舞台布簾。我們在靠近舞台的位置，找到了並列的四張座位。

「別太理會你媽的心情，小子。」莎莉說，一面在我們坐下時向我傾身。「我們今天在店裡不太好過。」她說的是她們在一九八四年開張的漫畫書／紀念品店「夜間衝擊」(Bump in the Night),那是用賣掉我已故父親那大量恐怖收藏品後賺來的收益所開的店。如果媽的心情有任何象徵的話,就是店裡每天都不好過。

坐在我另一側的尤妮絲已經打開了她的背包。她對腿上翻開的筆記本皺眉,將數字寫在線圈筆記本上。

「妳在寫什麼?」我說。

「代數。」她說。

「很難嗎?」

「別人打擾我的時候才難。」她眨了眨眼,代表她在開玩笑。

禮堂的光線變暗時,群衆陷入了興奮的靜默。樂隊席開始響起鐘聲,我的左右方也紛紛傳出女聲和音。有兩列修女沿著走道往下緩緩移動,手中拿著蠟燭,唱出一首肅穆優美的歌曲,但我聽不懂歌詞。她們宛轉悠揚的歌聲飄過我們身旁,抵達禮堂舞台前方後,接著走上舞台,面對觀衆,唱起了旋律愉快的〈哈利路亞〉。她們的歌聲淡去後,便以縱隊方式走入兩側,讓舞台變得空蕩且漆黑。

一會兒後，有道聚光燈亮了起來，顯露出一個站在繪畫背景的人影。她穿著簡單的見習修女裝，雙手拿著一只木桶，十七歲的席德妮扮演瑪麗亞。和茱莉・安德魯斯純潔又帶有母性的瑪麗亞不同，席德妮將棕色長髮往後綁成馬尾，而儘管身穿鬆垮的裝束，當她開始吟唱時，在明亮的光線下閃閃發光：

我知道，我在山區的日子已經來到盡頭。

有顆星告訴我該走了。

交響樂團的弦樂隨之響起，伴隨在舞台上緩緩旋轉的她，讓歌曲流瀉而出。那並非在模仿茱莉・安德魯斯或瑪麗・馬丁，而是獨特的席德妮版本：負傷、疑惑、赤裸，宛如某種攤在陽光下的私人秘密。我用雙手摀住嘴，當淚珠滾落時，我的指關節感到發癢。我不想製造聲響，破壞這股精緻的魔咒。

「嘿。」尤妮絲悄聲說道。她把某個東西放到我腿上，我往下伸手，感覺到廉價的滑溜布料。是我的蝙蝠披風和頭罩。我將它緊握在手中，撥弄鬆軟的蝙蝠短耳朵頂點。看席德妮唱歌依然令我感到痛苦，但我胸口中有某種東西放鬆了，我能夠忍受這一切了。

三

演員們在謝幕時接受觀眾起立鼓掌，但當席德妮走出來，率領眾人最後一次鞠躬時，整個禮堂歡聲雷動。之後，家人們留在禮堂中等待演職員親人，也和表演總監蘭森先生交談。一九八九年時，在他和他妻子搬到我們舊家隔壁、並幫我父親經營墳墓的七年後，丹尼爾‧蘭森不只發福，黑髮還變得稀疏，但他的嗓音仍然低沉且帶有權威，笑聲也十分輕快，每當他對我露出微笑時，我總覺得自己能親手將光芒帶進這個世界。

「看看那個豬頭。」媽埋怨道，看著他笑咪咪地接受恭賀，他的笑聲在禮堂中迴盪。

「保持距離，別做出眼神接觸。」莎莉說。

「他還是來了。丹尼爾。」媽說，一面和他握手。

「表演太棒了。」莎莉說。

聽了奉承話的蘭森先生擺擺手，同時感到害羞與自滿。「席德妮有告訴妳說，讓修女在開場跨越走道是她的點子嗎？」

「照你這樣說的話，我不太訝異。」媽說。

他的笑容僵住，也變得虛僞。「她是個特別的孩子。」

「她們都很特別，對吧？」媽說。「至少在募款人來時是這樣。」

笑容淡了下來。「我不是在要錢，瑪格麗特。我只是對妳女兒有很高的評價。」

「我會讓她知道你的說法。」媽說。她打開皮包，開始在裡頭摸索。

「不過，既然我們談到這件事，」他說，要不是忽略對方顯而易見的打發話語，就是刻意不予理睬。「萬聖節快到了。妳考慮過我的提議嗎？」

「你已經知道我的答案了。」媽說。

蘭森先生稍作敬禮時，我退了一下。「見到妳眞榮幸，瑪格麗特。莎莉，尤妮絲，諾亞。」他說，一面對我們每個人點頭致敬後，回到仰慕者群衆之中。

「妳知道他過得不太好。」莎莉說。

她指的是他失敗的婚姻，我們都清楚這件事，但只會用「過得不太好」或「麻煩」這些字眼來形容。

媽對蘭森先生的背影翻了白眼。「好可憐喔。」她望向我，對我手中緊抓的斗篷皺眉。「你從哪拿來的？」

四

席德妮在表演後和朋友去吃晚餐，只出來接受我們的道賀，也只在再度走進後台前，才宣布自己的計畫。媽對浪費掉的時間發出埋怨，但她已經沒剩多少怒氣了，她累了。

我們回到公寓後，莎莉親了我們所有人的臉頰才離開，媽向我們說晚安，再走進她的房間，讓我和尤妮絲獨自待在客廳。

「明天要上學，先生。」尤妮絲說，一面把一隻手擺在我肩膀上。「你也太晚上床了。去刷牙和換睡衣吧。」

「妳會唸故事給我聽嗎？」我說。

「可以唸一下，但你要快點才行。」她說。

我照她的指示做，把披風掛在衣櫥裡後就爬上床。稍候尤妮絲走進我房間、一手拿了本平裝本時，她得稍微四處鑽動才能上我的床。她踮起腳尖跨越四散一地的玩具和髒衣服，等她抵達床鋪後，要我讓到一邊；她從毛毯底下抽出太空船和可動人偶，好爲自己取得更多空間。

「這裡有這麼多垃圾，你要怎麼睡呀？」她說，一邊把一個魔鬼剋星玩偶擺到我的床頭櫃上。

我在晚上總是難以入睡，也由於比起我這個年紀時的尤妮絲，我並沒有那麼聰明，我寧願玩到睡著，而不是自己讀或寫些什麼。我靠到牆邊好讓出空間，她坐到我身旁，把她的眼鏡推到鼻子上，她長滿雀斑的骨感手臂靠著我的手臂，感覺起來很冰冷。她翻開她的《夢尋祕境卡達斯》[28]，開始朗讀：

此時前方揚起了宛如痲瘋病患皮膚般不平整的海岸線，上頭有崎嶇的山丘，卡特看到某座城市中密集的不祥灰塔。高塔傾斜扭曲的模樣，以及它們叢集而立的外觀，加上塔上沒有窗口，使卡特這名囚犯感到不安；他也深切後悔自己的愚行，居然啜飲頭戴隆起頭巾的商人給的怪酒。隨著海岸逐漸逼近，城市中的臭味也越趨濃烈。他在崎嶇的山丘上看到許多森林，並認出部分樹木，那些樹與地球魔法森林中那棵孤獨月樹，是同樣的品種，矮小的褐色祖格族，則用那棵樹的發酵樹汁，釀造出牠們獨特的酒。

28｜譯注：The Dream-Quest of Unknown Kadath，一九四三年出版的洛夫克拉夫特奇幻短篇小說，內容講述夢行者藍道夫・卡特（Randolph Carter）在幻夢境（Dreamlands）中尋訪神秘城市卡達斯時經歷的冒險。

我們已經讀了《卡達斯》好幾晚。由於裡頭貧瘠的角色塑造和大量像是「祖格族」[29]這類滑稽字眼，使我很難追上故事，但我喜歡聽尤妮絲的聲音。她緩慢謹慎的說話方式，以及她把每個字當作纖細精準的物體處理的態度，總會使我感到放鬆。當尤妮絲闔上書本，起身幫我蓋被子時，我已經靠著她的肩膀打盹了。

「我最愛誰？」她說。

「我。」我說，變得清醒了點。

「那你最愛誰？」

「妳。」我說。

她親了我的額頭。「好好睡，小王子。」她打開我的小夜燈，關掉頭頂的燈光，準備離開房間。

「尤妮絲。」我說。

她停了下來。

29｜譯注：zoogs，《夢尋祕境卡達斯》中居住於幻夢境的鼠形生物。

我張開嘴一陣子，努力想吐露話語。我想傳達出我的害怕，我需要她待在附近，但我也害怕如果我說了任何話，她可能會認爲拿洛夫克拉夫特當作床邊故事太過強烈了，就不會再念給我聽。

「沒事。」我說。「晚安。」

「晚安。」她隨後關上門。

一等門關上，搔抓聲就立刻響起，那股迅速且毫不停歇的摸索聲從我臥房窗口的玻璃上傳來。這種狀況已經發生好幾週了，我也把窗簾用安全別針繫在一起，所以沒人能看進房內，即使窗戶只面對我們家公寓關起來的私人中庭，還是能看見窗框間的一小絲間隙，但我只從中看到黑暗。

搔抓聲變得越來越強勁，像首慌亂尖銳的歌曲。我希望我把自己的蝙蝠俠披風藏在枕頭下，而不是掛在衣櫥裡。有了我的披風，我就會感到勇敢和安全，但現在要去拿的話，我就得跨越窗口前方。我只得把頭塞到枕頭底下，等待聲音停止。它似乎繼續響了好幾小時。

五

在她們最和善的日子裡，媽和席德妮之間仍維持著緊張的和平狀態——禮貌又恭敬，但從不熱絡。不過在大多時間裡，她們都會互鬥。尤妮絲和我在舞蹈排演或舞台劇前幾週能夠平安度日，但當席德妮有機會休息時，循環便會再度開始。比如說，《眞善美》上演一週後，我們所有人下課後都坐在車裡，尤妮絲和我坐在後座，席德妮和媽則待在前座。在沉默的幾分鐘後，席德妮大發雷霆：

「蘭森先生把妳說我的事告訴我了。」

「什麼事?」媽說。她聽起來疲憊不堪。甚至還覺得無聊。

「妳說我不特別。」席德妮說。

方向盤前的媽低下頭。「我要用我的車輾爛那個人。」

「要開這台死亡陷阱偷襲他的話，就祝妳好運。」席德妮說。

「我沒說妳不特別，我在開玩笑。我知道妳現在不懂，因爲妳才十七歲，但他曲解我的話，還激怒妳，實在很不專業。我該和妳的校長談談。」媽經常做出這種威脅，但內容空洞，席德妮也清楚這點。

「他也說妳又拒絕他了。」席德妮說。

「我老是拒絕。」媽說。「爲何我現在要改變想法?」

「改變什麼想法?」我說。

「如果妳不用參與呢?」席德妮說。「妳把爸爸的舊文件給我,我來動手。」

車內再度陷入沉默。從來沒人在我面前講起我爸——連尤妮絲都沒有。如果我問起他,她有時會洩漏資訊(他很高,他和我與席德妮一樣有黑頭髮,還有他死於癌症),但通常她會改變話題,或試圖讓我轉移注意。我理解媽爲何避談這件事,但尤妮絲和席德妮不該這樣。或許他的病痛與死亡在她們身上留下了印記,沉默也成爲一家人的生活方式。我不確定。和因失去親人而備感哀傷的家庭同住,但你卻不記得亡者的感覺,就像在電影院裡坐在高大的人身後。你周圍的人又笑又哭,對某種事做出反應,但你卻完全摸不著頭緒。

「妳知道不該問我這種事。」媽平靜地說。

「那些文件也是我的——」席德妮說,她的輪廓在沮喪的怒火下十分醜惡。

「什麼文件?」我說。

「諾亞,噓。」尤妮絲說,她捏住我的手臂,力道大到讓我感到疼痛。

「席德妮,我建議妳別再講下去了。」媽說。

席德妮身上冒出一波波炙熱且明顯的怒火。車裡變得更熱了，那有可能嗎？我往前靠向開啟的車窗，試圖吹點微風。車子搖晃並抖動起來，我的頭撞上窗框。

「發生什麼事了？」尤妮絲說。

我揉揉我的頭。媽把手從方向盤上移開，像對警方投降的罪犯般舉起手。席德妮瞪著她，怒氣逐漸化為困惑。

「我不確定。」媽說。「我——」

汽車引擎蓋猛然冒出一道明亮橘光，把媽的話從中打斷，還往車內散發令人窒息的強烈熱氣。

「發生什麼事了？」尤妮絲又問了一次。

橘光開始搖曳舞動。汽車引擎蓋起火了。

有個男人出現在媽的窗口旁，用力拍打著玻璃。他的雙手沾滿汙垢，還綁了條大頭巾，讓他髒亂的頭髮不垂到臉上。我想我們都過度訝異到無法尖叫了。

「讓那些孩子們出來！」他嗓音模糊地說。

尤妮絲傾身並迅速解開我的安全帶。媽和席德妮下了車，再打開後門。媽抓住尤妮絲的手臂，把她拉到車外，席德妮則把我像嬰兒般抱起，讓我緊靠在她胸前。

她後退了好幾步，還差點在路邊絆倒，媽和尤妮絲跑到街道另外一邊。

窗口旁的男子把他的福斯小巴士停在媽的 Torino 汽車後方。他拉開滑門，在大量速食垃圾和髒衣服中摸索，找到了一只亮紅色的滅火器。他讀著罐身上的指示，低聲自言自語，再走回 Torino 汽車前，雙腳站穩，扣下扳機。白沫罩住了汽車引擎蓋，頓時熄滅了火焰。

「夭壽！」男人說。他依然把滅火器對準了車子，彷彿他認爲車子還會起火。「你知道，你買這種東西的原因是由於安全第一，但你從來不會覺得自己眞的會用到它。」他望向依然待在街道另一側的我們，媽和尤妮絲牽著手，我則窩在席德妮懷裡。「大家都沒事吧？」

我們停在住宅區街道上，除了我們一家和這名衣衫不整的業餘救火員外，街上一片空蕩。席德妮似乎發現自己還抱著我，這才傾身把我放在地上。

「我想我們沒事。」媽說。

男人走回他的廂型車邊，把滅火器丟進垃圾堆，關上滑門，跳上駕駛座，向我們揮手。「祝妳們今天順利。」他說。他把車子開走，讓我們和故障的車獨自留在街上。

六

把車拖回家並打給瑞克後，尤妮絲告訴我，他是爸在公路局的老朋友。這又是和我的秘密起源有關的另一項脆弱連結：他是個挺著啤酒肚、腳穿牛仔靴的老好人，有時會過來幫忙處理雜務，但就算我成功吸引他注意時，他也不願向我提起爸的事。

那天我沒機會打擾他。他開著皮卡貨車抵達時，媽在停車場中跟他見面，手上拿了瓶啤酒。他打開 Torino 汽車焦黑的引擎蓋，我姊姊們和我坐在前廊上，媽盤著雙臂站在他身旁。他只花了幾分鐘四處摸索，就站起來，用抹布擦著手。他用罐子的小洞喝光啤酒，再對狀況做出預估。媽垂下了頭。

「看起來有壞消息。」尤妮絲說。

「車子**起火**了。」席德妮說。

「車子常常起火嗎?」我說。

「幾乎永遠不會。」尤妮絲說。

媽和瑞克握手。他向我們揮手，回到他的卡車。媽目送他開走，輕輕踢開一些礫石，再緩緩走回前廊。

「怎麼樣?」席德妮說。

「我得打幾通電話。」媽說。

她把電話拿到她房裡，在裡頭好幾個小時。尤妮絲做了漢堡排和起司通心粉當晚餐，我則站在她身旁的凳子上，把她需要的東西遞給她。餐點做好時，媽還沒有出來，所以我們幫她準備了一盤食物，把東西放進微波爐裡，再自己用餐。

她很晚才出來，當時是我的上床時間前不久，並坐在桌邊，我們聚集在她身旁。她吃了一半的食物後才開口：

「車子的引擎全毀了。瑞克得重新打造一台。」

「怎麼了？」席德妮說。

媽拿起水杯，喝了漫長的一口。「火摧毀了所有證據，所以我們永遠不會曉得原因。」

「但他**修得好**。」尤妮絲說。

「重造引擎要花很多錢。」媽說。

「要多少？」我說。

「超出我們目前的能力範圍了。」她握緊了拳頭。「我才剛換了機油。」

「我們該怎麼辦？」尤妮絲說。

「莎莉可以載妳和諾亞去上學，也會載我上下班。席德妮，妳得找朋友載妳去學校和排練。」

席德妮大多時間已經這樣做了，但她還是問：「要多久？」

「一陣子吧。」媽說。「我的手頭很緊，也看不出狀況很快就會有改變。」

「不需要這樣。」席德妮說。

「席德妮。」媽說。她用手掌底部靠住眼窩。「我今天過得很糟。妳可以別煩我，和我好好合作，就一次好嗎？」

「我在嘗試了。」席德妮說，精準地仿效了媽頹喪的語氣。「這已經和妳的感覺無關了。我們忍受了爛公寓，C級碎牛肉和廉價義大利麵，還有喀喀響的起火汽車——我們已經照妳的方式過很多年了，而這就是我們的下場。拜託妳想想，就試一次不同的方式，搞不好會很值得？」

媽把她的手肘擺在桌上，扣住她的下巴。她看著盤子上吃到一半的食物，隨後環視房間。她的目光停留在我身上，眉頭便更加深鎖。她的注視使我畏縮——通常只有當我犯錯時，她才會看我這麼久。說到底，我從來不喜歡別人看我。

七

她嘆了口氣。「跟蘭森先生說，我願意談談鬼屋的事。」

席德妮起身走向電話。

「我只有答應這件事。」媽說。「談談而已。」

就算席德妮有聽見，她也沒做出反應。

週六晚上，莎莉載我們所有人去蘭森先生家吃晚餐。他仍然住在我家之前的房子隔壁，我也堅持要坐在副駕駛座，才能在抵達時好好觀看那裡。那是我只聽過、但從未親眼見過的另一項家族歷史。有時在鎮上開車時，我會隨機注視房子，試圖想像我姊姊們在院子裡玩耍，爸在割草，媽則在凸窗邊看書。她們所有人在莫大空間中散開，如果你想的話，可以走一整天都不會看到別人。

當我們駛進蘭森先生的車道，而尤妮絲指向我們的老家時，現實使我感到失望──那是座磚造房屋，雜草叢生的院子裡長了棵樹，車道上還有台生鏽的廂型車。

「就這樣嗎？」我說。

「草皮看起來比我們住那裡時好。」媽說。

坐在副駕駛座後方的席德妮堅毅地面對另一個方向，並說：「住在這裡很棒，比我們現在住的地方棒多了。」

蘭森先生的房子看起來也不太好。我們走過兩旁長滿雜亂野草的步道，踏過浸水的報紙，再屈身走過低矮的樹枝，才抵達門口。媽按門鈴時，穿著扣領襯衫的蘭森先生前來應門，脖子上在刮鬍子時割傷的部分，還黏了幾絲沾血的衛生紙。他招手要我們進門時，衣領還是歪的。

房屋內部感覺更舒適點（牆上有畫框，檯燈上蓋了裝飾用圍巾，家具上套了嶄新的白布，還套了閃亮的塑膠套），但聞起來不新鮮又飄滿灰塵，像是人們有陣子沒住在裡頭的地方。

「我叫了外送。」蘭森先生說，一面帶我們到餐桌邊，桌上疊滿披薩盒、紙盤、塑膠杯與塑膠餐具。看起來像是爲悲傷孩子舉辦的生日派對，只不過少了尖頂帽和裝飾桌布。

「這——眞豐盛。」媽說。

「它來得比我想得更快。」他說。「所以可能變冷了。」

「我們可以立刻加熱。」莎莉說。她打開其中一只盒子，摸了一下餅皮，再走進廚房，彷彿這裡是自己家。

「你有廁所嗎？」我說。

「沒有的話，就不算房子了，對吧？」蘭森先生說，接著露出微笑，表示自己只是開玩笑。「在你左邊的走廊盡頭。」

我穿過滿布灰塵的客廳，沿著走廊走下去，太過害羞而不敢承認自己還不曉得怎麼分辨左右。我找到三道門，選了其中之一，並打開門。當我打開電燈開關時，就知道自己走進了男孩的臥房。太空超人[30]床單、超人窗簾和房間中央的蝙蝠洞玩具組，蝙蝠俠可動人偶倒在蝙蝠洞前，彷彿玩到一半就遭到棄置。

由於今年手頭很緊，我沒有得到任何新玩具。當大量蝙蝠俠商品湧上商店貨架時，我就摸過很多產品了，但我一個都沒有，蝙蝠洞還是其中的至寶：一大塊看起來像石頭的灰色壓模塑膠，加上讓蝙蝠俠能站在上頭沉思的紅色階梯和藍色平台，還有台有大型螢幕的蝙蝠電腦，他能用這台電腦來解開謎團，背面則有用來關罪犯的監牢，還有個能把壞蛋（或英雄）丟進深坑中的陷阱平台。

我在蝙蝠洞前傾身，因渴望而感到嘴巴乾渴，並拿起蝙蝠俠。我把空出來的手塞進口袋，測量可用的空間。有人會注意到突起嗎？這不太算偷竊——蘭森先生的家人已經離開了，又有誰會發現一個玩具？

「迷路了嗎？」

30｜譯注：Masters of the Universe，八〇年代的美國動畫與同名玩具系列。

我丟下玩具，差點叫出聲來。蘭森先生站在房間裡。我把雙手緊扣在背後。

「我不曉得左右是哪，然後我看到這些玩具。」

「這是我兒子凱爾（Kyle）的房間。」他說。

「我以爲他不住在這裡了。」

「我希望有一天他會回來，至少過來拜訪。我想讓他的房間維持他記得的模樣。」

「你人眞好，蘭森先生。」我說，羞愧感使我的臉感到火熱。

「廁所在走廊對面。」他說。他把我推出房間，在我們身後隨手關上門。我打開廁所房門，他則沿著走廊走回去，但在我進去前，他叫住我。

「你的左邊就是心臟那一側。」他說，把手放在那一點上。我仿效他，我們面對彼此半晌，彷彿正在宣誓效忠。

多年後，我經常想到這一刻。過去，人們將你的左側視爲邪惡或不良的一側，左撇子曾代表道德衰敗。如果老師們發現你用左手寫字，就會用尺打你的手，所以對我而言，心臟這個愛的象徵，這顆理應驅使我們生活中主要決定的器官，會在左側身體跳動，顯得十分恰當。

我回去時，每個人都已經坐在重新加熱過的披薩前了。

「計畫是這樣的。」我跳上尤妮絲身旁的椅子時，蘭森先生說。「戲劇部在我們的暑期表演《真善美》上超支了，我們的錢今年可能也只夠再做一場表演。問題是，我們應該要再做四場表演。」

「所以我們都有錢的問題。」媽說。

蘭森先生揉了揉他的山羊鬍。「妳們一家已經展現出製作特殊舞台設計的天賦，我也有一點錢和一間戲劇部，裡頭塞滿夢想在觀眾面前表演的孩子。所以我們想，」他指向席德妮。「戲劇部今年或許可以和妳們一家合作，製作一棟鬼屋。我們可以五五分帳，如果成功的話，我的戲劇部就會賺到足夠的錢，來做下一年的表演，妳們也能修好妳們的車，或是能夠買台新車。」

媽在考量此事時，一邊用指尖拂過她的酒杯。「你有錢和孩子們，聽起來不需要我幫忙。」

「我們需要妳們家的眼光，不然就只會做出另一棟爛鬼屋。」蘭森先生說。

「那種『眼光』，」媽說，用手指強調那個字眼。「屬於我的亡夫。我只會做戲服。」

「尤妮絲和我也做了一些設計。」席德妮說。「不全是爸的。」

「妳們畫了可笑的圖畫，妳們的爸爸也只是寵妳們罷了。」媽說。

「狗屁。」席德妮說。

「席德妮。」莎莉說。

「咬我呀，莎莉。」席德妮說。

「**席德妮**。」媽說。

「儘管如此。」蘭森先生說，一面抬高音量。「我聽說哈利留下了很多沒使用的設計？」

「那些不能用。」媽說。

「它們不屬於妳。」席德妮說。

「它們當然是我的。」媽說。席德妮看起來準備好撲到桌子對面了。媽用眼神壓制她。「敢測試我的話，我今晚就把它們燒了。」

我把披薩塞進嘴裡。我不餓，其實還覺得胃不太舒服；但我得做點事。

「也許這是個壞點子。」蘭森先生說。「我不想惹麻煩。我確定妳有別的東山再起的計畫。」

媽大口咬下披薩。她吞下去後，一口喝光葡萄酒。「如果我有別的計劃，就不會來這裡了。莎莉，我們有錢嗎？」

莎莉把剩下的酒倒進媽的玻璃杯中。「我們會成功的。」

「花費比妳想的還少。」蘭森先生說。「我們在學校有間場景工作室，所以我們可以提供製作材料。學生會為了課堂學分而工作，所以妳不需要付錢給他們，我們也能在學校賣票給不得不看的觀衆。妳可以保留座位、道具、戲服和一半利潤。」

「你眞的認為會有利潤嗎？」媽說。

「我的確這麼想。」他說。

八

那晚，我坐在女孩們的臥房地板上，背靠著她們共用的梳妝台，雙腳貼在尤妮絲的床腳上。儘管她們的房間比我的大，但當兩張床擠進裡頭時，感覺起來就小多了，牆上還貼了席德妮表演的節目單，以及一大幅寶拉・阿巴杜 (Paula Abdul) 的海報。尤妮絲唯一的裝飾是張娥蘇拉・勒瑰恩(Ursula Le Guin)的照片，照片直接掛在她的床頭，像是十字架或捕夢網一樣。女孩們來回把一堆睡衣、卸妝液、保濕霜、面霜和牙刷遞給我。

「蘭森先生的家人爲什麼要搬走?」我說。儘管當他們分家時，我有聽說過，但直到我造訪他們平靜空蕩的房子前，我都沒把蘭森一家當成人看——當成正常家庭看。之後我才感到消失的家人對蘭森先生帶來的心痛，他在刮鬍子時割傷自己，甚至還無法準備好熱騰騰的披薩餐。

「跟你無關。」席德妮說。她把我從梳妝台邊趕走。「我要用底下的抽屜。」

我爬上尤妮絲的床，翻閱她厚重的代數課本。書中費解的複雜文字與數字看起來像是外星人的語言，看起來令人頭暈目眩。我再度闔上書本。

「好，但爲什麼呢?」我說。

尤妮絲從浴室快步走進來，跳到床上和我待在一起，她從她們床鋪間的床頭櫃上拿起鬧鐘，把它擺在膝上看。「有時人們會和錯誤的對象結婚，當這種事發生時，他們要不待在一起並討厭彼此，或是做出正確的選擇並分手。」

「別幫她找理由。」席德妮說。她從抽屜中拿出一件背心。

「媽和爸結婚時，她嫁給錯的對象了嗎？」我說。「所以她才不談他的事嗎？」

「別再讓我聽到你這樣講爸。」席德妮說。她悄悄走出房間，用力關上廁所的門。

九

在上床前放空地聽了《卡達斯》十頁後，我問尤妮絲：「鬼屋像什麼樣子？」

「我自己從來沒去過。」她說。「只看過我和你一樣大時，我們和爸媽一起蓋的那棟。」

「它很嚇人嗎？」

「我不覺得，既然我幫忙蓋了它，就已經知道所有會發生的事了。不過，我想對訪客而言很嚇人吧。」

「爸媽呢？」

「他們倆大多時候都看起來憤怒且擔憂。」她說。「他們吵了很多次。」

「那媽爲什麼會想再做一次?」

她拉下了臉。「她不想,諾亞,她得這樣做。席德妮才是想做的那個人。

「那爲什麼席德妮這麼想做?媽又爲什麼不想用爸的舊設計?」

「我不曉得。」尤妮絲說。我人生中第一次不相信她。

+

那晚窗邊沒有傳來搔抓聲,只出現一聲把我嚇醒的巨響。我睜開眼睛坐起身。我身邊的公寓漆黑無聲,代表每個人都在床上。我要不是夢見那聲音,不然聲音就是來自中庭。

我下了床,拉開簾子,把臉貼到玻璃上。有幾個玩具散落在我把它們拋下的位置,還有某個又小又黑的東西倒在生鏽的草坪椅上,在黑暗中幾乎變成隱形。依然半夢半醒的我打開窗戶的鎖,盡可能安靜地推開玻璃滑門。

我赤腳下的水泥地感覺起來冰冷粗糙,汽車廢氣的味道飄散在濕潤的空氣中。

我走到椅子邊撿起那東西：那是個蝙蝠俠可動人偶，閃亮嶄新地宛如剛從包裝中取出。那正是我差點從蘭森先生家偷走的玩具。我緩緩轉了一圈，但沒有發現任何躲在黑影中的身形。

十一

媽和席德妮在城鎮遙遠另一頭的舊倉庫設立了工作室。媽賣掉一本罕見的《驚奇蜘蛛人》（*The Amazing Spider-Man*），好支付租金，簽約後的週末，我們一家搭著莎莉的車子去我們的舊倉庫。蘭森先生和幾個戲劇部的孩子在那裡和我們碰面，我們一起打開了來自墳墓的所有道具、戲服和場景。當東西一個接一個重見天日時，旁觀的我同時感到驚奇與失望——驚奇的原因，是由於終於看到這項隱晦的家族歷史，失望則是因爲這一切在強光下看起來俗氣無比：脆弱木板被塗得像木乃伊墳墓中的石灰磚塊、顏色剝落的紙漿怪物面具、外型刻意做得破爛的戲服，上頭的縫線可能會使洛夫克拉夫特故事中的英雄，陷入歇斯底里的情緒。我曾在想像中豎立起雄偉的夢魘廳堂，但現實卻和我家之前的房子一樣令人失望。另一方面，媽、席德妮和尤妮絲看起來緊張而憂心忡忡。

將所有東西裝上車綁好後（整座倉庫的內容物剛好塞滿兩台皮卡貨車的車斗），我們把車開到新倉庫去，地址在城鎮邊陲，一條狹長車道盡頭，兩旁長滿樹木。席德妮下車打開大門，我們駛進位在長方形建築前的龐大停車場，那座建築如同煤渣磚般又暗又灰。媽帶著我們穿過玻璃前門，走進放了大型櫃台的接待區，有幾張沾滿灰塵的椅子靠在牆邊；我們隨後跨越一組雙重門，進入倉庫，那是個擁有水泥地面、椽子外露的大型開闊空間。一角有兩間廁所，面對牆壁的停車場邊有好幾道車庫捲門。塵埃在我們的腳下飄蕩，悶熱的空氣使我的鼻子感到刺痛。

他們打開兩道捲門，把所有東西搬進裡頭，再把一切擺在空蕩的地板上。戲劇部孩子們在車上喝汽水時，媽、尤妮絲、席德妮和蘭森先生檢視著所有物品，評估哪些東西能再利用，哪些東西得丟掉。他們迅速明白，媽一開始的想法（重建墳墓，塗上新漆，再增加幾座房間）沒有效。舉例來說，爸在搭建鬼屋時找來的許多木材已經爛掉或破碎了，無法使用。另一方面，擺在這種照明充足的大型空間中時，這些材料顯得渺小廉價。

「如果我們要人開車來看這種東西，」蘭森先生說，一面指向攤平的場景。「他們會覺得被騙了。」

「這樣不管用。」媽說。

「我們有幾週能從頭開始設想。」他說。他用雙手拂過頭髮。

「不見得。」席德妮說。她打開尤妮絲總是帶在身邊的背包，拿出一份小作品集，再從裡頭取出一疊紙。她把紙遞給每個人，我接到的紙上畫了群擠在臥房中的年輕人，他們拿手電筒照亮床底，衣櫃裡有某個東西從藏身處窺探他們。我們交換圖畫時，我才明白每張圖都畫了身處不同場景的同一群青少年。在一幅畫中，孩子們跨越一座停屍間，他們身後有具屍體從敞開的拉櫃中坐起身，身上依然披著裹屍布。在另一幅畫中，孩子們走過一座小池塘，踏過池中的一塊塊石頭，有隻長滿鱗片又帶蹼的手從水面探出，伸向某個可憐女孩的腳踝。而在另一張紙上(那是個有錢人的書房，牆上掛滿了動物頭顱)，有怪物抓住了同一個女孩，當它將女孩拖走時，其他孩子驚懼地緊抱彼此。在每張圖片中，孩子們都共用了同一把手電筒。

「這些是妳畫的?」媽問。

席德妮點頭。

「怎麼會都只有一把手電筒?」我說。

「那就是核心概念。」席德妮說，看起來對話題改變感到鬆一口氣。「我們會找一些最簡單、最乏味的驚嚇屋，就是我們可以在幾週內搭建的簡單設施，然後我們再加入一些元素。所以除了常見的驚嚇點外，還有隻怪物在追蹤你，你也得想辦法在它找到你之前逃跑。我們只讓訪客四人一組進去，屋裡唯一的光源是把手電筒。或許我們三不五時還可以安插一個人在團隊中，怪物則會『抓到』那個人。成本很低廉，我們也不需要在幾週內從頭設想。」

每個人都把席德妮的畫還給她，但媽繼續拿著她的畫。她的臉看起來十分緊繃，彷彿肌肉遭到扯緊。

「妳怎麼想出這個主意的？」她說。

席德妮撥弄那疊紙。「蘭森先生總是說必要爲發明之母，對吧？我只是嘗試想出簡單的做法。」她伸手向對方要圖畫。

「這些圖畫很好。」媽說。「不只是好而已。」她聽起來感覺很差，也顯然不情願地把圖畫還給席德妮。「這眞的是妳想要的嗎？」

一陣沉默隨卽落下，等到蘭森先生哼氣時，才打破了寂靜。「天呀，席德妮。」他說。「我今晚上床睡覺時，完全不會想變成妳。」他環視我們，臉上掛著半抹微笑。直到我們沒人笑出來時，笑容才從他臉上消失。

「對了，諾亞該待下來聽這些對話嗎？」尤妮絲說。
「什麼？」我說。「我做了什麼？」
「沒什麼。」尤妮絲說。「但我不想讓你做惡夢。」
媽指向我們身後。「尤妮絲，我們講話時，帶妳弟弟去辦公室裡。」
「我想幫忙。」我說。
「去和尤妮絲玩。」媽說。
「我會帶他去前面，但我會回來。」尤妮絲說。「我是這裡的一份子。」
媽考慮了一下。「好。」她說。「什麼都別碰！」尤妮絲拉走我時，她高聲喊道。

十二

「這不公平。」那晚當尤妮絲幫我蓋被子時，我說道。
「生命就是不公平呀，小弟。」她說。
「如果妳什麼都沒說的話，媽就會讓我幫忙了。」
「媽沒有很專心，」尤妮絲說。「但我有。當我說這對你來說太恐怖，你就得相信我。」她靠過來親我的額頭。「我最愛誰？」

現在要回答那個問題還太早了。「等等，妳沒有要講故事給我聽嗎？」

「對不起，但我今晚就得開始寫劇本了。蘭森先生要我和他編劇班上的一個女生合作，所以我得在明天和她碰面前，先想出一些點子。」她快步跨越房間，按下電燈開關。「晚安囉，小王子。」

我氣噗噗地躺在黑暗中。我家人為什麼總要排擠我？我為什麼老是什麼都不能參與？

當窗邊的搔抓聲響起時，與其說是害怕，我反而感到腹中燃起一股怒火。我爬到床邊，拉開一道簾幕。怒氣頓時消散，取而代之的則是驚奇。

我最初的印象，是有塊高大的巨型黑石擋住了我觀看中庭的視線，像是快速飄動的滾滾黑雲。我向前傾身，想判斷那東西的大小，它則動了起來，頂端也往下彎。有張臉和我的臉平行，拉長的臉孔上滿布毛髮，口鼻部貼到玻璃上，一面吐出陣陣霧氣。它的雙眼呈現亮橘色。

我開始畏縮，接著我明白自己有這種反應，只是因為我應該這麼做。這是電視和電影中的人看到怪物時會做出的事。我其實不害怕，我想看這個東西。

那個生物一動也不動，彷彿理解並遵從我的願望。我讓我的目光停留在它的棕色毛叢、橘色雙眼和突出的口鼻部上。它的利爪靠著玻璃，服裝宛如活生生的陰影，在亮光外萎縮彎曲，有時是黑色，有時變成紅色。

我把一隻手擺到冰涼的玻璃上，張開五指。生物把頭歪到一側，接著模仿我的動作，將它長有長爪的獸掌貼到我的手對面。它看著我們的手，再回頭看我。這使我不禁想起狗，也輕笑了一下。生物用力吐氣，讓玻璃起霧。我嚇得往後退。它或許像狗吧，但狗還是會咬人。

我移動身體，往沒有霧氣的玻璃外看。生物也縮回它的斗篷中，只有它的口鼻部還留在視野內。它從斗篷中窺視我，眼窩中散發橘色閃光。

我向前傾身，舉起一根手指。「等一下。」我說。「你看得懂嗎？」

生物舉起一根手指，再緩緩點頭，彷彿首次嘗試做出這種手勢。我把手指移到嘴唇邊，象徵保持安靜。它再度仿效我。

我放下簾幕，跨越房間，走向我的玩具箱。我盡可能安靜地打開前蓋板，用我的手臂探過所有銳利的塑膠物體邊緣，直到觸及我藏匿蝙蝠俠可動人物的箱子底部。接下來，我從床頭櫃上抓起我的科米蛙（Kermitthe Frog）手電筒。我卸下窗戶的栓子，把它打開到足以讓我鑽過去。

我赤腳站在中庭的水泥地上，生物保持著距離。它完整站直時，看起來至少有七英呎高，型態不定的斗篷遮蔽了大部分身軀。我打開手電筒想看清楚些，但生物舉起爪子並轉開頭。

「你不喜歡那樣。」我說。

它搖搖頭。對。

「對不起。」我說，並關掉手電筒。

生物再度面對我，呼吸沉重濕潤。我在它毫不動搖的明亮目光下感到不適，我不習慣這麼顯眼或受到矚目，於是我舉起蝙蝠俠玩具。

「是你帶這個來的嗎？」我說。

它點頭。

「爲什麼？」我說。

生物蹲下，撿起一根粉筆，在地上不穩地慢慢劃了幾下。我把我的燈光照在那塊地方，看到以參差不齊且難以閱讀的字母拼成的一個字：**朋友**。

「朋友。」我說。「你想當朋友嗎？」

生物點頭。

「爲什麼？」我說。

它繼續蹲在我面前，但沒有回應。

我又拿起蝙蝠俠。「你沒有偷這個，對吧？」

生物搖頭。**對**。

生物後頭的客廳燈光亮了起來。有人聽到我們的聲音嗎？生物沒有轉身，但縮了起來，彷彿就連這股模糊的亮光都讓它感到痛苦。

「我得走了。」我悄聲說道。「再見。」

我轉回開啟的窗口，屈身爬回去。生物的其中一根爪子落在我肩膀上，使我產生了一股飄浮感，就像入睡前幾分鐘的感覺，我周圍的一切變得柔軟，如同毛毯般舒適——

我的頭撞上玻璃，發現自己回到了中庭，蹲在我的窗口外，肩上還有怪物的獸掌。我難堪地把它甩開，彷彿對方撞見了全裸的我。

「你想幹嘛？」我說。

生物用粉筆劃出另一則訊息，我用手電筒照著地面閱讀：**進去？**

如果它在碰我前提出這個要求，我可能會默許，但從那股甜美迷霧中清醒後，我拒絕了。

「我可能會惹上麻煩。」我說。接著，在一瞬間的內心爭辯後，我補充說：「如果你想的話，明天還可以來。」

我鑽回房間時，它沒有試圖阻止我，只是盯著玻璃在我們之間關上。

「晚安。」我悄聲說道，一面把我的手擺到玻璃上。生物——我的怪物，我的朋友，把它的獸掌貼在我的手對面，摳抓玻璃，發出輕微的嗚咽聲。

十三

決定好他們的概念後，我家人和范德葛里夫高中戲劇部就熱切地著手動工。他們不讓我回到倉庫，所以我沒看到任何過程。我只能在夜間衝擊的後台房間度過下午和夜晚，寫作業並和自己玩。莎莉會接我下課，晚上再送我回家。她檢查我的作業，送我上床，並待到媽、席德妮和尤妮絲回來。

我只會在早上見到我的家人，她們睡眼惺忪地慢慢走過彼此身邊，準備好面對新的一天。我很想念尤妮絲，但我的朋友每晚都會來訪，有時當莎莉溫和但墨守成規地說完晚安，與清醒和熟睡間那股奇異飄浮感之間，它的搔抓聲就會出現在窗邊，如同有人輕搖我的肩膀。如果我的年紀大一點，或是更小心點，或如果大人在我小時候更注意的話，我可能就會擔心被人逮個正著。但我習慣沒人把我當一回事，而且等我朋友來後，就很難擔心任何事了。剛開始，我們會玩可動人偶，但生物強壯笨拙的雙手拔掉了玩偶的頭和手臂。接著我們嘗試玩桌遊，但生物似乎難以記住規則，而每次都贏也讓我感到厭煩，所以我們開始看我的藏書。剛開始我念書給它聽，接著我們抄下句子和圖片。生物的書寫方式依然差勁無比，但當我們嘗試模仿《丹尼和恐龍》(*Danny and the Dinosaur*)中的插圖時，生物的仿製畫卻與書中內容精準地相似。

「你很擅長畫畫。」我說，當我拿我們在地板上的畫作和書本比較時，就感到頹喪。我自己的圖畫只是粗糙又難以辨識的色塊。「我眞希望我能畫得和你一樣。」

生物給了我一根藍色的粗粉筆，我隨之接下。它站到我身後，把一隻獸掌擺在我的右肩上，另一隻獸掌握住我的左腕，開始在地上引導我的手。我再度感受到那股驚人的幸福飄浮感，它溫暖舒適，又使心願變得圓滿。我微微察覺到面前的水泥地，就像透過斑駁骯髒的擋風玻璃觀看道路。

當生物放手時，那種感覺便隨之消退，我則猛然轉身面對它，感到焦慮且迷失，一隻手揚起粉筆，彷彿準備好動手出擊。我的朋友看起來也有些暈眩，它的頭往兩側晃動著。它向我投以疑惑的眼神。

「對不起。」我說。「那不是我的意思。」

生物指向我身後。我拿起手電筒，照亮我剛剛在指引下繪畫的位置：那是座龐大無邊的迷你城市，像是從山頂上往下看的角度，高聳的摩天大樓以同心圓的方式向外拓展。而在這座奇異小空間的核心中央，有座探入雲霄的高塔。它看起來很眼熟，像是我之前去過的某個地方。

「這是我做的嗎？」我說。

生物指向我，再指向自己，再讓獸掌上的手指交錯。這是我們一起畫出來的。它傾身向前，在地面劃出它每晚都會提出的問題：**進去？**

我也做出了每晚固定的回答：「今晚先不要。」

我沒有把生物的事告訴任何人，不過我當時不太確定原因，暫且說是直覺吧。現在回想起來，我不太擔心別人覺得我瘋了，但我很樂於擁有全然屬於我的事物，那是我家人無法隱藏、也無法從我身邊奪走的東西。

十四

鬼屋（它被命名為「流浪黑暗〔The Wandering Dark〕」）的建造工程在九月中

結束，但爲了排練，蘭森先生和戲劇部學生們待得比我的就寢時間還晚。自從席德妮到家（中庭簾幕後的客廳燈光正是訊號）成爲我的新上床警報後，我就和怪物熬夜熬得越來越晚。我在一年級那從不亮眼的成績，開始一落千丈。莎莉確保我寫完我的功課和確實繳交，但我搞砸了考試，還在上課時睡覺。我沒有干擾任何人，所以我的老師寇倫太太沒花多少力氣來讓我保持清醒。我的生活染上了一抹夢幻飄渺的味道，不知怎地顯得虛幻，彷彿我正在看一齣冗長無趣、投影品質差勁，內容又費解的電影。當我見到我家人時，她們都忙碌無比。她們只想討論流浪黑暗，在我面前又只會用拐彎抹角的字眼討論。就連尤妮絲都變得疏離，我很想她，也嫉妒把她從我身邊偷走的這項新計畫。

終於，在某天晚上，由於受夠遭到排擠，我就問怪物說：「你每天晚上是怎麼來這裡的？」

它歪著頭，但沒有回答。

「你會飛嗎？」

它要不是聽不懂，就是拒絕回答。

我用一隻手拂過頭髮，嘆了口氣。「你可以帶我去別的地方嗎？」

生物向前傾身，拿起一根粉筆，在地板上劃出了問題：**去哪？**

「我想看那棟鬼屋。」我說。「帶我去流浪黑暗。」

我的朋友站起來往後退。它伸長右掌中的利爪，那比較像是成年人的手，而不是某種無可名狀的怪物之手，當生物把我拉入懷中時，我感到溫暖且牢固。它把我緊靠在軀幹中央，用斗篷包裹我全身。在斗篷底下，生物穿了件寬鬆粗糙的長衣，衣服磨蹭著我的臉。

生物的腿肌在蹲踞時緊繃起來，接著地面從我腳底落下，取而代之的是一無所有的空中。我瞥見底下的世界，飄動的布料不時遮住我的視線：中庭越變越小，顯露出我們居住的七戶建築，接著我們往前傾斜，角度也隨之改變，我只看得到范德葛里夫頂端備受光害的紫黑色天空。擔憂離我遠去，有如別州傳來的微弱無線電信號。我平貼在生物身上順風飄浮，感到有些冷冽，但十分放鬆舒適，也感到遠離凡間。生物有種獨特的氣味，芬芳但又有點泥土味，就像沃爾瑪[31]的園藝區，我心裡充斥著一道畫面：沉重的黑色天空下，有座龐大的花海，遠方有道龐大的城市輪廓，其中包含了似乎只出現在我夢中的尖塔、高塔和競技場。

31—譯注：Walmart，美國常見的大型零售百貨。

我們的落地使我從幻想中驚醒，我的朋友抽回斗篷放開我。我跌撞地走開，雙腿痠軟無力，也感到暈頭轉向。我往前倒下，雙手在路面上擦傷，痛楚使我的腦袋清醒過來。我們位在倉庫前的停車場，蘭森先生的皮卡貨車停在其中一個車庫門口外，前門現在裝了顆保麗龍骷髏頭。在停車場的路燈光線下，它看起來散發出怪異的逼真感。生物走了過來，我向它擺了擺手。

「我沒事。」我說。呼吸了一下新鮮空氣後，我覺得暈眩狀況已經消失了。我走近骷髏頭門口，我的朋友待在我們降落的位置。

「你不來嗎？」我說。

它搖搖頭。我拉了拉前門把手，但門紋風不動。當我正準備轉身告訴我朋友算了，我們也該回家時，門打了開來。沒有任何喀擦聲或魔法火花，前一刻它一動也不動，下一刻卻打開了。

服務臺的燈關了，我也沒有打開它們，而是打開手電筒。自從我上一次來這裡後，已經有人清理過房間，抹掉了所有東西上的灰塵。櫃台和等待區椅子已經被移走，一座黑牆擋住了通往倉庫的雙重門，牆壁中央還有道白門，黃銅門把的顏色黯淡，上頭還有凹痕。它在我手中輕易轉動，門板也無聲無息地往內打開。我沿著漆黑的走廊前進，走廊先往右轉了個彎，才延伸到一座書房——是電影中的博士和教授們會在裡頭開會的那類地點。地板上鋪了張紅金色的地毯，外表老舊的龐大書桌對面有張皮革裂開的沙發，沙發後有個漆黑空蕩的假火爐。房裡的牆壁上掛滿動物頭顱標本：大多是鹿，有時則有麋鹿或魚。

火爐上方吊了張空無一物的掛板，中間還有個洞。我往裡頭窺視，想嘗試看到彼端的東西，但黑暗依然遙遠而毫無破綻。我想到席德妮起初對這裡的提案：有隻怪物在漆黑的迷宮中追趕你，訪客也只有一把手電筒能探路。我知道這一切都只是假的，只是遊戲，但當我身處鬼屋之中，或當有眞正的怪物在停車場裡等我時，這種認知毫無幫助。怪物居然拒絕陪我進來，現在還有誰知道眞正的規範爲何？我繼續前進，深入流浪黑暗。

書房後有一座長方形房間，兩側有我認爲是檔案櫃的物體。地板由藍色磚瓦構成，排水口則以規律間隔排列。房間中央擺了兩座緊靠彼此的檢驗台，上頭都空空如也。另一頭有扇裝了毛玻璃窗框的木門，上頭有個我看不懂的字眼：**驗屍官辦公室**。門口右邊擺了一株高聳的盆栽。

我走近房間右側其中一只大抽屜，它的中央有個小型白色標籤，上頭用小而工整的字體寫了J・蘭森。我拉了拉冰冷的金屬手把，但它毫無動靜。我放手繼續把光打在抽屜上的所有名字：佛格勒（Vogler）、哥德曼（Goldman）、丹尼爾斯（Daniels），普萊斯（Price）。我唸出每個名字，盡可能低聲發音，享受文字化為語言時的聲音：山格利（Sangalli）、史密斯（Smith）、史蒂芬斯（Stephens），特納。

最後一個名字止住了我心不在焉的念誦。H・特納，是哈利・特納嗎？我抓住手把往外拉。這道抽屜為我打開了。

我把我的手電筒往約有七英呎深的長方形盒子內照，裡頭有裝在轉輪上的一只窄床。小床上的白布底下有個大型物體，約莫呈現人形。我向它伸手。

房子裡響起一股笑聲，聽起來喧鬧愉快。它把白布底下的形體完全踢出我的腦海。我沒有關上抽屜，走過盆栽旁，再穿過寫有**驗屍官辦公室**的門，步入一座相對明亮的大型空間，裡頭有硬木質地板，以及擺滿道具的舞台。有個麥克風立在聚光燈下，上頭的紅白藍橫布條上寫著「歡迎回家，男孩們！」地上散落著氣球，還有兩個身影在中間的折疊椅上交纏。即使從背後看，我也認得出蘭森先生的輪廓，他結實的手臂環繞住他腿上沒穿上衣的青少女。她把他的臉推向自己的乳溝，她的頭往後仰，雙眼閉上，嘴巴大張。我也認出她了⋯⋯是席德妮。

「說出來。」她說。

蘭森先生呻吟起來，發出飢餓的噪音，聽起來像在飼料槽大吃的豬隻。她抓住他的頭髮，用力一拉，使他得望向她。在色情片中，她會面露微笑並語帶嘲諷，但她的臉上卻散發出某種傷痛與脆弱。

「說出來。」她又說一次。

「我愛妳。」他氣喘吁吁地說，聲音十分嘶啞。

她抓緊了蘭森先生的頭髮。「再說一次。」她說。或許這是指令，但她聽起來泫然欲泣。

「我愛妳，席德妮。」蘭森先生說。

席德妮把空出來的手往後伸，解開她的胸罩。肩帶滑下她的肩膀，再從她的手臂落下。靠著她胸口的他再度發出低沉的飢餓哼聲，她叫出聲來，彷彿感到痛苦。

那聲音嚇到了我，我鬆開了手電筒。它鏗的一聲撞到地板，席德妮的雙眼猛然睜開，充滿訝異的恐懼。

她放開蘭森先生的頭，目光與我相交。「諾亞？」

蘭森先生開始轉身，我拔腿就跑。我跌撞跑過迷宮般的房間，再跑到停車場時，聽到他們起身移動，但我身材矮小，衣冠整齊且驚恐不已。我安全逃到屋外，成功全身而退。我的朋友依然待在我留下它的位置，我衝進它懷裡。

「帶我回家。」我說。當生物闔上斗篷，我的雙腳也離開地面時，一股暖意便包住我。

我們彷彿在幾秒後就降落。生物打開斗篷，我回到熟悉的中庭。我向前傾身，微微察覺生物蹲在我身旁，用粉筆在地上畫了些東西。我的腦袋開始變得清晰，我向我的窗口伸手，企圖打開它，但生物的獸掌落在我肩膀上，一切又立刻變得模糊。我掙脫出來。

「什麼？」我說。「怎麼了？」

它指向地面，我則瞇眼讀起它在黑暗中寫下的字：**進去？**

「不。」

生物急切地噴氣，又寫了兩個字，才轉頭看我：

朋友

幫忙

生物在第二個字底下劃了三次線，粉筆也在第三下折斷。從我朋友垂頭喪氣的體態、和它頸子的僵硬曲線中，我看出了傷感。

「不。」我又說一次，並更用力地搖頭。

我推開窗戶並爬進去時，它沒有試圖阻止我，而當我轉身關上窗戶時，它已經不見了。

席德妮在某個時間點進入公寓。她來到我的臥房門口，雙腳的陰影在門下的縫隙十分明顯，她怪異地大聲用力呼吸，聽起來像是剛跑完馬拉松，如同喘息般深吸氣，呼氣也雜亂不平穩。最後她走開了。

十五

我心不在焉地度過隔天，在學校和下課時都感到恍惚。下午我待在夜間衝擊的後台房間裡，視線模糊地讀一本老舊的《阿奇雙重文摘》(*Archie Double Digest*)，直到我聽到莎莉和某人在前頭講話。和她交談的人大笑出聲，我立刻認出了蘭森先生。我環視房間，想找尋出路，但當莎莉說：「好呀，去後頭吧。」時，我依然留在原地。

蘭森先生搖晃著走進休息室，手上拿著一只大箱子。「你在這裡呀！」他說，宏亮的嗓音中充滿戲劇般的雀躍。箱子看起來大到能塞進一個小孩，這取決於你包裝身體時多有創意。他站在我面前，讓我無法看到門口。「眞高興看到你在這裡，我有個東西要給你。」他把箱子放在桌上後，從它旁邊走開。「打開看看。」他說。

來。

我放下漫畫書，站在我的椅子上。當我把手伸向箱子鬆開的蓋子時，猶豫了起來。

「它不會咬人的。」蘭森先生說，語氣中出現了一抹惱怒。

我往下伸手，把蓋子打開。裡頭的東西讓我倒抽一口氣，是蝙蝠洞玩具組。數週來我心心念念的玩具，出現在我眼前。

「你喜歡嗎？」蘭森先生說。

「這不是你兒子的嗎？」我說。

「是呀，」蘭森先生說，「但他有太多玩具了，你們一家過來吃晚餐時，我看到你很喜歡它。」他揚起眉毛，等我做出回應。

我把雙手從盒子裡抽出來。「你人眞好，蘭森先生，但我沒有蝙蝠俠人偶。」我說。這是個謊言，但我該如何對自己收到玩具的方式提出可信的解釋呢？「我只能看它而已。」

他嘆口氣。「我本來要拿凱爾的蝙蝠俠給你，但無論我找得多仔細，都找不到它。我知道凱爾沒有把它帶走，而自從你們一家來我家作客後，我就沒有其他客人了。你還要繼續告訴我說，你沒有拿它嗎？」

「我沒有偷凱爾的蝙蝠俠。」我說。

「我可以保守秘密。你可以保守秘密嗎，諾亞？」

我望向新玩具，沒有回答。

「你昨晚看到的事，」他說，「我和席德妮之間的事，那是年紀比較大的人會做的私密行爲。如果你告訴別人的話，你家人和我就會惹上很多麻煩。」他繞過桌邊，用熊般的大手捏了一下我的肩膀。「你不想在你們的新生意開張前，爲你家人製造麻煩吧？」

「對。」如果他停止碰我的話，我會同意任何事。

他開始往外走，接著停下並轉身。「諾亞。」他說。

「怎麼了，蘭森先生？」

「你是怎麼去倉庫的？」

既然我們要爲彼此守密，我就不曉得爲何要撒謊。「我飛過去的。」我說。

他對我投以古怪的思索目光，隨後就離開了。

十六

在家時，我躲在我的房間裡，身體蜷縮起來，用毛毯蓋著頭。我告訴莎莉說自己不太舒服，於是她讓我獨處。最後，尤妮絲回到家，進入我的房間。她坐在我身旁的床上，把手放在我肩膀上。

「怎麼了?」她說。

「沒事。」我說。

「你從來不會對我說謊。」

我依然躲在毛毯下，思考我現在保守的秘密：席德妮的秘密，蘭森先生的秘密，還有我自己的秘密。我開始哭泣。

「諾亞，」她低語道，一面用手上下撫摸我的脖子。「諾亞，諾亞，諾亞。沒事的。無論如何，一切都沒事的。」

我依然沒有吐露自己的重擔。儘管我們依然經歷了就寢時間的「我愛你」儀式，卻有道無形的圍牆分隔了我們。她的情感感覺只是陳腔濫調，現在我則成了騙子。

躺在床上時，我希望我家人從來沒有決定要蓋鬼屋。如果我能讓事情恢復以往的模樣的話，我不在乎這會讓我們永遠窮下去。當我窗口外再度響起搔抓聲時，我拋開毛毯，從地板上撿起蝙蝠俠。我的朋友站在外頭，用它的爪子撫過玻璃。我示意要它後退，它也照做了。我鬆開窗戶上的插栓爬出去。

我站起來時，生物試圖縮短我們之間的距離。我舉起蝙蝠俠，阻止了它。「你有把這個玩具從蘭森先生家偷走嗎？」

生物搖搖它的頭。沒有。

「你在撒謊嗎？」我說。

它垂下頭。

「你爲什麼要這樣做？」

生物拾起一根粉筆，在它前晚寫下的字眼周圍畫了個框：**朋友。幫忙。**

「幫忙？」我說。「幫忙？這能幫什麼忙？」我因這一切的不公、與這件困住我並造成負擔的事而怒火中燒。「就因爲你，害我惹上很多麻煩。走開。」

生物站在原地，利爪依然出奇細心地握著粉筆。它歪著頭，顯然感到困惑。

「我知道你聽得懂。」我說。「快走。」我做出趕人的手勢。生物一動也不動地站著。我丟出蝙蝠俠，玩偶擊中生物左眼上方。它的頭往後抽，拋下了粉筆。它的雙眼放出更明亮的橘色光澤，喉嚨傳出低吼聲。當客廳燈光亮起時，它身後的滑門大放光明，注意到這點的生物立刻轉身。我屈身擠過窗口，把它緊緊關上，此時我聽到玻璃滑門上的門閂發出聲響，以及門板在軌道上移動時發出的宜人隆隆聲。我靜靜地躲在廉幕後方，等著聽到嚇壞的尖叫聲，或甚至是激烈的聲響，但只聽見水泥地上傳來我母親獨特的腳步聲，她在我窗外暫時停下，再回到室內。就算她有看到地上的字跡，也從來沒和我提過這件事。

席德妮在午夜進來時，我還醒著；她直接走進浴室。她關上門，打開水龍頭，但我能在高漲的水聲中聽到她刺耳破碎的嗓音。過度換氣的席德妮，正獨自在夜裡哭泣。

十七

流浪黑暗開業的兩天前，蘭森先生又邀我們全家去他家吃晚餐，並允諾會提供「道地的家常菜」。這次莎莉沒有和我們一起來，但她把車借給媽開。當我們抵達蘭森家時，發現車道上有台福特 Fiesta 汽車，停在蘭森先生的皮卡貨車隔壁。

「還有誰要來吃晚餐？」尤妮絲說。

「他什麼也沒告訴我。」媽說。

席德妮面朝前方，沉默地坐在前座，我試圖從她的後腦勺猜測暗藏的意義。自從我逮到她和蘭森先生一起後，我們總是避開彼此，也十分成功，這也是一週來我們首次在同一個地方待上幾分鐘。

草皮已經修整過，報紙被收了起來，雜亂的樹枝也修剪了，不再擋住走道。我們按門鈴時，一個嬌小纖瘦的女人應了門，她幾乎不比尤妮絲高。要不是因爲她嘴邊的魚尾紋，我可能會誤以爲珍奈特・蘭森是個女孩；她緊緊抱住媽。

「見到妳眞好，瑪格麗特！」

媽回應得有點慢，她的姿態顯露出她的訝異與不適。蘭森太太放開她，再用力抱住尤妮絲和我，我被抱得有點痛。

「尤妮絲，妳變成小女人了。」她說。「諾亞，你看起來就像你爸爸的迷你版，眞不尋常。」

之前沒人這樣說過我，而當蘭森太太給席德妮長長的擁抱時，我也還在思考這件事。

「噢，席德妮。」她說，像抱寶寶的頭般緊緊扣住我姊姊的頭。

席德妮也回應得很慢。「噢，是我啊。」她同意道。

蘭森先生出現在門口，用擦碗巾抹著雙手。「驚喜吧。」他語氣虛弱地說。

「別怪他，這是我的主意。」蘭森太太說。「進來吧，進來吧！」

房裡的空氣改變了，變得清新芬芳。光線十分明亮，家具上的塵埃也消失殆盡。有個男孩坐在客廳地板上，把玩之前不在那的任天堂遊戲機。

「凱爾。」蘭森先生對男孩說。「要有禮貌！」

男孩嘆氣並站起身，和每個人握手。

「你就是諾亞。」輪到我時，他這麼說，乏味化為明顯的敵意。「你有我的蝙蝠俠和蝙蝠洞。」

「是蘭森先生把它們給我的。」我說。

「他有嗎？」媽說。她望向廚房，蘭森先生在裡頭來回走動，邊檢查烤箱，邊攪拌大鍋裡的東西。

「丹尼爾非常喜歡諾亞，」蘭森太太說，「我猜他某天很大方吧。」她的笑容有點太大了，彷彿儘管說了這些話，但她完全覺得我偷了她小孩的東西。

原本盯著蘭森太太的媽皺起眉頭。「不過，如果凱爾想拿回他的玩具，我確定諾亞會樂於歸還。」

「胡說。」蘭森太太說。「我們不會收回禮物，對吧，凱爾？」

「對。」凱爾陰鬱地說。

「你何不讓諾亞看看你的房間呢？」她說。

「來吧。」他說，我跟著他踏上走廊。

他的房間看起來和我上次去時差不多，只是灰塵少了點，也沒有蝙蝠洞。地毯上散落著許多魔鬼剋星玩具。

「你喜歡魔鬼剋星嗎？」我說。

「我比較喜歡蝙蝠俠。」他說。

「我會把它還給你。」

他看起來大喜若狂，但他明白最好別答應。「我會惹上麻煩的，這太蠢了。」媽發現蝙蝠洞的事情後，就對爸發火，但她也不讓我把它拿回來。爲了道歉，爸買了台任天堂給我。媽也對這件事生氣了。」

「她常常發火嗎？」

他露出一點微笑。「無時無刻都在發。」

此時蘭森先生叫我們去餐桌。凱爾和我坐在隔壁，兩人之間的氛圍變得開朗許多，也少了敵意。我們在友善的沉默中共同用餐，大人們則繼續講話。

「所以，」當我們全都坐下，並稀鬆平常地提到所有餐點看起來和聞起來有多好後，媽說道。她指向坐在餐桌頭尾的蘭森夫婦。「這的確是驚喜。」

「這件事發生多久了？」席德妮質問道。

「席德妮，要有禮貌。」媽說。

「我想，大約一個月吧。」蘭森太太說。

「一個月？」席德妮瞪向蘭森先生。他看了她一眼，接著和我的目光相交。凱爾環視桌邊，對忽然產生的緊張氛圍感到困惑。我把食物塞進嘴裡，假裝若無其事。

「席德妮，怎麼了？」媽說。

席德妮用一手緊捏揉成球狀的餐巾。她用拇指和食指從一端撕下細小碎屑，把它們撒在桌上。她的呼吸似乎也有點急促，但我不覺得有大人注意到她的肩膀、胸口和背部這種微小變化。席德妮很會演戲，那是只有手足會察覺的微妙改變。

「我每天都會看到你，蘭森先生。」席德妮說。「你什麼都沒告訴我。」

「蘭森先生不用把他的私生活告訴妳。」媽說。「他是你的老師，不是朋友。」

蘭森先生拿酒杯啜飲了一口。「講了似乎不恰當，席德妮。」

「丹尼爾跟我說了妳很棒的事情，說妳為鬼屋的舞廳編了很棒的舞。」蘭森太太說。她伸手到餐桌對面，握住席德妮的手。「我很想來看看，或許還能給妳一點意見。」

席德妮使勁吞了口口水，我也發現她控制住呼吸了。「當然好。」她說。「我喜歡聽建議。」當她的眼神再度變得強硬前，她眼角邊短暫浮現的某種透亮，讓我的心底深處產生了裂痕。

十八

我們回家後，當其他人都到客廳去脫下夾克與鞋子時，席德妮依然待在門口。她的輪廓豎立在敞開的門口，雙臂緊抱自己的腹部。

「席德妮？」媽說，雙手擺在她的球鞋鞋帶上。

「這一切都錯了。」席德妮說。

「妳是什麼意思？」媽說。

席德妮稍微搖了下頭。「我的意思是我要退出。」

媽暫停了脫掉球鞋的動作。「妳要退出什麼？」
「流浪黑暗。」席德妮說。「我退出，我不幹了。這一切都錯了，我不想再做了。」
「我們後天就要開幕了。」媽說。
「不是我的問題。」席德妮說。她沿著走廊回到女孩們的臥室。
「這絕對是妳的問題，小姐。」媽說。她站起來，衝過公寓，追到席德妮身後，但被她沒綁好的鞋子絆倒。她用一隻手臂讓自己靠在走廊牆壁上，再邁出過長但小心翼翼的步伐，走進女孩們的臥室。她沒有隨手關門，所以尤妮絲和我聽見了隨後的對話：

「我們爲妳做了這一切，這整件愚蠢痛苦又莽撞的計畫。」媽說。「這是妳的心血，妳的概念，妳的夢想。妳不准退出。」
「妳從一開始就拖累了整件他媽的計畫了！」席德妮說。「妳獨佔爸爸的設計，還毀了它，根本就不是我的錯。」
「根本沒有設計。」媽說。「從來都沒有！當你爸因爲腦瘤而瀕死時，曾畫過一堆毫無邏輯的東西。那是我們在等待一切結束時，用來打發時間的事。裡頭什麼內容也沒有。」

房內飄出一股沉默，並逐漸瀰漫到走廊，時間長到讓尤妮絲和我有時間注視彼此，而不是望向走廊。

「妳說謊。」最後席德妮說道，聲音非常小。

「我沒有。」媽說。她的音量和席德妮一樣小，就像你預期的那種安撫孩子的母親。那股溫和在我心裡激起了一陣痛楚，這是種眞切的渴望。媽幾乎從來沒對我用過那種語氣。

「那幹嘛保留那些東西？爲什麼不讓任何人看？」席德妮說。

「我不需要回答這些問題。」媽依然用溫和的嗓音說，但語氣之中帶著堅定。

「那我也不需要繼續處理這棟垃圾鬼屋了，妳和蘭森先生好好玩吧。」席德妮說。

媽離開房間時，我不確定是誰用力摔上門。她沿著走廊回來，走向客廳，又被鞋帶絆倒。這次她沒有及時穩住自己，跌到油氈地板上，咒罵了一聲。她雙手和雙膝著地，接著坐起身，猛地扯掉她的球鞋，再把鞋子丟進客廳。稍後她氣沖沖地追上它們。她火爆的目光落在我身上時，我退了一下，接著她望向尤妮絲。

「你們有人知道現在究竟發生了什麼事嗎？」她說。

「不。」尤妮絲說，聽起來眞心感到訝異。

我差點口風不保，幾乎要把自己看到的事告訴她。我渴望卸下那件事，讓成年人處理，但我做過承諾了。我甚至還收下了保守沉默的交換代價。

十九

媽和蘭森先生找戲劇部的另一個女孩取代了席德妮。開幕前兩天，席德妮大多時間都穿著睡衣待在她房裡。她沒有問流浪黑暗的事，也不再和媽吵架。如果媽要她做事，她也會一語不發地照做。

即使她現在是我名符其實的保姆，我們依然避開彼此。我避開女孩們的房間，聽起來她在裡頭一口氣講了好幾小時的話，聲音太過輕柔，因此無法偷聽。我不曉得她是在講電話，還是在念她最喜歡的舞台劇劇本，我則保持距離。她出來看電視時，我就回到房間。我試著和我新的蝙蝠俠和蝙蝠洞玩了幾次，但這種經驗酸苦且毫無樂趣。這是我首度用錯誤的方式得到某種我想要的東西，卻因此毀了整個體驗。

開幕夜當晚，媽和尤妮絲都抱了我，要我保證要聽席德妮的話。席德妮祝她們好運。媽又對席德妮拋了個古怪的思索眼神，彷彿她知道有事不對勁，或許還猜想到問題的本質，但害怕開口問出更多事。

他們離開後，席德妮到沙發上坐在我身旁，我看著電視。我起身離開時，她把一隻手擺到我的肩膀上，要我留下。我們沉默地坐了一會，我看節目看得非常入神，因此當她終於開口時，我還嚇了一跳。

「有件事我不懂。」她說。「你是怎麼到倉庫去的？」

我沒有回答。她翻了白眼發出惱怒的咕噥聲，一面站起來。當她走向女孩們的臥室時，前門傳來一聲敲擊聲。

「去開門好嗎？」她說。

我應了門，但前廊空空如也。我走到外面四處張望，停車場似乎空無一物，閃爍的燈光下只有無人的車輛，我從沒聽過周圍這麼安靜。你通常能聽到車潮聲，或是前廊上的鄰居發出的聲音，現在一切像是音量切到最小的電視。

「哈囉？」我叫道，我的嗓音在異常的寧靜狀態中顯得響亮。

席德妮在公寓裡放聲尖叫。

我跑回屋內，沒有關上身後的前門。我一把打開女孩們臥室的房門，房裡亂成一片——抽屜打了開來，衣服亂七八糟地堆著，床鋪雜亂，翻開的書本向下擺放；除了我以外，房間裡沒有別人。敞開窗口前的簾幕微微飄動，窗口面向我們的前廊。它是我應門時被打開的嗎？我不記得，但我不這麼想。

我走回前門，從外頭望向打開的窗戶。除了敞開以外，它看起來完全正常。沒有血跡，也沒有掉落的物體或碎玻璃。

「席德妮？」我喊道。

在我身後，公寓中的所有燈光頓時熄滅。我一動也不動地站著聆聽，有股新的聲音響了起來，微弱到讓待在無聲公寓外的我幾乎聽不見那股聲音：**嘎吱**－**嘎吱**－**嘎吱**。

我走到我的房間。窗邊傳來輕柔又猶豫的**嘎吱**－**嘎吱**－**嘎吱聲**。當我靠近時，聲音變得更加高亢興奮。我拉開我的窗簾，我的朋友站在中庭，它彎曲身子，手掌貼在玻璃上。它看起來很害怕，不知怎地用它黯淡的橘色雙眼傳達出憂慮。我把手放在它手邊的玻璃對面，透過屏障感受到它驚人的熱氣。

我卸下窗戶的閂子，把窗戶完全打開。我往後站並示意它進來。

「朋友。」我說。「幫忙。」

特納檔段三：尤妮絲

尤妮絲抵達**城市**時，它們讓她在書桌旁工作。在她心中，她將它視爲好幾張書桌。首先，她把它看成她老家房間裡的桌子，也就是她父親還活著時的住處。她認爲自己太晚起床了，一面敲擊著康懋達64的鍵盤。她喜歡她手指製造的聲音，那像是平靜而劈啪作響的音樂，並承載著她的思緒。有時她會閉上眼睛，因爲文字在徹底的黑暗中更容易流動，不會受到她充滿判斷力的目光左右。其他時候她會睜開眼睛，但將目光移開，讓她的視線能暫時遠離螢幕的刺眼光芒。待在她舊臥房的複製品中時，她將頭轉向右邊，面向高處的窄窗。就在這時，她看到了窺探她的臉孔。

在眞實生活中，她會尖叫著跳到床上，但現在她站起來，走到窗邊好看得更仔細。不過，無論她靠得有多近，那個形體依然是玻璃另一側後的黑點，看上去模糊不清。它似乎微微顫動，夾在兩種姿態之間，像是暫停的錄影帶上的畫面。它似乎困住了。她應該感到安心，卻反而覺得沉重，心情低落。她無法詳細描述這種惡劣的心情，就像是她生了病，卻沒有症狀——沒有發燒，沒有頭痛，也不想吐，但依然感到低落。她盯著窗口邊的形體時，這種感覺持續增長。

感到不安的她走回書桌旁坐下，但她坐下時，發現自己處在光線明亮的大型區域。她並沒有坐在童年書桌前的堅硬木椅上，而是坐在一張金屬折疊椅上，折疊式方桌和一台醜陋的棕色電動打字機取代了書桌與電腦。她坐在一九八九年夏天下旬時她家人的倉庫裡，撰寫流浪黑暗的原版劇本。

如果她獨自工作的話，尤妮絲會待在安靜的櫃台，但她的寫作夥伴梅琳·普萊斯（Merrin Price）想待在這裡。這畢竟是團體計畫，梅琳覺得當所有同伴都在附近提供靈感時，她們才能寫出更棒的劇本。尤妮絲不曉得自己相不相信這點，但梅琳的年紀比較大，所以尤妮絲讓她帶頭。

尤妮絲總是家族中的寫手，所以當蘭森先生堅持要梅琳擔任共同作者時，她覺得受到冒犯。她無法甩掉一種感覺，認爲別人把梅琳丟給她處理。那個較年長的女孩有點胖，無法扮演主角，尖銳的嗓音太過使勁時還會破音。她在台上表演時，看起來似乎不知所措，這時她身上任何獨特或特別的優點立刻顯得平淡，特別是和席德妮比較時。

尤妮絲能理解後者，她一生都看著全世界如同紅海般爲了她姐姐分開和讓步，尤妮絲則得快步跟在後頭，希望自己不要溺斃。即使如此，她也不想讓梅琳在她試圖寫作時從旁干擾。她不會抱怨，因爲她從來不抱怨。當媽和席德妮老是爭吵不休時，總得靠尤妮絲才能維繫和平，無論她自身的感受如何。

尤妮絲在椅子上晃了晃，看到梅琳待在她身旁。梅琳露出微笑，尤妮絲胸口中有塊大石頭落了下去，呼吸變得輕鬆多了。她臥房窗口旁的黑色形體從她的思緒中消失，那段記憶散發出恬淡模糊的氛圍，彷彿像是碳粉不夠的機器印出的劣質影本。

「妳想從哪裡開始？」梅琳問。

尤妮絲面對打字機，將她的手指擺在鍵盤第二排。她深吸一口氣，閉上眼睛，開始打字。每下鍵盤敲擊聲聽起來都像微小的槍聲，每當她寫到每行盡頭時，滑動架[32]便會響起聲音：

有某個保全人員將訪客你帶進一座倉庫。他挑出你的小組，如果你們的人數是奇數（三、五或七），他會拿起對講機並說一個字：印斯茅斯（Innsmouth）。當你進去時，有個女孩站在裡頭。

「我的小組裡有太多人了。」她說。「我希望可以和你們一起走。我是凱蒂。」她說。她露出微笑，沒人會拒絕這個女孩。

你的小組走進一處陰暗的房間。保全在你身後關上門，將你關在黑暗中。你

32—譯注：carriage，將定位裝置重設到行首的機關。

待在這裡久到會注意到怪異的寧靜。你朋友們的呼吸聲變得很大，你想知道自己是不是被遺忘了，或者你該在什麼都看不見的狀況下往前走。你聽到喀擦聲，一道光線隨之出現，直接打在你的臉上，讓你感到眩目。

「你不該來這裡。」某股嗓音說。感覺彷彿有人將冰桶倒進你的上衣。這就是嚮導。

打字機的鈴聲響起，象徵另一行結束。尤妮絲按下歸位鍵，滑動架回到起始位置。她甩去雙手的僵硬感之後，視線望向身後的梅琳。梅琳的眼睛從紙頁轉回尤妮絲的臉。

「妳讓我感到毛骨悚然。」她說。尤妮絲首度注意到梅琳有藍色的眼睛。

房間再度改變，現在尤妮絲坐在家裡的餐桌旁，對面則是她的弟弟諾亞。她現在只會在早上看到他，她還是會叫他起床上學，也會確保他衣著整齊和吃飽，但她沒有時間念書給他聽，或是回答他關於這個世界的一連串問題。由於某種理由，他不再要求這些事了，現在他成了疲憊沉默的人，低垂的雙眼下掛著黑眼圈。這很奇怪，尤妮絲覺得自己比之前更充實，彷彿自己不知怎地感到更有精力。有一刻她納悶，自己的昇華不曉得是否和她弟弟的衰落有關。

她不喜歡這種想法。她把自己的目光從他身上移開，發現自己回到了倉庫，坐在打字機前。她和梅琳在寫劇本時，房屋裡響起了鋸子和鑽頭的尖鳴，和錘子的如雷巨響。縫紉機的嘎嘎聲與剪刀裁剪布料時發出的金屬嘶嘶聲，也隨之加入這些聲音。這項計畫的創作者們周邊的骨架開始成形：太平間、書房、舞廳和無數條走廊。尤妮絲的胸口感到充滿光芒，明亮到她連齒縫間可能都在發光。她不曉得能夠產生這種感覺，直到此刻之前，她都不曉得自己覺得有多陰沉疲勞，只能坐在梅琳身旁，想像出驚嚇和取悅陌生人的方式。

她確實想像出了驚嚇和取悅梅琳的方式。如果梅琳對某個點子或台詞做出反應（如果她大笑或倒抽口氣，或是拍尤妮絲的背部），尤妮絲就曉得成品不錯。梅琳第一次碰尤妮絲時，尤妮絲嚇得從椅子上跳了起來，並在頁面上草草寫了某些沒意義的字。

「對不起。」梅琳說，一邊往後退。

如果你不把大庭廣衆下陌生人的碰撞算在內的話，這是多年來除了諾亞以外，第一次有別人碰觸尤妮絲。

「沒關係。」尤妮絲說，暖意從她的肩膀蔓延到臉頰和耳朵。「我只是很專心，妳嚇到我了。」

「對不起。」梅琳說。「不會再發生了。」

「眞的，沒關係。」尤妮絲重覆道。她在椅子上坐好，面對打字機。「來，再試一次，假裝我寫了某種很棒的東西。」

在那一秒內，什麼都沒發生，她也擔心自己是否讓狀況變得無可避免地怪異。接著梅琳的手靠上了她的肩膀。

「做得很棒，尤妮絲。」她說，嘴巴緊靠在尤妮絲耳朵旁。尤妮絲的臉變得灼燙。

她們輪流使用打字機，並從棕色紙袋中拿午餐吃。冷氣開著，但鐵捲門拉了開來，空氣變得沉重而靜滯。梅琳的喉頭凹陷處冒出閃爍的汗水，尤妮絲擔心她會不會坐得離梅琳太近或太遠，讓對方感到不舒服。

「妳有男友嗎？」梅琳問。

尤妮絲搖頭。

「妳幾歲了？」

「十三歲。」

梅琳點頭，一面咀嚼葡萄。

「妳呢？」尤妮絲說。「我敢打賭，妳有很多男友。」

梅琳笑出聲來，那是股訝異的喉音。「沒有很多男孩子想和胖女生約會。」

「妳不胖。」尤妮絲說，因爲當別人說自貶的話語時，你就該這麼說。

梅琳擺擺手。「沒關係。我已經習慣了。但妳呢？妳很瘦，所以我想遲早會有的。」

尤妮絲低頭看自己的身體。她身材纖瘦，胸部平坦，髖部狹窄，屁股也很小。席德妮十三歲時，體態就產生變化，身體上的平坦部位開始出現曲線，逐漸成爲女人的身材；尤妮絲的身體卻依然固執地散發出男孩子氣。

她把視線轉回梅琳身上，看梅琳咬著水果的嘴。梅琳一手握住食物，再用另一隻手臂遮住腹部，彷彿想藏起自己。她穿著黑色T恤和藍色牛仔褲，衣物緊繃地貼在她寬闊的身軀上。她的指甲塗成紅色，但指甲油已經裂開了。她有亮藍色的雙眼，臉頰圓潤又透著粉紅色光澤，剪短的暗棕色頭髮包覆住她的臉蛋。尤妮絲望向她肩膀的柔和曲線，她寬闊渾圓的臀部，覺得梅琳的身體和她的身體恰好相反，充滿外顯而明確的女性氣息。

梅琳注意到尤妮絲的目光，停止咀嚼。「怎麼了？」她說，嘴裡依然塞滿食物。

「如果我是男生的話，就會想和妳約會。」尤妮絲說。她的臉變得滾燙，並低下頭，但房間再度改變。她依然坐在桌邊，但現在她的打字機消失了，周圍則有其他人。當天是試鏡日，席德妮和蘭森先生當天會爲尤妮絲和梅琳寫出的角色選角。

尤妮絲從未聽過任何人表演過她的作品，當懷抱希望的人們念她的台詞時，她也感到尷尬。她對要如何修正她身爲編劇（和人類）的缺點，做了無數筆記。準備選出嚮導一角時，尤妮絲從記事本上抬頭張望，發現整座舞廳裡的人都盯著她。

「幹嘛？」她說。

「梅琳說妳想讀這個角色的劇本。」蘭森先生說。

尤妮絲開口要抗議時，梅琳輕推了她一下。她走到房間中央，每個人都盯著她看，她想拔腿就跑，也想尖叫逃竄；她還對梅琳感到生氣，梅琳怎麼敢這樣做？但接著尤妮絲與梅琳目光相交，梅琳眨了眨眼。

「等妳準備好就開始吧。」蘭森先生說。

尤妮絲清清喉嚨，往下看她的劇本，並開始讀本。

「你不該來這裡。」她又清清喉嚨，或是嘗試清喉嚨。有某種阻礙拒絕移動。「你們怎麼進來的？這裡的隔牆變薄了，也變得更令人困惑。以前有牆的地方，現在出現了門口，黑暗則取代光明出現。唯一的出路就是穿越這裡，抵達另一邊。我不能和你們一起去，但我可以提供協助。」這聽起來像寫不好的托爾金式文句。是誰寫的？誰會大聲唸出這種東西？「這道光線可以爲你們指路，好好善用它。」她做了個曖昧不明的手勢，模擬把手電筒交給訪客的模樣。「噢，有一點得注意。有股曾受到嚴格囚禁的強大邪惡勢力，當下正在外逃竄。它四處遊蕩，無視牆壁或門口，所以我得警告你們：無論你們看到或聽到什麼，都得試著不要發出太多聲音。聲音會吸引那生物。祝你們好運。」

尤妮絲抬頭一看，望向旁觀群眾的臉。她真心希望自己有隱形的能力。

「謝謝你們。」她說，等著得到離開的允許。

蘭森先生和席德妮交換了個眼神，接著再度面對她。

「尤妮絲，妳想演這個角色嗎？」蘭森先生問。

尤妮絲的眼神越過蘭森先生，再掠過人群的臉孔，聚焦在梅琳身上。梅琳對她豎起大拇指。

「我想是吧。」她說。

蘭森先生說：「這角色是妳的了。」

尤妮絲走回桌邊，梅琳拍拍她的手臂並微笑。尤妮絲心想，要付出什麼代價，才能每天都產生這種感覺呢？

尤妮絲轉身看梅琳，想說些什麼，但房間再度改變。現在她站在渺小密閉且炎熱的漆黑空間中，一旁有上頭擺了手電筒的桌子，底下的地板上放了水瓶。她往下看自己。她身穿附有兜帽的白色長袍，站在流浪黑暗開幕夜時的入口，正在扮演嚮導。

這幾天令人憂心忡忡。席德妮在最後一刻辭演，他們也得重新找人演出她的角色，所以梅琳當下正在舞廳表演爵士樂。諾亞看起來依舊不太好，她也感到擔心，但那是種遙遠的擔憂，因爲在不遠處，尤妮絲能聽到訪客的笑聲和尖叫聲，她也清楚流浪黑暗正在順利運作。人們玩得很開心。她想像自己是躲藏在劇院大廳中的劇作家，在緊閉的門扉後傾聽她的表演。她在黑暗中鞠躬，並面對房屋中心。她希望她父親能活著看到這一切。

「看呀，看看我們爲你做的事。」她想知道舞廳中的梅琳狀況如何。

之後，當每個人都洗去妝容，再換回他們的日常服裝後，尤妮絲在更衣室角落找到了她的打字機。她在換衣途中停下，把一隻手擺在打字機上。梅琳走了過來，從後面抱住席德妮。

「在玩妳的打字機嗎？」梅琳說。

「我們應該把它漆成青銅色。」尤妮絲說，一面靠在對方懷裡。「妳有聽到今晚群衆的聲音嗎？表演時的狀況都是這樣嗎？」

「只有狀況不錯的晚上才會。」梅琳說，隨後放開她。「妳現在要幹嘛？」

「沒幹嘛。」尤妮絲說，試著讓嗓音聽起來維持正常，心卻砰砰直跳。「怎麼了，妳想做什麼嗎？」

梅琳舔舔嘴唇。「布萊恩・史密斯和我要回他家待一下。她有個和妳年紀差不多的弟弟，我想妳們兩個搞不好會相處得很好？」

尤妮絲盡力不讓自己看起來大失所望。「噢，哇。妳眞好心，梅琳。」

「怎麼了？」梅琳說。

尤妮絲花了一段難爲情的長時間，才想出答案。「沒什麼。但我答應諾亞今晚要送他上床。很久沒這樣做了，妳知道嗎？」

「我做了什麼？」梅琳說。

尤妮絲還沒卸掉臉上所有化妝品，但她往自己掛便服的架子走去。梅琳隨後跟上。

「妳可以告訴我，我到底做錯了什麼嗎？」梅琳說。

「是真的。我答應過諾亞了。」尤妮絲說。她脫掉長袍，把它掛在架上，開始著衣。

「那下次吧。」梅琳說。

「好呀。」尤妮絲感到梅琳在看她，等待她轉身，但她並沒有這麼做。她依然背對梅琳，直到梅琳離開。

尤妮絲忽然站不起來。她走回打字機旁坐下。她沒有哭，在這裡不行。她閉上眼睛，試著不要看到梅琳，甚至嘗試不去想她。梅琳沒有惡意，她以爲自己做了好事。尤妮絲只是想要對方幫不同的忙，她想要聽到梅琳說出那些禁忌的話，來挽救尤妮絲心底的惡劣缺點；那個缺點讓她感到丟臉並害怕自己。

等她抬頭看時，她已經在不同的房間裡了。剛開始她難以理解自己眼中的景象，她覺得看到某種大型房間，裡頭有拱型天花板和寬闊空蕩的大理石地板，地上倒映著月光。牆壁似乎以某種蠕動的黑色物質構成，看起來像是彼此交纏的觸手。但她隨即回到老家中的臥室，她的舊康懋達64取代了打字機。她看著螢幕上的文字：「有股會受到嚴格囚禁的強大邪惡勢力，當下正在外逃竄。它四處遊蕩，無視牆壁或門口。」

她轉身看窗戶，那個閃動的形體又出現在玻璃外，用亮橘色的眼睛望向室內。她把目光轉回螢幕，雙手依然擺在膝上，此時另一行文字在螢幕上出現：

「無論你們看到，或聽到了什麼，都得試著不要發出太多聲音。聲音會吸引那個生物。」

她聽到附近某處傳來笑聲，而在**城市**裡，同時處於時間內外的她，認出了那股聲音。是她弟弟諾亞，在晚上這時候發出太多噪音了。她再度望向窗口，看看那個形體是否也聽到了聲音，但那個東西已經不見了。

她感到胸口傳來刺痛。梅琳的臉孔從她心中消失，取而代之的是諾亞的影像。**「有股會受到嚴格囚禁的強大邪惡勢力，當下正在外逃竄。」**尤妮絲想知道，她究竟放出了什麼？

諾亞又笑了一聲。尤妮絲知道她該起來看看他，檢查看看他窗邊有什麼東西，但一股沉重的感覺襲上她心頭，那是種缺乏症狀的疾病，是休息也無法抹滅的疲倦。她感到自己的臉逐漸往書桌下垂。她舉起雙手，試圖撐起自己，手指則落在電腦按鍵上。它們開始在沒有她允許的狀況下打字，她的臉則越來越靠近螢幕：

放出。

放出。

放出。

第四部

暗夜低語者

The Whisperer in Darkness

「你確定你知道該怎麼做嗎?」我用力地悄聲說道。

一九九九年八月中旬，十六歲的我蹲在我家屋頂上，全身汗流浹背，頭髮還黏在前額。從我的制高點看去，可以看見我們的鄰居後院三側——我左邊亮藍色的游泳池，右邊有個灑滿玩具的院子，我們對面的院子裡有座涼亭和昂貴的露台。

我的朋友伸長它的雙手，飄浮在屋頂邊緣幾英呎的高度。

「我相信你。」我說。

我的朋友拍了自己的獸掌兩次，然後再伸長雙手一次，像是個嘗試說服小孩跳進游泳池的爸爸。我後退了三步，用我的衣服擦掉我臉上的汗水，在奔跑後用力一躍。雙臂像飛鳥般張開，我隨之升上高空，大地則短暫地墜落——接著我忽然停在空中，生物把我夾在腋下。

我們面對面一同飄浮。生物的嘴巴露出滑稽的笑容，我搔著它的耳朵後方，它把頭靠在我的手上。

「幹得好。」我說。「但有辦法讓這件事比較不痛嗎？我腋下會有瘀青的。」

我的朋友飄到屋頂上，再度放下我。它回到先前的位置，在伸長雙臂前拍了兩次手。**快來**。

我甩甩手臂，試圖舒緩肩膀附近的痠痛。我做了兩次深呼吸後閉上雙眼，即使在僅僅兩層樓這麼低的高度，我都無法避免想到骨折或折斷的脖子。如果想更常玩這種遊戲的話，就得學會無懼。

我後退到屋頂頂端，再衝下斜坡。這次我稍微屈膝，爲跳躍準備更大的力道。我再度跳入空中，伸開雙臂，又開始下降。驚慌感逐漸浮現，但我閉上雙眼，想像自己是神話中的人物：用羽毛和蠟製成的翅膀逃離克里特島監獄的代達羅斯(Daedalus)，伸開雙臂，抬起頭部，身體輪廓映照在月下。這次我沒有突然停下，而是產生某種平靜的重量變化，彷彿身處水中。生物輕柔地抓住我，緩緩地讓我繞圈。我睜開雙眼打算開口，但生物臉色中的某種感覺阻止了我。有那麼一瞬間(可能比一秒還短)，我覺得像是望著某個人的臉，而不是動物的臉。這種感覺有時會出現，像是從眼角瞥見某種東西，也像是掠過視野邊緣的物體。當我專注在任何特定細節時，這種感覺就會消失。

「幹得好。」我說，又搔搔它的耳後。「今晚先這樣吧。」

我們回到我的臥室窗口。生物用力撲到我的床上，彈簧則因重量發出尖鳴。我走到樓下，到廚房爲自己做了個三明治，再把它拿到樓上吃。我回來時，發現有份信封被塞到我的臥房門口下。我撿起它，把它拿到我的書桌，坐下來讀信時，還一邊吃三明治：

親愛的諾亞，

今天我待在地質學實驗室時，盯著窗外，我開始想到地球的所有地殼，以及我們如何挖掘／鑽探／之類的；我們挖出對我們而言所有嶄新的東西，但其實它們非常古老。我想知道，人類會不會也一樣？就像每種性格的變化，每種天賦或缺點都早已就位，等待人們發掘。拿我對寫作的熱愛來說好了：我出生時，那種喜好就已經存在了嗎？還是等爸買第一台電腦給我後才成形？我偏好認爲特質已經存在了，爸只是聰明到知道該往哪挖掘。

當然了，並非所有探勘者都這麼好心。你生命中的大多數人都往你挖掘他們想要的事：性、關注、微笑和在高速公路上轉換車道的允許。他們在找能拿走的東西，而不是付出。

當我明白這點時，開始感到低落。這個世界要多久才會掏空我？

我知道過去幾年裡我還不夠盡力。我去看了醫生，也像個乖女孩般服用抗憂鬱藥，大多數時間裡我都能下床並正常運作。但我覺得不太像我，諾亞。我不會像之前一樣難過，但我也從來沒有感到眞的開心。或許我已經被掏空了？

尤妮絲手書（不過手麻了）

我們都以自己的方式經歷了席德妮的狀況。一九八九年時，媽爲席德妮的失蹤報了警，甚至還完整提到我所說的尖叫聲、變暗的燈光以及遭到洗劫的房間。不久後，採訪車停在我們的公寓外。我們不再看電視，因為我們的臉全都出現在當地（也短暫出現在全國性）新聞台上。但當數週化為數月，卻沒有找到任何關於我姐姐下落的新線索時，公眾興趣逐漸減弱。採訪車離開了，警方依然宣稱在積極調查，但我看不出他們有任何進一步行動。

此時尤妮絲經歷了她首次憂鬱症發病，媽讓她短暫住院並接受治療。醫生們幫了點忙，但無論他們如何調整尤妮絲的治療與用藥量，她依然難以在世上正常生活。她無法保住工作超過幾週，而儘管她持續得到優異的測驗結果，依然無法完全專注在任何事情上。她比計畫晚了一年才從高中畢業，還在一學期後搞砸了德州大學奧斯汀分校的全額獎學金。自此之後，尤妮絲再度住進她的舊臥房，並在范德葛里夫社區大學念副學士學位，一學期上一兩堂課，想花錢時，她偶爾會去夜間衝擊和流浪黑暗工作。

「自殺遺書」在這段時間開始出現。我不曉得自己為何留著它們，我猜我很想念尤妮絲的陪伴，即使只是在紙頁上。她三不五時會產生自殺的念頭，像是某種她藏在後口袋中的東西，但我無法想像我善良幽默的姊姊會傷害任何人，更別提她自己了。

我讀了最新的遺書兩次，接著把它塞回信封。我把它和其他遺書放在我床下的鞋盒裡。我把手靠在信封上，感受我乾燥而有彈性的收藏品帶來的舒適，再關上盒子。我爬上床，躺在我的朋友身邊時，它發出了呼嚕聲，但依然翻過去以爲我留下空間。

「謝謝你。」我說。作爲回應，它擠向我，直到它的背部緊貼我的身體正面。它透過斗篷傳來的暖意和我的衣物無法幫我止汗，但這依然產生了一種甜蜜，以及觸碰帶來的舒適，和回到家園的感覺。即使我在心裡暗自計畫早上要去看尤妮絲時，它也迅速將我拉進夢鄉。

二

席德妮失蹤後，我家的財務狀況反而得到了莫大進展，彷彿是要彌補我們損失的殘酷安慰獎。流浪黑暗在頭幾年引來了大批群衆，而受到一九九〇年初期的漫畫書熱潮所影響，夜間衝擊也首度獲取了利潤。我們終於能搬離公寓，住進一座四房住宅。漫畫店成功後的分潤，使莎莉・懷特得以在生活中做出進展：席德妮失蹤後，儘管她嘗試和我媽維持朋友／合夥人的關係，最後她還是受夠了我媽對她大發雷霆又不理不睬的態度。她賣掉了她的夜間衝擊所有權，並在一九九三年和男友搬到印第安那州。儘管我們受邀出席婚禮，我家人卻沒有參加。

我們並不開心，但我們在財務上變得寬裕，在我童年早期的貧困生活後，這點幾乎沒有太大變化。一九九九年，媽終於同意雇用凱爾・蘭森和我當流浪黑暗的給薪員工。作爲第一份雇工業務，我們得去看凱爾父親在范德葛里夫高中的《激情年代》(*The Crucible*) 舞台劇，那裡是找尋新人才的好地點。媽給我們一疊試鏡傳單，並在開幕夜把我們推出門外。

我一直都討厭《激情年代》，那是齣冗長不堪且毫無樂趣的作品，而整部劇裡最有趣的點子(可能有人在撒冷〔Salem〕施行巫術)，則被矮化成對麥卡錫主義(McCarthyism)的隱喻。說我瘋了吧，但我很討厭「性感的年輕女孩誣陷可憐的單純男子」這種劇情。

蘭森先生打造出有趣的舞台場景：有一大棵樹佔據了整座舞台，所有法官坐在樹枝上；但當演員們四處叫囂，神情平淡地控訴彼此時，他們看起來十分困惑。扮演艾比嘉兒（Abigail）的女孩長了一頭明亮金髮，使她在舞台的燈光下看起來近乎呈現銀色。她模仿《蘿莉塔》（*Lolita*）中的蘇・里昂（Sue Lyon）時表現的不錯，但等到長滿粉刺的約翰・普羅克特（John Proctor）寧可接受絞刑、也不願簽下假自白書時，凱爾和我已經無聊得用手撐住下巴，祈禱趕快謝幕。

表演結束後，我們在舞台下方找到蘭森先生，他正在和道賀群眾握手。席德妮失蹤後不久，他心臟病發，經歷過手術和某些嚴格飲食控制後，他失去了不少體重，但這種改變使他看起來更不健康。他臉上的皮膚下垂，擠壓在腰際的皮層看起來像半融的蠟燭，蒼白膚色取代了他紅潤的臉色，使他看起來不像人類，反而更像眞菌。他是流浪黑暗在一九八九年後唯一沒有被找回去的開幕季參與者。

手裡拿著傳單的我們走近他時，我到處都沒看到蘭森太太。我向凱爾提起這件事時，他看起來顯得不安。

「她星期四有課。」他說。「星期六的演出她會來。」

「這是重要的故事。」蘭森先生說，一面跟顯然是某人祖父的人握手。

「當然了。」老人說，「但我想知道青少年同不同意？」他望向身後大致上已然空蕩的禮堂。

蘭森先生露出緊張的微笑。「非常感謝你來。」他說。他轉向我們，用力抹去臉上陰鬱的神情。「男孩們，你們怎麼看？」

「很緊湊。」我說。

「非常黑暗。」凱爾說。

「忠於文本。」我說。

「這是一部傑出的美國劇本。」蘭森先生說。「我哪能削減它呢？」

扮演艾比嘉兒的女孩走出後台區，她脫掉了戲服，但臉上還帶著妝容。她近看時非常漂亮，滿頭秀髮充滿光澤，還有亮藍色的眼珠。她看到凱爾和我時，停下了腳步。

「嗨，凱爾。」她說。她向我點頭。「嗨，諾亞。」

「我們認識嗎？」我有點訝異地說。

她捶了我的手臂一下。「好啦，少來了。」

「少來什麼？」

她不敢置信地稍微睜大眼睛。「我們在索斯頓太太的英文課上隔兩排坐，整個八年級都是。」她把雙手放到胸口。「唐娜・哈特（Donna Hart）？」

「噢對。」我說，但聽起來像在說謊。「抱歉，我是怪人。」

我們站在尷尬的沉默中，直到凱爾開口：「表演很緊湊。」

「非常黑暗。」我同意道。

「超級忠於文本。」凱爾說。「妳演得很棒！」

「妳的戲份最棒。」我說，因爲我想彌補剛剛傷害她感受的事。

她又捶了我的手臂一下。「少來了。」她顯然得意地說。

「嘿，既然我們得到妳的注意了。」凱爾說，一面遞給她一份傳單。「妳幾週後該來流浪黑暗試鏡。」

「那是我家經營的鬼屋。」我說。

「我知道那是什麼。」她說。「我不是笨蛋。」她仔細端睨傳單。

「我們總是需要演員。」我說。

凱爾拉拉我的手臂。「我們得走了。」

我懂他的意思。「之後見，唐娜・哈特。」

「好。」她說。「誰知道，也許你下次就會記得我了。」

我們走上舞台的台階，當我們離開她聽力可及的距離後，凱爾攔下我。

「你怎麼會從來沒注意到那個女生？」他說。

「我有注意到過。」我撒謊道。「只是不記得她的名字。」

「你怎麼會忘記那種女生的事？」

這是個好問題。她看起來亮眼漂亮，但即使在當下，她也正從我的回憶中消失。

「我有很多事得處理。」我說。

「像是什麼？」我沒有立刻回答，他露出冷笑。「我完全搞不懂你。如果我和那個女生同班，我腦袋裡只會浮現她。事實上，之後我完全不會想其他事了。」他閉上眼睛。

「凱爾。」我說。

「噓。」他說。他閉著眼把那疊傳單遞給我。「你好好去想你要處理的事，然後去發傳單。我要為我們兩人好好想唐娜。」

三

凱爾和我到家時，有台陌生的本田 CR-X 汽車停在車道上，位在尤妮絲的旅行車後方。這台掀背車上頭黏滿 AFI、比基尼殺戮（Bikini Kill）、MxPx 和水土不服樂團（Misfits）等樂團的貼紙，還有一大張保險桿貼紙上寫了「色情會強暴心靈」。我穿過前門時，聽到一股罕見到讓我一開始認不出來的聲音：尤妮絲的笑聲。

我們在餐廳找到她，她坐在一個留著藍色刺蝟頭髮型的矮胖女孩身旁。女孩穿著袖管用安全別針別上補丁的帽 T。她和尤妮絲屈身看著課本，兩人在我走進房間時抬頭。龐克女孩臉上露出些許笑容，但尤妮絲笑得滿臉通紅，眼淚都快流下來了。

「諾亞。」她嘶啞地說。「狀況還好嗎？」

「還行。」我說。「大部分傳單都發出去了。」我把剩下的傳單擺在桌上。

尤妮絲指向她身旁的陌生人。「這位是布琳（Brin），她在我的英文課班上。」

我們互相打招呼，我遞給布琳一張傳單。

「鬼屋？」她說。

「這是家族事業。」我說。尤妮絲看起來有點緊張，彷彿希望我什麼都沒說。

「這個嘛，」布琳說，一面伸手到她的皮包中摸索，「既然我們要交換傳單。」

她給我一張皺巴巴的四開紙。第一眼望去時，我以爲那是龐克搖滾表演的廣告：它的品質類似褪色的複印紙，背景則是顆巨大的航海星[33]，上頭還有道標語，標語寫道：「救贖聖經教會（Redemption Bible Church）」。底下沒有樂團名稱，而是用幾乎難以閱讀的白色文字寫下的敬拜儀式和活動行程表。

「妳會去這裡？」我說。

「你想的話，也可以來。」她說，一面望向我和尤妮絲。「或許會改變妳們對人生的看法。」

尤妮絲臉上的不適越趨嚴重，但她露出微笑。「是呀，或許吧。」

在我對這項邀請提出回應（可能還相當粗魯）前，媽走進房間，她緊閉嘴唇，臉色比平常更蒼白。

「媽，這位是布琳……」尤妮絲開口說道。

「我們把大部分傳單都發出去了。」我說，但媽揮手要我們倆安靜。

「諾亞，該說晚安了。凱爾，你或許該直接回家，你媽會想見你。布琳，妳也

33｜譯注：nauticalstar，象徵北極星的星形符號。

該回家了。」

「怎麼了？」尤妮絲說。

媽的嘴顫動了一下，她開口時，嗓音有些沙啞。「今天有個小女孩失蹤了。」

隔天早上，這件事無可避免地出現在當地和全國新聞上，但媽對房內所有人講出了重要事實：那天稍早，九歲的瑪莉亞・戴維斯和她五歲的弟弟巴比騎他們的腳踏車到已經停業的老溫迪西超市去，該地離他們家只有幾個街區遠。二十分鐘後，巴比轉身回家，但到了晚餐時間，瑪莉亞卻沒有回去。當瑪莉亞的父母開車去超市時，他們在停車場發現她靠在超市側面的腳踏車，但瑪莉亞不見蹤影。他們報了警，警方打給聯邦調查局。

媽告訴我們這一切時，她站在餐桌前端的椅子後，泛白的指關節緊扣住椅背。她說完後，包括布琳與凱爾在內，我們全都震驚且沉默地坐著。

我率先開口。「他們不覺得這和席德妮有關，是嗎？」

「他們還不知道。」媽說。「但如果警察認為沒有可能性的話，就不會打電話給我了。」

凱爾和布琳都向我們道晚安。布琳和尤妮絲交換了一個意味深遠的笑容，我不知道該如何解讀，但我有更緊要的事情得擔心。

在那之後，媽、尤妮絲和我幾乎有兩小時都坐在客廳裡，一語不發地盯著電視。我不覺得我們之間有人知道該說什麼，或是該怎麼想。我們從來沒放棄過希望，認為席德妮只是逃家了，而她失蹤前的尖叫只是某種刻意的惡作劇，是喜愛鬼屋的憤怒青少年會做的事。我偷偷希望她住在洛杉磯，這樣某天我去看電影時，可能就會在螢幕上看到她，或是在演職員名單上看到她的名字。但由於現在有另一個女孩失蹤，就很難維持那種幻想了。

媽要我上床後，尤妮絲跟我上樓，甚至走進我的房間，她現在幾乎不這麼做了。她坐在我的床上，看我脫掉鞋子。

「你還好嗎?」她說。

「我猜吧。」

她坐了一下，用手來回撫摸毛毯。

「妳呢？妳還好嗎？」我說。

她思考了一下。「你覺得布琳怎麼樣？」她說。

這出乎我的預料。「剛才的女孩？我不知道。我猜還行吧，感覺有點虔誠。」

「她說這陣子她大多只是爲了玩而去教會。」尤妮絲說。「她有很多高中的朋友還會去那，他們有某種龐克搖滾敬拜樂團。」

「妳現在喜歡龐克嗎？」

尤妮絲對地面一笑，隨卽站起身。「我該讓你休息了。晚安，諾亞。」她迅速親了我臉頰一下，就離開了。

我等到聽見她走廊另一端的房門關上，才呼喚怪物。

「你在嗎？」通常聽到呼喚聲，我的朋友就會從衣櫥或床底出現，但今晚我沒聽到任何回應。

有時會發生這種狀況。有幾晚怪物會比較晚來，在我就寢前才現身，有幾晚它則完全不會出現。但我那晚想要人陪，讓某個不像我家一樣受苦的對象提供慰藉。

我坐在自己的臥房窗口旁入睡，等我的朋友回家。

四

瑪莉亞・戴維斯失蹤數天後，隨著國內新聞越來越執著於這樁新聞時，范德葛里夫的情緒氛圍出現了明確變化。它從來不是個居民會彼此微笑的恬靜城鎮，但現在每個人的嘴角都有些僵硬，眉頭緊皺。下午在公園或前院中玩耍的孩童變少了，我們家外頭的街道在晚上也更顯安靜。我在鎮上更少聽見笑聲，不過我在學校的廳室中卻聽見更多歡笑。我們全都神經緊繃，受到賀爾蒙宰制，年紀也輕到無法嚴肅看待任何事。學校禮堂舉辦了一場集會，有位當地警官解釋說，我們會在建築裡看到員警，他們也會駐守在學校停車場中，注意狀況。這名警官提醒我們，不要接受陌生人的食物、或搭對方的便車，彷彿我們還是小學生。她給我們看一張寫了電話號碼的海報，並拜託我們說，如果我們看到可疑事物的話，就打那支號碼。

「即使你們不確定該不該報警，都讓我們知道。你拯救的性命可能是自己的。」

整場簡報感覺像是個爛笑話，講的人知道自己的笑話很差，但無法自制。這種事哪有可能幫上忙讓瑪莉亞回家，或是避免另一樁失蹤事件呢?席德妮失蹤後，也出現過不少次學校集會和國內新聞報導。

關於那年流浪黑暗要不要開張，媽、尤妮絲和我進行過好幾次討論。儘管我有純粹自私的理由，想讓我們家繼續經營，但我得承認確實有好理由考慮不這麼做。畢竟，我們大多員工都是高中生，如果父母覺得讓他們的孩子連續六週晚上出門不安全的話，我們可能很難找到人演出那些角色。每次談起這個話題，我們就會顧左右而言他，然後改到下次再談，但我覺得我們一九九九年這一季開幕的機會正逐漸化爲烏有。

除了工作話題外，我家人和我不太常說話。我們只待在大房間中自己的角落：媽待在樓下的電視前，尤妮絲在她的房間，我則待在我的臥房。我非常想念怪物，當我幾乎放棄再見到它的希望時，在它最後一次出現的一週後，我臥房窗口邊的搔抓聲驚醒了我。生物蹲在外頭的屋頂上，用一根利爪上下撫弄玻璃。

我鬆開窗戶的門子，把窗戶打開。我往後退，嘗試在生物爬進我房間時露出嚴厲神色。我打算對它大吼，責備它，要求它解釋上週究竟跑哪去了，但我實際上做的，卻是跳進它懷裡，緊緊抱住它的腹部。它也抱住我，那股懷念已久的舒適與至福湧上我心頭，與它的發霉斗篷與毛皮的氣味交雜在一起。我的怒氣頓時消散，也感到放鬆。

「我好想念你。」我對它的胸口說。「我很擔心。」我本來想說更多，但我的朋友把我抱得更緊，我的腳則離開了地毯。我們飄到空中，生物的頭離天花板只有幾英吋。

我的朋友小心地將我們移出窗口，飛入宜人的夏夜。我起初的念頭，是它打算再玩一次拋接遊戲，但它卻改變我的位置，讓我緊靠它身旁，再立刻衝上天空。強風在我的耳邊發出呼嘯聲，拉扯我的頭髮。城鎮在我們底下縮小，成爲逐漸變小的燈光排列，空氣則變得冷冽稀薄。我得深呼吸更多下，才能用空氣塡滿我的肺部。

怪物在夜色中飛升到一半時停下，停在原位，再緩緩轉了個圈。我往達拉斯的方向看見重逢塔（Reunion Tower），往沃思堡的方向望去，則能看到柏納特廣場（Burnett Plaza）。范德葛里夫的樂山遊樂園（Fun Mountain）就位於底下，即使晚上遊樂園已經關門，跳降傘塔的燈光依然亮起。

生物毫無預警地放開手。我從天空墜下時，遊樂園如同放大的照片般向我飛撲而來，跳降傘塔則宛如從大地伸出的長劍般豎起。我喉中發出一聲慘叫，不斷揮舞手臂，彷彿能抓住某種東西。

噢，天啊，噢，耶穌阿，完蛋了，我要死了；最糟的是，一定很痛——

但在我撞上遊樂園設施，摔碎體內每根骨頭前，生物追上我，緊扣住我的腹部，帶我在高塔周圍繞圈飛行，霓虹燈光在我四周化為閃動的光暈。我充滿恐懼的哀鳴轉為愉快的吶喊。我體內充滿活力、尖聲嚎叫、高聲大笑。生物抓緊了我，我們的接觸點傳來一波波暖意。世界染上金色光澤，我的心臟在胸膛內狂跳。接著生物再度放開我。

這次我沒有立刻下墜。這一次，我向上飛升。我的速度並不算特別快，但我發現，我正自行微微繞圈上升。我的朋友依然留在後頭下方，速度不變但沒有碰我，我用自己的力量飛行著。我轉身面對生物。

「你怎麼辦到的？」我說。「這太棒了！」

生物一如往常地沒有回答。我飛離高塔轉向高速公路，速度比生物更慢也更笨拙（結果，學飛行和學游泳沒什麼不同），但我成功待在空中，把自己推往正確方向。忽然間，上週所有的憂愁似乎都不重要了，重要的只有上升，以及完整的力量與自由。

最後，振奮的感覺淡去，一股愉快的疲倦將它吸收。等我們回到房子時，我的暫時飛行能力已經逐漸消失了。我像喝醉的昆蟲般在空中搖晃翻滾，再跌撞地落在屋頂上，用雙手和膝蓋著地。生物在我身旁降落，要說聽到了什麼，那就像是一絲無聲的微風。「外頭很熱。」我說。「你會熱嗎？」

我沒有等生物回答，就爬進房間脫掉四角褲。即使全身赤裸，我的皮膚也因不尋常的暖意而感到刺痛。我的臉摸起來很燙，我也注意到，自己的勃起反應撐起了內褲。我把身體靠在書桌旁，徒勞無功地深吸了幾口氣。我無法冷卻自己，轉過身，發現生物已經跟我進屋了。

「你可能給我太多仙子塵[34]了。」我說。「我覺得……熱……」我感到暈頭轉向。

生物的眼神變得關切。它觸摸我的臉和胸口，讓獸掌靠在上頭。我的心臟繼續狂跳，臉龐也散發著熱氣。生物從我的書桌上拿起筆和紙，寫道：

34｜譯注：原文為 pixiedust，此處指《小飛俠》中能讓人飛行的魔法粉塵。

朋友幫忙？

「你可以嗎？」我說。我的聲音聽起來遙遠而扭曲，彷彿從合成器中傳出。

生物放下紙筆。它把一隻獸掌擺在我的肩膀上，再用另一隻獸掌把我的手引導到我的鼠蹊部。我們周圍的房間散發低鳴，我的腹部再度緊縮起來。世界變得更黯淡，不知怎地變得更不**眞實**。

「你確定你要在這裡……這樣做嗎？」我說，對此感到難堪且興奮。

生物用潮濕的口鼻部磨蹭我臉孔側邊，毛髮擦過我炙熱的臉頰。我把四角褲脫到腳踝，抓住自己，開始行動，感受自己身體內外的反應。過程沒有花上太久，我因準備高潮而緊繃時，我的朋友扣住我的肩膀。我內心的視角折射出衆多碎片，宛如瀰漫金光的萬花筒，每個版本的我在狂喜中扭曲，飄向無垠。

結束時，我癱軟地往前倒去，可能會直接倒在地上，但我的朋友抓住我，讓我靠在它散發霉味的斗篷上。它讓我躺到床上，隨後爬上床，把一條手臂擺在我腹部上。我再也不覺得暖意困在我的體內，反而在我們之間循環，觸摸將個人負擔轉化為共享的舒適。

「謝謝你。」我說。高潮後漸緩的震動，使我的意識逐漸變得模糊，將我沖刷到夢境之海；在稍縱即逝的一剎那間，我感到有柔軟的人類嘴唇吻上我的臉頰。

五

隔天早上，我醒來時，想出了要如何讓流浪黑暗繼續開張，同時能確保我們員工人身安全的方法。我們會建立一套系統，要求未成年員工在來找我們或回家時打電話報備。媽喜歡這個點子，於是我們重新開張了。那週我們開始為一九九九年的工作季準備。

自從一九八九年以來，流浪黑暗已經歷了顯著成長，從六房擴充到十五房。有四座新房間位在我們於一九九五年建造的「二樓」，所以即使把員工休息室、戲服設計室、廁所、保全監視室和怪物迷宮算進來，我們依然只用了三分之二的可用樓層空間。我已經開始設想該如何使用剩下三分之一的空間了。我想出的暫定名稱是電鋸追殺派對（Chain Saw Chase Party），媽也還沒拒絕，這讓我感到興奮。

凱爾和我下午和晚上都在打掃遊樂設施，再檢查燈光和機械設備（像是暈眩隧道）的狀況，並提供必要的維修或零件更換。此時精力較爲旺盛的尤妮絲同意來幫忙，前提是布琳也能來。

「如果我有時可以跟她去教會的話，她就願意來。」尤妮絲說。

「妳爲什麼想去教會？」我說。「特別是龐克搖滾教會？妳討厭這兩種東西。」

「我在嘗試新事物。」她說。「你就不能當個好人嗎？」

布琳首度走進鬼屋時，她露出有些作嘔的神情。

「你們覺得靠這種東西收錢沒關係嗎？」她說。

「沒人強迫妳來。妳懂的，對吧？」我說。

「來吧，我帶妳逛逛。」尤妮絲說。布琳跟著她走進迷宮，消失在視野中。

媽、凱爾和我工作時，回音隆隆的笑聲不斷干擾著我們；布琳正用一連串笑話逗得我姊姊歇斯底里地尖笑。

「他媽的在搞什麼？」聽了這鬼聲音一小時後，我說道。

「注意措辭。」媽語氣溫和地說，一面在筆記板上寫東西。我們站在教授的書房中，凱爾爲壁爐中的橘色燈泡調整明暗。「尤妮絲從來就沒什麼朋友。讓她跟這個朋友好好玩，就算對方有點沒禮貌也沒關係。」

「有人關心我厲害的燈泡差事嗎？」蹲在壁爐前的凱爾說。

「對，你做得很棒。」媽看也不看地說。「你們倆閉嘴，這樣我才能思考。」

試鏡在我們完成維修後的那週末舉行。媽和我坐在舞廳場景中的桌邊，凱爾則送那批滿懷希望的戲劇部孩子們進來。唐娜・哈特是第一個進門的人。她表演了艾比嘉兒在《激情年代》中的「我受不了下流的外型了，約翰」獨白，還唱了《萬世巨星》（*Jesus Christ Superstar*）中〈我不懂該如何愛他〉（*I Don't Know How to Love Him*）的一句歌詞。她表演得十分浮誇，歌聲彷彿要從高中禮堂後頭的出口標示處飄到鎮上。

媽的目光停留在筆記板上，在唐娜唱完的十或十五秒後，她依然在上頭寫筆記。媽抬頭看她時，用一邊手背揉揉鼻子，說：「妳的尖叫聲如何？」

「我猜還可以吧。」穿著裙子的唐娜說。

媽擺了一下手。「那開始吧。」

唐娜清了清喉嚨，發出清澈的尖叫聲。

媽把目光轉回她的筆記板。「謝謝妳，唐娜。我們會再連絡妳。」

唐娜走出房間時對我微笑。我回以微笑，因爲這樣感覺比較有禮貌，而在確定媽沒有在看後，我對她豎起大拇指。

完成剩下的試鏡後，凱爾、媽和我圍成一圈坐在舞廳中，比較彼此的筆記。

「第一件事，」媽說，「就是搞定你們的角色。」

凱爾往後靠。「噢，天啊。我想聽這個問題好久了。」他閉上眼睛。「教授。我要當教授。我也要獨占它。」

「我們今年看看狀況。」媽說。「諾亞？」

我也在等這個問題。我清楚自己的答案好一陣子了，但大聲說出來還是很奇怪；我得承認自己想得到這個角色，因爲我非常想要，很怕自己得不到它，也害怕我家人會如何看待我的要求。

「怪物。」我說。「我要演怪物。」

凱爾做了個憐憫的表情。「可憐的小男孩，這是他唯一的選擇。」

沒人笑出聲來。我的臉十分滾燙，盯著地板。

「你就演怪物吧。」媽說，她的語氣毫無情緒。

六

之後，搭凱爾的平托汽車（Pinto）回家時，他提起了他最喜歡的話題：唐娜・哈特。

「你這個走運的蠢蛋。」他說。「她喜歡你。」

「不，她不喜歡。」我說。

他嚴肅地斜眼看我。「你爲什麼要這樣做？」

「做什麼？」

「我知道你很害羞，但有時候你得和別人出去。我是說，你不是同性戀，對吧？」

「去你的。」我說。在一九九九年的范德葛里夫，沒什麼比這種說法更嚇人。不到一年前，一個二十歲出頭的男同性戀馬修・德佛瑞斯（Matthew Devries），被綁在卡車後頭，在雙車道高速公路上遭到拖行數英哩。這件事發生在離我們鎮上二十分鐘遠的阿提米斯（Artemis）。

「聽著。」我說。「如果我答應和漂亮女生調情，你可以閉嘴嗎？」

他拍了一下手，並把雙手舉到頭頂，彷彿得了分。

「握好方向盤，超級戴夫[35]。」我說。

我想和尤妮絲談這件事，但當我回家時，她的臥房空無一人。她可能和布琳出去了。我沒多做思考，就走過尤妮絲的房間，踏進走廊盡頭的房間。

屋裡第四座臥房是媽口中的「居家辦公室」。裡頭有檔案櫃、書桌、電腦和角落中的一株假植物。這座房間原本應該屬於媽，但我可以用一隻手數出我在這裡找到她的次數，更常是我或尤妮絲來用電腦做功課或玩遊戲。這座房間大多時間空無一人，彷彿我們清楚它的眞正用途，也在等待撤除家具的理由，來爲眞正的居住人讓出空間。

這也是我們屋裡唯一放了席德妮照片的房間。它位在檔案櫃頂端，是張擺在金色相框中的8×10學校肖像照。席德妮穿著吊帶連衣裙，頭髮抹滿髮膠，用燦爛的舞台笑容面對攝影機。我不確定爲何媽要選擇展示這張照片，那是在席德妮高年

35｜譯注：Super Dave，於一九八七年至一九九一年播放的美國綜藝節目虛構主角。

級剛開學時拍的，離她失蹤僅僅只有兩個月，它也不免成爲報章雜誌或電視上的報導使用的照片。這張照片，已成爲她從我們生活中消失象徵的大頭照。

我拿起照片，小心不讓我的手指弄髒玻璃。我想知道，瑪莉亞・戴維斯的父母現在會不會經歷著類似的狀況。他們是否有張女兒的照片，能完整涵蓋他們的失落、悔恨、痛苦和爲人父母明顯的失敗。

我要自己就此打住。瑪莉亞可能還活著，待在外頭某處。席德妮可能也是。我不曉得兩者的眞相，不太確定。我放下照片，往回走過尤妮絲的臥房，再進入我的房間。我的朋友坐在地板上，對腿上翻開的漫畫書皺眉。我進房時，它用一隻長有利爪的手指在上頭劃下記號，接著指向夜空。**外面**？

「今晚不要，我有工作得做。」我起身從書桌上拿起鉛筆和幾張紙，生物對我拋出好奇的眼神。「我得爲流浪黑暗設計新怪物戲服，我想用你來當設計基礎。」

生物的目光變得朦朧，也在一瞬間感到困惑。它放下漫畫書，伸手去拿紙筆，我把東西遞給它。它寫道：**你想變得像我？**

「這個嘛，對呀。」我說。「你很棒耶，我爲什麼會不想看起來像你？」

它思考了這個問題一下，但似乎想不出好答案。看起來依然困惑的它，把紙筆還給我。我在生物對面的地板上坐下，背靠著矮衣櫃。它繼續看書，我則開始畫畫。我畫了好幾小時，只稍微注意到屋裡其他聲音，像是媽在樓下的廚房走動，接著坐在電視機前。

我從來不是厲害的藝術家，所以我試了好幾次，想畫出勉強類似生物的作品。我想捕捉它的高大體態，雜亂的毛髮，與散發威脅感與感傷的雙眼，但我畫的一切看起來都像是穿帽T的狗。當我的門上傳來敲擊聲時，我還怒氣沖沖地在板子上畫畫，而在我來得及應門前，尤妮絲就走進房來。

「嘿。」她說，接著拉下臉。「你沒事吧？」

我望向生物在地板上的位置，那裡已空無一物，接著我把目光轉回尤妮絲身上。我吞了一下口水，舔舔乾裂的嘴唇。

「沒事。」我說。「妳只是嚇到我了。」

她走進房內，坐在床上。「你的床很熱。」

「對呀，所以我才坐到地上。」我說。

她用手拂過毛毯，看起來十分關切。「你發燒了嗎？感覺像是你在裡頭擺了塊燒燙的磚頭。」

「我沒事。」我說。

她望向敞開的窗口，剎那間似乎想說些什麼，但隨即皺眉並露出有些痛苦的神情。

「妳需要什麼嗎？」我說。

她眨了幾次眼後站起身。「你說得對。很晚了。」

「妳不用走。」我說。「妳今晚去哪了？」

她在房間中央一動也不動地站著，那股專注而痛苦的古怪神情繼續停留在她臉上一陣子。她擠出微弱又不太確定的微笑，再瞥向身旁，彷彿能在我房間的角落找出答案。

「我和布琳去教會。」她說，然後再度坐在我的床上。

「在星期五的晚上去？」

「他們在一週內幾乎每天或每晚都有某種儀式或活動。」她說。「布琳說他們想迎合過著非傳統行程的人，這些人或許無法在每個星期日早上或星期三晚上出門。」

我靠回書桌旁。「感覺怎麼樣？」

她再度露出游移不定的眼神，也拒絕看我。「很……奇怪。首先，教會位在一處環境惡劣的購物街店面，夾在美甲沙龍和報稅機構中間。正面的窗戶全都塗成黑色，所以沒人能看到內外的狀況，裡頭看起來則像龐克搖滾表演場地——小舞台前只有幾張摺疊椅，舞台上裝了彩色光和黑背景。

來參加儀式的每個人看起來都像布琳：全身刺青，留著刺蝟頭髮型，夾克上也有補釘；但他們全都帶著聖經。感覺像是《陰陽魔界》[36]裡會出現的場景。他們都想握我的手，歡迎我加入『羊群』。有個敬拜樂團演奏了一大堆吵雜又快速的搖滾樂，我完全聽不懂裡頭的字，每個人也都跑到房間前端，開始四處跳舞……」

「妳有跳舞嗎？」我說。由於尤妮絲看起來骨瘦如柴又脆弱，我想她在舞池中

36｜譯注：The Twilight Zone，一九五九年至一九六四年播出的美國科幻影集。

會像玻璃般碎裂。

「我沒有。」她說。「我坐在椅子上，但布琳去跳舞了。然後，等每個人都在興頭上時，牧師走上前來，房裡立刻變得安靜。他的聲音冷靜又令人安心，就像是某個從岩架上往下對你說話的人。他開始說自己看到大家感到有多開心，而我們又有多幸福，能共享這個地方並敬拜上帝。但接著一切變得奇怪，他開始大談自己注意到我們之中有些人沒有因為聖靈的啟發而起舞，我也敢發誓他**直接盯著我**。

「『我希望你們能找到放手的力量，讓聖靈在未來指引你們。』他說。我試著一笑置之。或許那是他表現友善的方式，你懂嗎？他在鼓勵我參與。

「但他隨後開始談起離開教會、開始去別處的人，也埋怨對方的不忠。他開始輪流說出對方的姓名，並收回他們透過教會得到的祝福。像是『在本教會認識她丈夫，還讓嬰兒在此受洗的珍・敦洛普（Jane Dunlop），我解除妳的婚姻和妳孩子的救贖。妳受到天譴了。』他對大約二十個人做了這種事。諾亞，那裡的每個人似乎都覺得**沒關係**。他們大叫：『阿們！』和『讚美耶穌。』」

「連布琳也是嗎？」我說。

「布琳沒有。」尤妮絲說。「她只是坐在那裡。之後，我告訴她說，我覺得這場佈道似乎怪異又不正確，她說：『現在妳懂我對妳家生意的感覺了吧。』所以我們談了個條件。今年我會離開流浪黑暗一陣子，她則會嘗試找不同的教會。沒有那麼多……敵意的教會。同時呢，她和我可以在不覺得奇怪的狀況下相處。」

「等等。」我說。「妳說『離開一陣子』是什麼意思？」

「今年我也沒有參與太多。」她說。「這學期很難熬，我想我也該放一年假了。」

「對，但是讓某個信耶穌的怪人逼妳退出？尤妮絲，那樣不對。」

她依然不願看我的眼睛。「那不算退出。只是……花點時間。」她又站起身。

「總之，已經很晚了。晚安，小子，別太晚睡。」她親了我的臉頰後就離開了。

我繼續等待，但我的朋友沒有回來。

七

隔天吃早餐時，我把新的素描交給媽，希望她不要有太多反應就接受。但她的表情，卻從忙碌變成某種類似驚覺的神情。

「你從哪找來這個的？」她說。

我假裝仔細鑽研圖片。「我不曉得。是我想出來的。怎麼了？」

她似乎快說出某些話。「什麼？」我說。

「沒事。」她說。

「媽，顯然有事。」她在緊張什麼？

她用手指拂過我的素描，然後望向我。「你之前從來沒看過這個東西？」

這激起了我的好奇心。「妳看過嗎？」

她緊繃的嘴巴線條變成不同形狀，然後她才搖頭。「不。不，當然沒有。只是瑪莉亞・戴維斯的事讓我很緊張而已。」

我不曉得該如何回答。怪物戲服和瑪莉亞・戴維斯有什麼關係？

「抱歉。」媽說。「這東西讓我感到毛骨悚然。」

我看得出她準備放棄，讓我自由發揮，所以我沒有繼續追問。

「就該這樣。」我說。

八

在我得到戲服前，我拒絕加入排演。穿便服拖走人們會讓我覺得很蠢，而當我的同事們看過那個荒唐的畫面後，他們怎麼可能嚴肅看待穿戲服的我？無論完成品有多棒，我的受害者們總會記得滿身大汗的普通諾亞。當他們首度看到怪物時，得看見眞正的怪物。

所以當我的演員同事們在記台詞與走位時，我則記下怪物的地下路線，那是一連串與設施相連的通道，讓怪物能在不被看見的狀況下追蹤訪客，並隨機出現嚇唬和／或拖走我們的觀衆「內賊」，這些角色總是被叫做布萊德或凱蒂。我快速奔跑，雙腳在水泥地和木造樓梯上發出回音，使較單薄的布景牆壁嘎嘎作響。當我身穿沉重戲服和阻擋我視線的面具時，必須能在這座空間中移動，還得在黑暗中進行，所以我不斷奔跑。到了第一週結束時，我閉著眼睛也能認得路了。

休息時，我坐在敞開的車庫捲門邊，大口喝水並浸淫在微風中。有時唐娜（她以凱蒂的角色加入演出）和凱爾會和我坐在一起。凱爾在這些小場合中扮演「怪朋友」，邊開玩笑邊在唐娜面前吹捧我，我則盡力扮演「有興趣的正常人」。

到了第二週結束，新戲服完工了，於是我們在那週五將它引進排練中。在沒有提前讓任何人看它、或讓他們知道我們計畫的情況下，媽宣布演員們會在關燈的狀況下排練。當布雷德和凱蒂們穿越設施時，我沉默地跟上他們。開啟燈光時，他們帶著無聊的傲慢和自信走動。現在，身處寂靜與陰影中時，他們的笑聲變得緊張起來。

「老天爺。」當我窺視教授的書房時，其中一個布萊德說。「我知道那是假的，但老天啊。」

唐娜拿大夥的手電筒來回照射，但我依然沒有出現。我跟著他們進入停屍間，再進入舞廳，樂團開始演奏他們吵雜的樂曲，其他樂手則在房內跳舞，擋住布萊德和凱蒂們的去路，強迫他們穿越一大批舞者。比起前頭窄小漆黑的房間所帶來的壓力，光源昏暗而地板寬闊的房間應該要讓人鬆一口氣，但它反而使我的獵物感到不安且暴露在外。他們快步通過房間，暫時關掉手電筒，緊張的內心糾結在一起，抵達另一頭的雙層門，上頭寫了「出口」。穿過門口後，他們再度步入黑暗。

「唐娜。」其中一名凱蒂用氣音說。「手電筒。」

唐娜打開燈光，發現自己的鼻尖離我的口鼻部只有幾英吋的距離。

「嗚。」我說。

她的尖叫讓我感激面具壓低了聲音。所有人驚恐大叫，我屈身躲回其中一處秘密出口，回到我的迷宮。

「諾亞，你這個混蛋！」有人叫道。

九

那股尖叫，與我營造出的那瞬間恐懼，讓我感到一陣飄飄然；在那狂熱的興奮情緒下，我決定該對唐娜做出行動了。當我的朋友在那天日落後抵達時，我說：「我需要你印象中最棒的花。得是很難找到的花。」

生物拿起我書桌上的筆和筆記板。**爲什麼？**它寫道。

「別管原因。」我說。「你辦得到嗎？」

它嘆了口氣。它寫道：**朋友幫忙。很快回來。**它緩緩走向打開的窗口，飛入夜空。

我在房內踱步等待。我的朋友在半小時後回來，帶著一朵莖身細長的黑花。這株植物的花心泛出微光，像是隨時會熄滅的小蠟燭。荊棘環繞著光源。

生物寫道：**別戳中間。也別盯著它看。你可能會陷進去。**它指向花。**要做什麼用？**

我不太情願地說：「給女孩子的。」我的臉覺得滾燙，但我依然繼續說。「我還需要你幫另一個忙。我需要你讓我再飛一次。」

生物盯著我看。

「怎麼了？」我說。

沒事，它寫道。**朋友幫忙。**

過了一會兒，在得到生物的嶄新能量後，我飛越空中，把黑花緊扣在我胸前。怪物飄在我後頭一段距離外，確保我不會摔死。我用唐娜流浪黑暗的申請書來查閱她的地址，但我才剛拿到駕照，對城鎮整體的路線還很模糊，也得飛低來檢查街道名稱。最後我發現自己抵達某座一樓房屋的上空，旁邊的街道上幾乎都是相同的屋子。我飄在上頭時，生物停在我身邊。

「我想猜哪座窗戶屬於她。」我說。

生物飄到房屋左側，指向圍牆後頭的一座窗口。

「你確定嗎？」我說。

它點頭。

我跟著它飄到地面。「等我一下，但別讓人看見，好嗎？」

生物咄咄逼人地懸浮在我頭頂，接著飄進房屋後頭的院子。我敲敲玻璃，往後退一步，舉起花朵。窗簾發出顫動，打開了一吋寬的縫隙。我覺得自己快吐了，我爲何覺得這是好主意？有哪個女孩會覺得這很浪漫？瘋子才會這樣做。

唐娜的臉出現在窗簾間，眼中瀰漫睡意，頭髮在頭頂綁成金色髮髻。她穿著T恤和睡褲。她用嘴型念出我的名字：諾亞？

「抱歉。」我小聲說。「我會走。」

她舉起一根手指示意等一下，接著消失。她回來時，嘴巴動來動去，她在嚼口香糖。她鬆開窗栓，緩緩推開窗戶。把窗板推到半開時，她彎腰向外探頭。

「你在做什麼?」她悄聲說道。

「我來是因爲——」我停下來並清清喉嚨。我該喝點水。「你在工作時做得很棒，我只是想道謝。」

她露出微笑，至少很高興看到我。「在半夜?」

「我們開鬼屋。」我說

她指向我的胸口。「那是什麼?」

我想起了花。「這是給妳的。」我說，一面望向它的微光，沒有看唐娜。「算是祝賀禮吧，隨便啦。」

「你要給我，還是盯著它看?」她說。我把目光從催眠般的光線上移開，把花遞給她。她往下看它的花瓣，橘光照亮了她的臉龐。她很漂亮。我爲什麼老是忘掉她有多漂亮?她的臉爲何不會留在我的心中?

「它很美。」她低聲說。「這是什麼?」

「烏木慈(ebonkindness)。」我說，對我的即興創造力感到慶幸。「太空總署在實驗室裡培養出它，他們在實驗能帶上太空船的植物，或是能在小行星上製造可供人呼吸大氣的植物。」

她似乎費了點勁才望向我。「你在鬧我。」

「我才不會。」我說。「但說眞的，別碰中間的荊棘，它們有毒。」

「你要送花給所有布萊德和凱蒂嗎？」

「只送妳而已。」我說。

她抓住我的上衣前端，把我拉向前。我的初吻又快又穩，也在我做出反應前就結束了。唐娜放開我，我跌撞地後退一步。

「上班時再見？」她說。

「對，好呀。」我說，用手拂過被風吹亂的頭髮。「我現在得飛回家了。」

她笑了起來。「你好怪喔。」她關上窗戶，拉上窗簾。我看著烏木慈的橘光逐漸消失。我的腦中浮現一股奇特的回憶：手中拿著蠟燭的修女們，順著蘭森先生一九八九年執導的《眞善美》序曲宛如飄浮般走下台階。隨著那股思緒，前一分鐘的興致就此消失，另一股沉重感再度落下。我蹣跚地走回雜草叢生的院子，直到我幾乎站在我的朋友底下。

「幫個忙好嗎？」我說。

它大聲地嘆了口氣，再飄到地面上，抓住我的雙肩。一股能量通過我們之間，我的胃部感到緊繃，心跳也隨之變快。當它放手時，我彎腿並躍入空中。飛回家的路上，生物依然保持距離，無論我何時望向它，它都會撇開目光。我們到家時，我飛入打開的窗口，但我的朋友依然待在外頭。

「你在氣什麼嗎？」我說。

它猶豫起來，接著搖頭。

「你沒有生氣。」

它搖搖頭。

「所以你要進來嗎？」

它又搖搖頭，隨即轉身飛入夜空。

我關上窗戶，沿著走廊走到尤妮絲的房間。我想和她談唐娜的事，分享今晚的勝利感，但當我敲她的門時，滿臉通紅的布琳前來應門，她的刺蝟頭已不再整齊。

「有事嗎？」她說。

「妳在開玩笑嗎？」我說。我往一旁靠去，她擋住我的視線。

「等我一下，諾亞。」視線外的尤妮絲喊道。她聽起來氣喘吁吁，我也立刻明白在我敲門前她們肯定在做的事。我的神色一定透露出了自己的領悟，因爲布琳歪著頭揚起眉毛。

「算了。」我說。我走回我的房間，脫下衣服，上了床。我回想唐娜的吻，想從回憶中抽取更多細節，但那依然令人訝異地模糊。喜悅與訝異交雜在一起，但親吻女孩感覺起來更像是智慧上的愉悅，而不是肉體歡快，或是對吻我的人感到的慾望。

走廊上傳來微弱的笑聲，是在房門後玩的尤妮絲和布琳。我猜她們的協議（沒有教會，也沒有鬼屋）已順利進行。我用枕頭壓住頭，以阻擋噪音，最後也成功入睡。

隔天早上當我醒來下樓吃早餐時，我發現媽和尤妮絲坐在客廳沙發上，她們臉色蒼白，眼睛幾乎眨也不眨地盯著電視機。她們在看新聞。

「怎麼了？」我說。

尤妮絲把目光從電視上緩緩移開。「又發生了。」

十

一九九九年秋季的第二個被綁人是個名叫布蘭登・霍桑的十二歲男孩。布蘭登和往常一樣上床，他父母則熬夜看電視，並毫無風波地睡著。約莫凌晨三點時，布蘭登的父親醒了過來，去上了廁所，並打算去看看男孩的狀況。他發現布蘭登的窗戶打開，床上空無一人。霍桑家報了警，但到目前爲止，搜查行動還沒有發現任何線索，男孩就這樣失蹤了。

不可能忽略最近這樁失蹤案和席德妮十年前狀況之間的相似之處。我姐姐的名字和照片又開始出現在新聞報導上，記者們也打電話到家裡和工作場所給我媽，想引述她的言論或採訪。她沒有向我說任何事，但我聽到答錄機上的留言，也同意記者的說法，有怪事發生了。

怪物有十天都沒來訪，離瑪莉亞・戴維斯遭到綁架已經有一個月了。沒有證人出現，而就算有新線索，警方也沒有告知媒體。我夢到自己飛過范德葛里夫，強風把我的頭髮吹得像鼠窩般雜亂。我夢到金光，以及高漲的慾望和滿足。我夢到席德妮一再尖叫。我夢到打開的窗口，但我從未夢到唐娜。

工作時，演員們開始在排練時穿上戲服，布萊德和凱蒂們輪流當我的受害者。我穿戲服時移動得越來越得心應手，也適應了對方防禦和倒地的模式。沒人動得比唐娜更好，當我將她拖出視野外時，她不斷扭動掙扎。在迷宮的黑暗中，即使我壓倒她，她依然緊靠住我。

有時她嘗試跟我說話。「所以這就是怪物的巢穴。老實說，我有點失望。我以為看起來會像《魔法奇兵》[37]或《異形2》(*Aliens*)裡頭出現的東西。還有一次：「記得你給我的花嗎？我有兩天忘了把它插在水裡，它也沒枯。」

我從來沒有陷入這種話語陷阱過，如果唐娜覺得我的行為很奇怪，也什麼都沒說。我們在學校一起吃午餐，課堂之間也在走廊上牽手。下午時，她和我與凱爾一起騎腳踏車去排練。從表面看來，我們看起來可能像是正常的高中情侶，但她說的一切，聽起來都像傳自遠方，來自遙遠的走廊。

我想和尤妮絲談這件事，但每次我經過她的房間，都能聽到她和布琳待在裡頭，也清楚不該再打擾他們。我只是等尤妮絲來找我，等到流浪黑暗開幕前的週五

37｜譯注：Buffy the Vampire Slayer，喬斯・威登（Joss Whedon）於一九九七年製作的知名美國影集。

夜晚，她終於來了。

我原本該去唐娜家看電影過夜，但我打電話給她，假裝生病沒辦法去。尤妮絲和我搭她的旅行車去高中，她讓我帶著新駕照在那練習，之後我們去消夜餐廳喝汽水（我的）和咖啡（她的）。

「所以，」她說，一面把奶精倒進馬克杯，把黑色液體攪拌成淡棕色。「我聽說你和一個叫做唐娜的凱蒂演員談戀愛了。」

我露出一點微笑，然後咬我的吸管。我很想念她開玩笑時的幽默感。

「我不曉得啦。」我說。「我猜有吧。」

「沒關係，不用尷尬。我很高興你終於踏進世界去認識別人了，我原本開始擔心你學到我的反社會傾向了。」

「我不是尷尬。」我說。「我是說，唐娜人很好，但是……除了瑪莉亞・戴維斯和布蘭登・霍桑以外，我很難想到其他事。」

尤妮絲停止攪拌她的咖啡，專心看我，這似乎是今晚她第一次確實看著我的臉。

「因爲席德妮嗎？」

我聳聳肩。「我猜是吧。你覺得綁架小孩的是同一個人嗎？」

她啜飲一口咖啡。「我不曉得，我沒多想這件事。」

「眞的嗎？」

「我知道這很自私。」她說。「我也希望他們找到那些孩子，也希望孩子們沒事。老實說，我希望我們能在席德妮的事情上做個了斷，但我無法解決這些問題，我有自己的事得處理。」

「什麼——」我猶豫起來，擔心公開承認這件事的意思。「妳是指布琳嗎？」

她的臉頰變紅，盯著咖啡，不過她也點了點頭。

「她今晚在哪？」我說。

「教會退修活動。」尤妮絲說。

「我以爲她暫時不去那裡了。」我說。

「這算是她的『最後喝采』。」她說。「她和那些人上教會好幾年了，他們拜託她去這週的活動，這是道別的機會。」接著，她要不是沒注意到，就是選擇忽視我狐疑的神情，繼續說道。「你知道嗎，一直到我不再寂寞，才發現自己之前有多寂寞。這很有趣，她了解我，我猜我也了解她。」

我嚥下了自己對布琳的厭煩。「我很高興妳有朋友了。」我說。

她看起來洋溢著尷尬的幸福，雙手緊扣她的馬克杯。我輕輕把我的汽水杯推到桌面彼端，直到它鏘的一聲撞上她的馬克杯。

「乾杯。」我說。

十一

儘管我們鎮上有宵禁和現實中的惡夢事件，流浪黑暗依然開張了，還吸引了大批人潮。我跟蹤陌生人，敲打牆壁，引發了飽滿的猛烈尖叫。有時我會讓某個布萊德或凱蒂毫髮無傷地經過，有時我會抓住他們，嚇破觀眾的膽子。這讓遊樂設施變得刺激，也加強了訪客的恐懼，當他們踏進停車場看到我們的保全人員時，精神淨化作用會變得更強烈。我是個好怪物，我喜歡這份工作，當我穿上戲服時，毛髮、布料和塑膠把我和世界隔開，其他一切都無所謂了。

只有在夜晚盡頭，當我脫下第二層皮變成諾亞・特納時，才會感到困惑緊張。

唐娜和我繼續在工作時牽手，偶爾也會接吻，但我對此沒有任何感覺。我常常想到尤妮絲的自殺遺書，關於人們爲了找尋他們想要和需要的事物，而挖掘彼此。我自覺像個受人遙控的空殼。大多時候，我會感到一股模糊朦朧的恐懼，彷彿有某種可怕的事即將發生，但我無力阻止。

結果，事情並不只有一件，而是出現了一連串的狀況。

我們開幕後的星期一，我從學校回家時，發現尤妮絲的房門關著。我停在外頭，傾聽低沉的笑聲或床單的沙沙聲，但裡頭一片沉默。我回到樓下做點心。當我拿著我的花生果醬三明治穿過餐廳時，注意到餐桌上有張白色信封。是尤妮絲的新遺書？我坐下來邊吃邊看。信封裡裝了好幾張紙，但我不認得頂端紙頁上的字跡：

「爲此，神任憑他們陷入可恥的情欲，連他們的女人也把天性的功用變爲違反天性的；同樣，男人也放棄了女人天性的功用，彼此之間欲火中燒，男人與男人做出羞恥的事，就在自己身上受到他們的妄爲所應得的報應。既然人不願意眞正認識神，神就任憑他們存敗壞的理性，去做那些不該做的事。」——《羅馬書》(*Romans*) 1:26–28

我懺悔了自己的罪惡。如果妳也在乎凡世之後的世界，就一同懺悔吧。請別再打電話來。

妳信仰基督的姊妹，

布琳

尤妮絲的遺書出現在下一頁：

親愛的諾亞，

愛很荒謬，對吧？那是種不平衡的化學反應，也是種疾病。我們患上它，也會發一陣子瘋，而當它結束時，我們會做什麼？如果我們「幸運」的話，就得承擔不完美的婚姻，房貸，以及惱人而充滿需求、還滿心慍怒的孩子們。為了一丁點人體接觸和一些高潮（自己輕易就可以做出短暫的身體收縮了），我們的野心、夢想和偉大潛力就此灰飛煙滅。但是，百分之九十九的音樂、文學、電影和藝術都是獻給愛的作品。繼續這樣運作的世界，是最棒也最自然的東西。我們無止盡地唱著關於生病的歌，以及病症痊癒時留下的疤痕組織。

但你知道有什麼比陷入戀愛更糟嗎？就是你的病痛根源不願意回報情感。聽到他們在你表達心意時說：「不，謝謝你。」最糟的是打從心底清楚，她其實並沒有那種感覺，但她還是讓某個怪胎嚇她，讓她說出這種話。世界上的怪胎爲什麼有這麼多權力呢？我不曉得。

結尾沒有開玩笑般的篤定結果，也沒有令人放心的道別。信件就此打住。我去尤妮絲的房間敲門。她神色憔悴、臉蛋浮腫地來應門。

「怎麼了，諾亞？」

我望向她身後的漆黑房間，覺得裡頭像是更深邃寬闊的空間：像座大型童話風格舞廳，裡頭從地板延伸到天花板的窗戶透出月光。我瞥向尤妮絲疲勞不耐煩的臉孔，接著再看向房間。這次它看起來像尤妮絲的房間了：整齊的空間內塞滿書本，矮櫃上則有台放出蒼白藍光的小電視。

我舉起她的遺書。「我想確定妳沒事。」

「我很好。」她說。

「妳看起來可能有事。」

「我沒事。」她說，一面強調每個字。「我以爲你喜歡讀我的心裡話，但如果你不夠成熟到能理解的話——」她伸手去拿遺書。

「不，不。」我邊說邊後退。「我猜我反應過度了。抱歉打擾你，我……很遺憾……妳懂的。」

她拉下臉。「之後再談。」

十二

當天晚上，最後一批客人離開後，我找理由從凱爾和唐娜的消夜中脫身，留下來幫媽關店。我發現她在她的辦公桌旁數鈔票。

「我很擔心尤妮絲。」我說。

「是嗎?」她頭也不抬地說。

我把自己的理由告訴她（除了尤妮絲的性向以外），我說完時，她往後靠上椅子，用手背揉眼睛。我第一次注意到她頭髮中的灰色髮絲，以及嘴邊的法令紋。她今天滿五十一歲了，但我現在才明白她正在變老。

「尤妮絲一直都這樣。」她說。「和她朋友吵架可能會讓事情變得緊張，但只要她有服藥，你就只能等狀況自然結束。等她準備好時，就會好轉了。」

「這次感覺起來不一樣。」我說。

她揚起眉毛。「怎麼個不一樣法？」

她眞的這麼盲目嗎？當布琳進入我們的生活後，她沒注意到尤妮絲的變化嗎？她從來沒有起過疑心嗎？

「妳眞的不曉得嗎？」我說。

她冷冷地看了我一眼，彷彿在挑釁我說出更多，要我打破我們之間的邊界，跨進席德妮失蹤案件的禁忌區域，開始坦承事實。當我沒有回答時，她繼續數錢。「我明白你擔心你姐姐，但相信我，一切都沒事。」

但當我們回家時，我在樓上的浴室梳妝台上發現尤妮絲寫下的紙條：

他越遠離周遭世界，夢境就變得更美好；在紙上形容夢境也沒有意義。

——H・P・洛夫克拉夫特，《瑟勒斐斯》(*Celephaïs*)

我不曉得她是不是要我看到這封信。

十三

這週平安無事地過去。我的朋友依然沒有出現，所以我把閒暇時間花在閱讀和看電視上，還把音量調低，這樣我才能注意尤妮絲的動靜。她沒有多少動靜，大多是從臥房走到浴室或廚房。她的頭髮油膩凌亂，雙眼因睡太多或睡不夠而浮腫。我照媽說的做，我給了她空間。

在隨後的週一，凱爾向學校請病假，所以唐娜和我在自助餐廳裡一起吃午餐，少了我們的中間人後，當我們吃著又冷又硬得像橡膠的學校披薩時，我們倆安靜無聲。即使對尤妮絲與我的朋友的憂慮依然糾纏我心，我還是能感到唐娜心裡有某種盤算。

「有天晚上，就是凱爾下班後載我回家那次？」她說。「你留下來幫你媽的那晚。那天發生了一件事，我很擔心你能不能接受。」

「什麼事？」我說。

「我們好像接吻了。」

「好像？」我的語氣彷彿覺得這兩個字沒什麼好吵的。

「我們沒有計畫那樣做。」她終於望向我。「我邀他進來看烏木慈，對了，它還沒枯。然後……」她的嗓音逐漸變弱，接著她聳聳肩。「我恍惚了一下，而等我回過神時，我們已經在接吻了。我知道這聽起來像鬼扯，但是在那一瞬間，我似乎忘了自己有男友。最近我忘了很多事。」

我不曉得該說什麼，或是該有什麼感覺。我感到自己想從看過的每齣電視劇或電影中的偷情／分手戲碼中，找尋可用的台詞，但當我發現這只是空泛的舉動時，我停了下來。唐娜的承認只催生出了放鬆，這件事得以結束，而且還不是我的錯。

「別擔心。」我說。「沒關係。」我戳戳自己的披薩，我眞的不餓。

「眞的嗎？」

「對呀。沒事。我們沒問題。」我離開餐廳時，把午餐留在桌上，心裡已經在想別的事了。

十四

那晚我站在屋頂邊緣，輕柔地對夜空說：「如果你在外頭的話，我需要你。」

呼喚生效了。幾分鐘後，怪物從空中降落，直到它飄浮在我面前。

「謝謝你過來。」我說。「進來吧。」

我爬回我的臥房，生物跟上我。它沒有坐在床上的老位置，而是待在窗邊，彷彿準備離開。

「過去幾週，我很想念你。」我說。它的姿態有些放鬆。「你去哪了？」

它從我的書桌上拿起記事板和筆，寫下：**你想要什麼嗎？**

我注意到生物拒絕分享它的下落，但還是決定別提這點。「我不曉得你有沒有看新聞。」我說，「但過去幾週，有兩個孩子失蹤了。鎮上每個人都很緊張，我家人也是。但今天我覺得，我最好的朋友會飛，也會魔法。所以你懂的，我想你也許能幫我找到那些孩子，帶他們回家。」

生物又往筆記板傾身，用鐵了心的迅速筆觸寫下一個字：

不。

「不？」我說。生物之前沒有拒絕過我。「那些孩子需要我們的幫助。就算你氣我好了，但你不在乎他們嗎？」

它在**不**底下又劃了三次線。接著它寫：**找唐娜幫忙。**

「唐娜？」我說。「唐娜和我結束了。我問的是你。」

我的朋友看了我半晌，這是多年來我首次對它專注的目光感到不安，也畏懼它呼吸時上下移動的肩膀。最後它嘆氣並寫下：**我該做什麼？**

在我的要求下，我們飛到尋獲瑪莉亞・戴維斯腳踏車的倒閉溫迪西超市。在那區域上空盤旋了一陣子，確保沒有警車在監視後，我們在停車場降落。上頭排滿路燈，但路燈要不是燒壞，就是被土地所有人關了。唯一的光源來自街道，該處離店面有二十碼。生物的眼睛在近乎黑暗的環境中發亮，並對我投以疑惑的眼神。

「我們四處看看。」我說。「如果你有發現什麼，就大叫吧。」

我打開手電筒，往一個方向走去，生物則走向另外一方。被弧光照亮的停車場異常乾淨，早就有整批聯邦犯罪現場調查人員把這裡梳理一空了。我抵達水泥地邊緣後，關掉手電筒，轉身看我的朋友，它正向前彎腰嗅聞，鼻子緊貼地面。

我試著想像瑪莉亞遭綁那天的狀況。天氣有些多雲，太陽三不五時會從雲層後探出頭來。她騎腳踏車穿越空蕩的停車場，享受這不算禁忌的刺激感，同時獨佔龐大的水泥場地。當她加速時，或許有股微風將她的髮絲吹到腦後。當某台車駛進停車場，開到她身旁時，她心中肯定產生了好奇心。她認識駕駛嗎？還是那是陌生人？是對方哄騙她上車，還是強抓她？綁匪開走時，他的路線有讓瑪莉亞經過她家嗎？她有看最後一眼嗎？

停車場對面的生物輪廓顯得模糊高大，在停車場上走來走去時，它嗅聞時的聲音也很明顯。但聲音忽然止住，我的朋友停在停車場中間，面對著我。

「怎麼了？」我說。「你發現什麼了嗎？」

它又聞了地面幾下。接著它望向我搖搖頭⋯**沒有**。

「你沒感到什麼奇怪的地方嗎?空氣中沒有不好的感覺?」

生物歪起頭，接著又搖頭一次⋯不。我明白自己幾週前早該知道的事了，至少早就該起疑心了。生物在對我說謊。

「你和我媽彼此認識嗎?」我說。

它沒有回答，但我在它肩膀放鬆的曲線中察覺了一絲訝異，它的頭也稍稍往回抽。

「我爲了工作戲服時幫你畫的那張畫像。」我說。「當我給她看時，她的反應很怪。她之前看過你，是不是?」

生物搖搖頭。

「我給她看那幅畫後，她開始談起瑪莉亞・戴維斯。你的畫像爲什麼會讓她想起失蹤兒童?」我說。「除非你的圖片不知怎地讓她想起席德妮的失蹤?」

它的喉間發出一聲低吼後，轉身背對我。聰明的做法是讓它離開，但我現在火冒三丈，在數週裡首度產生了眞正的感覺，也打算一股腦將它宣洩出來。我追上怪物並推它一把。我讓它措手不及，它也往前跪倒在地。

「你能飛！」我說，一面跑過來追上它。「你會魔法！你知道怎麼找到蝙蝠俠玩具，或是唐娜家她房間的窗口。每次有小孩失蹤，你也會消失。你清楚某些事。我知道你清楚席德妮、瑪莉亞和布蘭登發生的事。不要再撒謊了，告訴我！」我把手伸向生物的肩膀，它把我的手拍開。這次，我往後翻倒屁股著地。

生物對我呲牙咧嘴著低吼，它的雙眼閃爍亮橘色的光芒。咬緊的牙關之間滴下唾液。我閉上眼睛，舉起前臂，清楚這根本無法抵擋致命一擊，也想知道自己爲何帶生物來到離家這麼遠的地方，在家裡的話，我至少還能呼救。我等著死亡降臨。

我繼續等待。

當我睜開雙眼時，生物已經走了，讓我獨自留在這個鳥不生蛋的停車場。

十五

我走到最近的加油站，用付費電話打回家。當媽在半小時後開進停車場時，臉色顯得氣急敗壞，透過擋風玻璃，可以看到咬緊牙關、鼻孔怒氣沖沖撐大的她。她還穿著睡衣。

我從店門口趕過去，一屁股坐上副駕駛座。我感受到她緊盯著我，但我依然看著前方。

「我連從哪開始說都不曉得。」她說。

「對不起。」我說。

「你到底在這裡幹嘛？還自己一個人？」

「我和一些朋友偷溜出去，結果他們把我丟下。」我說。

「什麼朋友？是凱爾做的嗎？」奇怪的是，只有當她對我發火時，才會展現母親的關切。我希望我能說這讓她的怒氣變得比較好承受，但那就是謊言了，感覺還是很糟。

「不，媽，不是凱爾。」我說。「凱爾今晚和唐娜在一起。」我不確定這點，但感覺起來是個安全的賭注。既然他「生病了」，或許她帶了雞湯給他，告訴他我的祝福跟不在意。

「凱爾和唐娜在一起？」她說，語氣變得柔和。我在胸前盤起手臂，往下看自己的大腿，讓她自己思考出答案。

「我很遺憾。」她說。接著，她幾乎像是自言自語地說：「你心裡受傷了，所以出去做了蠢事。」

「我想看看瑪莉亞・戴維斯失蹤的地點。」我說。加入一點眞相並不礙事。「我以爲我可以找到警方沒發現的線索……」我沒有把話說完，並聳了聳肩。

「太笨了。」她說，語氣恢復了嚴厲。「老天爺，你知道你有多幸運嗎？你現在坐在這台車上，而不是像你姐姐和其他兩個人一樣上新聞。」

「我知道。」我說。我覺得我比她還清楚眞相。我冒險和她眼神交會，也見到眞心的關切與怒火交織融合。

「我該開除你。」她說。「命令你待在家，一整年都不准參與流浪黑暗。這可能是唯一能讓你了解今晚行爲嚴重性的方法。如果席德妮沒有在一九八九年離開流浪黑暗後立刻失蹤的話，我就會那樣做。但我寧可讓你待在我能監督你的地方，所以這就是接下來的後果：將來你都會被禁足。你會去上學，再去上班，然後就回家。直到我改變主意，否則那就是你的生活。」

過了那一夜後，我覺得這處罰算輕了。我點點頭，試著表現得悔不當初。

十六

遭到禁足，沒有女友，和我最好的朋友中斷聯絡，還打從心底畏懼怪物的我，在家裡花了更多時間，卻依然很少看到尤妮絲。她躲在她房裡，或是專注在家裡的電腦前。她會花好幾小時快速打字，也鮮少停下來思考。媽說我們得給她空間，讓尤妮絲用自己的步調度過憂鬱期，但和抑鬱的人同住十分難熬。憂鬱症會佔據物理空間，它會高漲並滲入關閉的房門。它如同毒氣般飄入不同房間，將整座房屋籠罩在濃霧中。

爲了自我保護，我決定嘗試讓尤妮絲感到開心。在我遭到禁足的第三天，我放學回家後就敲了她臥室的房門。沒有人回應我，但我依然走進房。我發現尤妮絲躺在床上，身上纏著雜亂的被單。她把毛毯掛在窗上，擋住了大部分的陽光，房間的味道聞起來像是沒洗過的人類皮肉。骯髒的衣服散落一地，沾滿食物的盤子則堆在書桌上。

我搖搖她的肩膀，讓她嚇得醒了過來。

「沒事。」我語氣柔和地說。「是我。」

她驚慌地吸氣，聽起來像是漫長又煩躁的嘆氣聲。她張開又閉起嘴巴，發出喳喳聲。她的雙唇因自己嚐到的東西，而作噁地噘起。

「幾點了？」她說。

「大約四點。」我說。

她發出呻吟，伸展了身體，再把一本書從床上踢開。書掉到地上，以翻開的方式反面落在地上，壓歪了書頁。書名是《H．P．洛夫克拉夫特的夢境傳奇：恐懼與死亡之夢》(*The Dream Cycle of H. P. Lovecraft: Dreams of Terror and Death*)。她抬起頭，似乎覺得這動作太困難了，於是她又倒回枕頭上。

「我今晚放假。」我說。「我在禁足中，但如果你幫我們租些電影的話，媽可能不會反對。」

「我沒心情。」她說。

「那晚餐呢？」我說。「我有錢，我們可以點披薩。」

「找唐娜來。」

「我們分手了。」我說。

她盯著天花板。「諾亞，眼睛放亮點。我想獨處。你不能因爲自己被甩，就想要我突然變成你最好的朋友。」

「才不是那樣。」我說。

「我懂。」她說。「你還小時，媽對你不理不睬，所以我得負責餵你，愛你，對你畫的金色星星和美術作品發出驚嘆。但你不是小孩了，所以你何不給我一點他媽的私人時間呢？」

「這不只跟我有關。」我說，試著讓我的語氣保持平穩。「我覺得走出妳的房間、走出妳的腦袋，可能對妳會有幫助。」

「我不能離開這個房間。」她說。「我的大腦和土星一樣大，但是我因爲化學物質失衡，只能上社區大學。我卡在保守的水泥地獄裡，任憑內心腐朽，還得對一個有媽寶問題的下流自戀者解釋我的選擇。所以拜託你，在你繼續說任何和我的幸福有關的鬼話前，先聽我說：如果你他媽的滾開，讓我他媽的獨處的話，我就他媽的沒事了。」

「尤妮絲。」

「去。死。吧。」

我動身離開房間，卻發現自己感到氣急敗壞。我轉身說：「不，妳才去死。我想幫妳忘掉那個蠢基督徒婊子，妳——」我思索著能像她傷害我一樣傷她的話語，並做了最惡毒的選擇。「我希望布琳沒說錯，讓妳下地獄去。」

我隨手用力關上她的房門，氣得全身發抖。我可以殺人。我想殺人。但我卻跑下樓，從前門旁的鉤子上抓起她的車鑰匙。

我盡可能安靜地把車偷走。我沒有迅速開走或調高收音機的音量，開車這件事對我而言依然笨拙新穎，卻也使我放鬆下來。我毫無目的地駛過城鎮，隨著日落與交通高峰期結束，車潮逐漸變少。我開回倒閉的溫迪西超市，我的朋友和我上次在那進行了最後一次猛烈的交談。

我把我的車停在停車場，盯著擋風玻璃外看，再度嘗試想像之前發生的事，那個把瑪莉亞・戴維斯從單車上抓走的怪物，秘密把它送到——哪裡？還在光天化日之下？布蘭登・霍桑在夜裡遭到綁架，但瑪莉亞並非如此。我的朋友有在白天出現過嗎？我想這代表我對那生物的了解有多麼少。

太陽開始西下，而儘管我的內心充滿痛苦，卻變得又餓又緊張。我啟動汽車往家開去，也稍微超速，試著思考該對我姊姊說什麼話，以及該如何收回我對她說的惡毒言語。我太過專注，因此當我離家兩英哩，準備安全左轉時，沒有看到另一台車駛來，直到光線照亮我的副駕駛座窗口，世界隨卽旋轉起來，水泥地與路燈化爲一團模糊畫面。

十七

我猛地停了下來，把手擺在方向盤上，一面用力喘氣。我感覺不到痛楚，但我全身像陽光下的水面般閃爍發光。是玻璃，我全身都是碎玻璃。我從碎裂的擋風玻璃外看到另一台車也停了下來；那是台以錯誤方向面對前方車潮的福斯廂型車。它的其中一盞車頭燈已經撞碎，滑門也大大敞開。

我試了三次想解開我的安全帶。我打開車門後，翻倒在水泥地上，但幾乎沒有感覺到地面。我用癱軟的腿站起來，蹣跚地走到廂型車旁。駕駛癱倒在方向盤上。世界不斷旋轉，我的頭傳來陣痛。

「你還好嗎?」我喊道。

方向盤邊的人發出呻吟並動了一下。側門打了開來,裡頭的車廂燈發出柔和的黃光。我在街道中間停下腳步,慶幸於它令人安心的溫暖光芒,但當一股腐敗甜膩的惡臭湧向我時,我趕緊用雙手摀住口鼻。我憋住氣,瞇眼看著廂型車中的東西:空啤酒罐、速食垃圾和空滅火器,中間則有個閃亮的黑色物體。那是個垃圾袋——不,是成堆的好幾個垃圾袋,裡頭裝著奇形怪狀的不規則物品。

有東西抓住我的前臂,用力把我拉走。我面對著一個高大骯髒、頭髮油膩的蓄鬍男子。他身穿一大堆從舊貨店中買來的不相襯舊衣,聞起來也很可怕。他前額上的傷痕正在流血,我好像看過他。

「你在幹嘛?」他說。

「你還好嗎?」我說。「你在流血。」

「你幹嘛看我的車裡頭?」他說。「那跟你一點關係都沒有。」

「我不——我不是——對不起。」我說。他的臭味使我無法正常思考。我不禁往回瞄那敞開的門口。

他的手抓緊了我的手臂。「那跟你無關。」他又說。

我移開目光時，有東西在廂型車的後車廂裡產生動靜。由於某種引力的無形改變，其中一只袋子滾向前，掉出車廂，並隨著沉重的聲響摔到街上。袋子沒有綁好，所以沒有東西能阻止裡頭的蒼白物體掉出來，與黑色袋子和灰色路面形成強烈對比：那是隻小手。

他發現我看到了。我有足夠的時間注意到另一道來自鋸齒狀刀刃的閃光，但當它往我們之間以出奇美麗的弧線橫向劃過時，我卻沒時間做出反應。我想知道它爲何這麼可愛。在我想出回應前，有個沉重物體撞上我；世界再度旋轉起來，我也撞上路面。我聽到刀子鏗鏘一聲掉落在地。

我稍微坐起身，摸索身上是否有傷口，但什麼也沒發現。有個戴兜帽的身影蹲在我和另一人之間，擋住了我的視線。它站起來挺直身子，是我的朋友，它的喉中傳來低吼聲。它的猩紅色長袍似乎在身邊飄浮，不再受到引力侷限。

當生物靠近時，我的攻擊者歪了頭，臉上隱約出現了思索神情。他張開嘴巴，但在他說話前，就有東西從天而降，落在他們倆之間。它看起來很像我的朋友，但顏色不同；比起棕色，它的毛色更接近灰色，臉孔側邊還有道疤痕。它穿著藍色斗篷，而不是紅色。

我的怪物並非獨一無二，這裡出現了另一隻看起來更兇狠的怪物。它發出低吼並呲牙咧嘴，保護著骷髏男子。我的朋友伸開雙臂，往後退了一步。男子又大叫一聲：「不關你的事！」，灰色野獸則發出怒吼衝向前。我的朋友迅速趴下，用獸掌遮住它的頭。灰色野獸因此絆倒，混在一起的斗篷纏住雙腿，它撞上了路面。

我的朋友翻滾成四肢著地的姿勢，灰色野獸也做出同樣的動作。灰色野獸現在蹲踞在我的朋友和我之間。兩隻生物似乎同時明白情勢的逆轉，不過灰色野獸的反應更快。它四肢著地衝向我，張開血盆大口，嘴裡滿是劍鋒般的利牙。那張嘴似乎張得越來越寬，填滿了理應不可能這麼大的空間，創造出滿布尖牙的星空。

我舉起一隻手臂，踉蹌地往後退，但移動的太慢了。我閉上眼睛，有一股濕潤的東西擊中我的臉，我的朋友則宛如負傷的狗般嚎叫。它把前臂塞入野獸口中，我身上沾滿了我朋友的黑血。

我朋友用空出來的手臂毆打灰色野獸，但它的攻擊看起來虛弱不少。我跌撞地繞到野獸身後，站起身撲向它背部。我像電視上的摔角手般用雙臂纏住它的喉嚨，感覺就像是掐住煙囪。野獸不再緊咬我朋友，轉了一圈，向我揮爪攻擊。我試圖用雙腿夾住它的腹部，但無法夾緊目標。它的爪子抓向我，先從左邊襲來，然後又揮向右側，我無法同時讓兩隻手臂躲開。它的利爪扣住我的臉孔左側，直接扎進皮肉。當我左眼的視線變得血紅，再轉爲灰色時，便放聲尖叫。

有東西把我從野獸背上扯下，我在空中擺盪了一刻，接著靠上我朋友的身體，它虛弱的手臂使我的上衣染上鮮血。灰色野獸再度撲向我們，我的朋友放下我，屈膝做好準備，抓住野獸張開的大嘴。當野獸的尖牙刺穿它的獸掌時，我的朋友尖聲嚎叫起來，但它沒有鬆手。野獸的紫色長舌近乎滑稽地在被強制撐開的嘴裡甩動，拍打我朋友的獸掌，彷彿能夠將獸掌撞開。

我的朋友向前傾身站起來，讓野獸跪倒在地。野獸拍打我的朋友，當它的嘴被拉得越來越寬時，它的攻擊便不斷彈開。我該把目光移開，卻還是看著我的朋友把野獸的嘴巴撕成兩半，徹底扯下了頭顱下半部。它把肉塊往兩旁一丟，下顎和攻擊者的刀子一同落在黑暗之中，野獸的身體摔倒在地，布料和黑血交織，橘色雙眼失去了光芒。

我的朋友發出一聲混雜了痛苦與勝利的怒吼。尤妮絲的車和福斯廂型車剩餘的玻璃和路燈應聲碎裂，讓周圍陷入一片漆黑。

「老天爺，不關你的事。」骷髏男子說，嗓音聽起來微弱且震驚。「老天爺啊，事情不應該是這樣。我要再做一次，重新開始。」

我終於認出這個差點殺了我的人是誰。我之前只看過他一次——一九八九年，我媽的車起火那天，是他滅了火。老天爺，世界眞他媽的小。

我的朋友開始走向他，或許打算完成任務。附近某處傳來警笛的尖鳴，燈光閃爍的車輛正在駛來，裡頭的人收了錢，前來復原凡俗世界中的秩序假象。

「住手。」我說，我的朋友也照做了。「把他留在這裡。」讓他解釋車禍、怪物打鬥和廂型車裡垃圾袋中的物體，他活該得處理。

我的朋友跪下來抱起我。它退了一下，並對我投以質問的眼神。要去哪？

「很遠的地方。」我說。「不回家。」

十八

強風吹襲我們，接著瞬間停止。空氣中瀰漫著硫磺味。我嘗試抬頭張望，但我的朋友把我的臉推回它的胸口。等到我幾乎睡著時，我們降落在某座茂密森林中的小空地，周圍的樹木相當濃密，使我除了樹林間的黑暗外，什麼都看不見。樹木與草地呈墨黑色，頭頂的天空散發出暗綠色光澤，感覺起來似乎有些熟悉。空地中央有座寬廣低矮的草丘，丘壁邊還有道門。丘陵周圍長滿烏木慈，看起來像我送給唐娜的那朵。

「我們在哪？」我說。

我的朋友帶我穿過門口，走下蜿蜒的短樓梯。我們身後的大門自行關上，蠟燭燒了起來，點亮導向一座大型房間的通道，裡頭以木製地板和牆壁裝潢。生物把我放在鋪著厚重毛毯的大床上，走近看似小廚房的空間。牆上有做爲裝飾的圖畫，從車輛、建築和人們的簡單描繪開始，到更複雜抽象的作品都有，這些畫作畫出了混雜的顏色和失焦的身影。某個角落中有座粗糙的畫架和凳子，凳子上擺了斑駁的調色盤，還有裝滿筆刷的大啤酒杯。畫布在畫架後方堆成一疊。最頂端的畫布上畫了兩張扭曲的醜惡臉孔，畫像中的層次使它們呈現出立體感。

「這是你住的地方嗎？」我說。

生物沒有回答。它迅速行動，用力壓碎了某種東西，將它倒入一杯水中。當它轉身再度面對我時，一隻手拿著兩只杯子，受傷的手臂緊靠著身體。它越過房間，把一只杯子遞給我。我伸手拿時，手臂依然顫抖。

生物把杯子擺在地上，用床上的毯子包住我。它拿起一只杯子，把杯子湊到我唇邊。裡頭的東西嘗起來如泥土般又乾又苦。我嘗試轉頭，但我和我的朋友四目相交，也讀出了對方憤怒的決心。我強迫自己吞下帶有泥土味的茶。抖動狀況逐漸消退，舒適又令人麻木的暖意在我體內傳開。

我的杯子變空後，生物將它杯子裡的東西一飲而盡。它伸出受傷的手臂，拉起袖管。上頭依然沒有毛髮，但傷痕已經化爲淡粉紅色的疤痕。我大部分痛楚已經消失，但左眼依然只看得到一片灰。

「我的眼睛。」我說。「它會好轉嗎？」

我的朋友搖搖頭。

我哭了起來——剛開始是爲了眼睛，然後則是因爲我與尤妮絲的爭吵，包括我罵她的糟糕字眼；還有那場意外，那個駕駛，以及他箱型車中的骯髒袋子，還有另一隻怪物。

「他車子裡的就是失蹤的孩子們，對吧？」

生物點頭。

「所以他們倆都死了。」我說。

生物又點頭。

「那個男人殺了他們。或許他殺了席德妮，他也想殺死我。即使我指責你，你還是來救我。」

生物碰觸我的臉，把我的臉頰轉過去，讓我們四目相交。僅僅幾秒內，它的輪廓變得窄短，寬闊的雙肩往內縮，降低到我的高度，口鼻部也逐漸變短，眼球從毫無瞳孔的亮橘色變成淡綠色，毛髮最後才消失，縮進粉紅色的皮肉中，露出一個蒼白女子；她的顴骨高聳，下巴強健，還有線條堅毅的小嘴。她的紅色長髮往後綁成馬尾。

她清了清喉嚨。「我愛你。」她說。「我永遠不會傷害你。」她的嗓音十分嘶啞，還擁有某種我無法判斷的口音。

或許是由於當晚帶來的震驚，或是爲了在我們分離後簡單地宣告愛情，以及瀕死體驗後重逢的喜悅。無論原因爲何，我都傾身向前，用自己的嘴貼上她。她的吻強烈且充滿信心，她捧住我的臉時，我能感到她長繭的冰冷雙手。她把我推成仰臥姿態，再抽掉毯子，讓我能夠移動。我抓住她的臉，她的臀部，和她現在尺寸過大的袍子下的大腿，我的雙手太過興奮、也太過飢渴，不願靜止不動。她跨騎在我身上，往下磨蹭我的鼠蹊部。我的身體順利且自由地對這股壓力做出回應，也滿懷赤裸的慾望，

她打開長袍，讓它從肩上落下，露出她雪白光滑的肌膚，沉重圓潤的乳房，和一抹紅色陰毛。她撲向我，帶著溫和的笑容貼上我的勃起。

她鬆開我的腰帶，解開我牛仔褲上的鈕扣，再拉開我的拉鍊。我抬起屁股，我們一同把我的牛仔褲脫到膝蓋。她握住我，捏了我一下，再往下坐向我。

如同我的初吻，我的初次性愛在開始前就結束了。我感到難爲情，但女人臉上柔和溫暖的神情從未消失。她緩緩地騎乘我，用一波波的愉悅減輕了我的恥辱。當我的痙攣結束，開始軟化並滑出她體內時，她把雙手放在我胸口上，說：「再一次。」我在心中看見金光，也立刻準備就緒，當我滑回她體內時，突如其來的硬挺便如同穿刺動作般湧現。她倒抽了一小口氣。

第二次延續了更久。她用力騎著我，用她的手撫摸自己，閉上雙眼，再把頭往後仰。當她高潮時，喊出了某種我聽不懂的字眼，一再重覆它們，直到她倒在我胸膛上，逼我近乎痛苦地感受到第二次強烈高潮。

事後，她躺在我身邊，將一隻手臂和一條腿擺在我身上，再把她的臉貼在我的脖子上。

「妳可以變形。」我說，邊撫摸我腹部上的乳白色大腿。

「對。」她說，雙脣搔著我的耳朵。

「妳可以變成任何東西嗎？或是任何人？」

「不行。只能變成這樣。」

「妳之前爲何不讓我看？」

她沒有回答，只是緊抱住我，彷彿害怕我會離開。我因爲太疲勞而動彈不得，也樂於留在原處，遠離眞實世界的複雜麻煩。

十九

小屋中沒有窗戶，所以當我醒來，發現她正盯著我並撫弄我的臉孔時，我不曉得現在是白天還是黑夜。

「你覺得怎麼樣？」她說。

「很餓。」我說。「妳有食物嗎？」

「都不是你會喜歡的。」她說。「但我可以帶你想要的東西來。」

「沒關係。」我說。「或許我該回家了。我撞爛了尤妮絲的車，肯定會引來一屁股麻煩。而且，我也需要看醫生，還需要一些乾淨的衣服。」我不太情願地爬下床，開始穿衣服。

她坐起身靠著牆壁，凌亂不整卻美麗動人。「你**不必**走。」

「我當然得走。」

「你想在這裡待多久都可以。」

「什麼，直接拋下我的人生嗎？」

她歪著頭。「我可以把你需要的東西帶過來。」

「這裡究竟是哪？」我說。

她表現得像是我什麼都沒說，沉默地看我著裝。

「我比較喜歡你沒穿衣服的樣子。」她說。

「妳可以送我回家嗎？」我說。

她站起來越過小屋，跪在其中一座櫃子前。看著她赤裸的身體做出這些尋常動作，使我再度興奮起來，當我準備上第三次時，她用雙手拿了一顆小黑石回來給我。石頭綁在一條細皮繩上。

「帶上這個。」她說，邊把皮繩套過我的頭。冰涼的石頭靠在我的胸口，我把它拿起來檢查。它光滑無瑕，沒有一絲缺陷。

「無論你何時想來見我，」她說，「只要握緊石頭，再想我就好。無論你在哪，石頭都會立刻把你送到我的前門。當你準備好回去時，只要再度握緊它，想你要去的地方就好，它會送你過去。」

「謝謝妳。」我說。

她露出微笑，但笑容中帶有某種痛楚。「我希望你不必走。」

「我也是。」我說。

「你可以保證會回來嗎？」她垂下頭，並用眼皮沉重的雙眼往上看我。

「我會盡快回來。」我說。

二十

我使用黑石的第一趟旅程，讓我在明亮晨光下出現在我家前廊。我能聽到附近街區傳來狗吠和孩童笑聲。我摸索著鑰匙，然後才想起我把鑰匙留在尤妮絲車上了。我不抱希望地嘗試開門。讓我訝異的是，它居然打開了。

我踏進室內叫道：「哈囉？」

這句話停滯在門口，並在靜止的空氣中逐漸消散。我走進餐廳，發現桌上有碗吃到一半的麥片。麥片已變成糊狀，彷彿這只碗已被拋下好幾小時。我發現有其他東西不太對勁——有張通常掛在台階最底層旁的相框，現在擺在地上，玻璃支離破碎；奶油色的地毯上有一滴血，電話聽筒則落在沙發底部旁。

我在樓梯一半的位置發現尤妮絲的遺書，媽可能在衝進上鎖的浴室房門前把它扔在地上。浴室房門被踢開，浴缸裡的水呈粉紅色，水位上的陶瓷染得血紅，剃刀被輕率地丟在地上。

我坐在馬桶上，左眼不住跳動，世界也搖晃起來。

樓下的電話響起鈴聲，它尖銳的顫音響徹屋內，聽起來似乎傳自遙不可及的遠方，像是我永遠無法及時回應的呼救聲。

尤妮絲的最後信件

親愛的諾亞，

我要你做的第一件事，就是放下這封信；直到你原諒我前，我不要你再拿起這封信。我是說眞的，離開。

好。或許已經過了六個月，你蜷曲在床上，從功課中稍作喘息，媽則在隔壁房看電視——或是可能已經過了許多年，你坐在某家恬靜療養院前廊的搖椅上，療養院還有高大的窗戶和廣闊的綠地。也許你的頭髮已經變白，皮膚也產生了老年的斑點。我不知道；我看不見，問題就在這。我看不見你。除了這裡和當下外，我什麼都看不到。

今天是十月二十八日，我待在電燈熄滅的電腦室中。外頭的夜色晴朗，路燈的光束如病態的綠色手指探入窗簾。它和電腦螢幕灑落在我身後地板的光線纏鬥在一起，爭奪我的陰影。我把我所有的書本、CD和衣服裝進做了標記的箱子。只剩下最後的雜務得做了。儘管有些誘人的不同選擇，我依然選了不同做法。我想留下一點亂象，但不要太多。當所有哭泣與哀鳴停歇後，你就能打開排水口，注入乾淨的水，再用清潔劑擦拭陶瓷。

我這麼做，是因爲我愛你。

請別認爲這是你的錯。我對自己對你說的話感到很抱歉，我也不氣你把車開走。說清楚這些事很重要，因爲在這些狀況中，重要的只有一個字：爲什麼？如果你不像律師一樣精準地提出你的答案（或多重答案），你拋下的人們就會責怪自己。人們總是自私又自我中心。

我早上起床時，感到全身疼痛。有點像是得了流行性感冒，但沒有發燒和嘔吐症狀，只有種難以抵擋的痛楚，以及因爲又倖存了另一夜所感到的悲傷。我清楚你在想什麼：「尤妮絲，多年來我們都曉得妳有憂鬱症，所以妳才得記得服藥。」問題是，藥物已經沒有效了。我每天都吃藥，但我依然感到疼痛。當我看鏡子時，我看不見自己的臉。我看到一個緩緩瓦解的東西，毫無專注力的惺忪雙眼下長了黑眼圈，而當乾裂的雙唇嘗試微笑時，就會流血。有時人們對我說話時，我聽不見他們，而當我聽見時，我不曉得該如何回應。通常這是錯誤的行爲，我今晚就這麼做了。

我不想這樣。我試過變好，但我永遠不會恢復正常，我身上總是有東西出錯。無論我多努力嘗試，無論我做什麼，都總會失敗。我不漂亮，也沒有運動員體態，男生也不會喜歡我。更糟的是，我也不喜歡男生。諾亞，如果你遇到她，也自然談起這件事的話，就告訴布琳說，我很抱歉自己不是男生。我並不想當男生，但如果這代表我可以愛她的話，我願意替換自己的身分。

當我無論何時聽到車門打開時，都會暫停一下。我起身走到窗口邊，以爲是已經冷靜下來的你，準備好再度和我說話了。我想像我們低聲道歉，你單純而心胸開放的臉上流露出擔憂，而當我們尷尬地打造重新連接彼此的橋樑時，我的勇氣與決心就會不斷減退。我看到自己接受你的需求，讓一切維持平靜，勉強度過另一天，或另一週，或是另一個月。或許我終生都會爲了讓你開心而勉強過活，但接著我望向窗口，發現那不是你。

或許離現在不久之後，當你舉行我的葬禮時，有某個眼泛淚光的人會站在我棺材旁的講道壇後，大肆談論我的自私。我怎麼敢這樣做？我有什麼權利做這種事？我會對那個人這樣說（我希望你能傳達這句話）：你眞不要臉。齊克果[38]說（我想是吧），社會總是將自殺視爲禁忌，因爲有人自殺時，這人周圍的人便會開始質疑他們自己的生命價值，這使他們感到不安。自己想想：是什麼讓你們的生命變得很棒？

38｜譯注：Søren Aabye Kierkegaard，丹麥哲學家與詩人。

是什麼讓我的生命變得很棒呢？布琳豐滿的臀部。她的笑聲。當我看穿你時，你會露出的表情。看到爸逗得媽笑出來——她全身顫動的模樣。看到席德妮跳舞，動作似乎解放了她，讓她變得完整。我飛快的打字速度，讓康懋達64幾乎追不上。布琳吻我時的嘴。

我困在這裡，在我們家的居家辦公室中，遠離那些東西（當然了，打字除外）。困在這具軀體中，陷入線性時間的僵局。

我最近做了個有趣的夢。我通常會夢到無趣的事，像是弄丟我的車鑰匙，或是忘了爲考試唸書——但某個晚上，我夢到布琳來到我們的前門，邀我和她一起開車兜風。我們上了她的車，在夜色下前進，駛越古怪的山區。她汽車座位的破損人工皮填料搔著我脖子後頭。引擎緩緩發出動靜，聽起來像是世界上最和藹的老年人，而整趟路程，布琳只是帶著一抹蒙娜麗莎般的神秘微笑，望著前方的道路。我們沒有停車找食物、加油或上廁所，我們不需要這麼做。

最後，我們停在一處丘陵頂端的礫石停車場。

「別亂動。」布琳說。「閉上眼睛。」

我照她說的做。她繞過來，打開我的車門，牽我的手扶我下車。她帶著我離開礫石，踏上草地。

「好了。」她說。「睜開妳的眼睛。」

我站在丘頂上，繁星明亮無比，看起來像是頭頂的圓凸燈泡，彎月則化爲一抹光輪。我左邊有棵棕色樹墩，我伸手碰它，這才明白我看起來像幅活生生的印象派畫作，構成我身體的筆觸顫動變形，動作並不流暢，這種視覺感受將一致性視爲單調乏味，但不知怎地看起來依然宜人。我仰望天空，看見一整座美麗的繁星花園，如同困在有形強風中的蒲公英。它們有順序地顫動，彷彿正透過某種密碼溝通。

頭頂的有形強風一再翻騰，旋轉翻騰。它先往內收起，再緩慢而華麗地展開。它和我的肺部動作一致。我望向布琳，她換掉了龐克服飾。她穿著黑綠交雜的洋裝，布料貼緊她的身材，將她的乳房頂端向上推向下巴。她的頭髮垂在臉旁，鬆散的大量黑色捲髮在她的頭部周圍飄動，不斷改變結構。

「來吧。」她說，指向山腳下的一座小鎮。「讓我帶妳逛逛。」

我跟著她沿著一條道路走。當我走近時，安穩的房屋與高聳的教堂尖塔顯得越趨高大，我也注意到窗口中的溫暖燈火，而儘管時間已晚，街道上依然熙來攘往。我聽到嗡嗡交談聲，零散的笑聲，以及音樂的聲響。

她帶我走上街頭並走進村莊，經過關閉的門口和後頭透出橘光的毛玻璃。其中一道門打了開來，有個矮小身影從裡頭衝出：那是個身穿黑色披風和風帽的小孩。他跑到我們前方的路上，披風在後頭飄蕩，並在街角轉彎後消失得無影無蹤。

「那是？」我說，一面指向男孩，很確定我能認出他。

「來吧。」布琳在帶我走上道路時說。「妳會看到的。」

蜿蜒的街道在某種鎮廣場來到盡頭，寬廣的廣場上鋪設了礫石，中央還有口井。人們緩緩走在街頭攤販旁買水果和麵包，孩童們四處奔跑，有個男子正在演奏手風琴，年輕情侶們則隨之起舞。他演奏的節奏如風般擁有形體，宛如從他的樂器中散發出的極光。我認出了肥胖且臉色通紅的蘭森先生，他在賣魚。席德妮和一個我不認識的英俊男子共舞，她的農婦裝束在她周圍的風中擺盪。我也開始認出了其他人：梅琳・普萊斯，我在流浪黑暗中先前的寫作夥伴，她正在兜售水果。我的小學同學赫伯特・桑格里買了頂帽子。爸爸在公路局的老同事瑞克正在打造一座舞台。當我看他敲穩支架時，發現世界正隨著音樂移動。有形的風順著手風琴的旋律飄動，呈現出某種具有象徵意義的舞蹈。而幾乎潛藏在這股音樂下的，是台老舊手動打字機的按鍵敲擊聲，這爲歌曲賦予了節奏。

「哪裡……」我說，一邊在廣場上找尋打字員的蹤影，但在我問完問題前，布琳就緊貼上我，她的右手貼在我的臀部上。

「和我跳舞吧。」她說，邊拉著我轉圈。世界在我周圍旋轉，一開始速度緩慢，接著逐漸變快。可察覺的形體（人們、房屋、水井和攤子）都失去了清晰，化爲一連串如同從容器中擠出的顏料，彼此混合，成爲濃厚的色彩漩渦。唯一保持清晰的物體是布琳，她是讓我停留在軌道中的引力中心，使我不斷旋轉。我不知怎地清楚舞步。我的日常尷尬消失了，在大量色彩中融化，也融入我在鵝卵石上敲出的腳步聲。我的目光專注在布琳身上，隨著歌曲迎來高潮，她一把將我拉進懷裡，親吻了我。當我沉浸在她的嘴上時，她已退了開來，讓我的臉停留在半空中。她似乎想說些什麼時，穿披風的小男孩再度衝過廣場。那是六歲的你，諾亞，你依然熱愛蝙蝠俠，正一路穿越人群，跑向建有尖塔的教堂門扉。你抓住其中一道雙重門板的握把，用力一拉。它毫無動靜，所以你往後靠，用你全身的重量出力。門板勉爲其難地隨著尖鳴打開，將幾近眩目的純淨白光投射到廣場上。

我放開布琳，在你跑進教堂時追在你身後，卻在門檻上停下腳步，對我看到的東西感到困惑。試著想像螢幕上同時投放了兩三部不同的電影，製造出一團相互競爭的畫面，其中完全沒有教堂。我看到爸爸在公園推著我盪鞦韆。當我在操場撞到頭後，媽給了我冰袋。我和梅琳一起在流浪黑暗中寫稿。我和布琳待在我漆黑的臥房裡，兩人鼻尖靠著鼻尖，全身是汗，身上纏著一條被單。我看到墳墓和流浪黑暗疊在彼此頂端，前者似乎支撐著後者。我看到怪物拖走凱蒂和布雷德演員們，我則穿著白袍旁觀。相互推擠的影像隨即消失，我看到某種藝廊——那是個光線黯淡的寬廣空間，白牆上掛滿了畫作，空間中央有個我素未謀面的紅髮女子，對方穿著紅衣。你跑向她，她用一條手臂環住你，大門砰的一聲關上。我衝向前去拉門，但大門已經鎖上了。

我轉身發現布琳站在我身旁，她在胸前盤起手。

「這是什麼地方？」我說。

布琳彷彿要回答般地張口——但接著我醒了。

之後我一直想回到那股夢境，但它躲開了我，我則回到有被當的課和位置亂放的鑰匙的夢境。我無法忘卻那座村莊——裡頭全是我認識的人，他們面帶微笑，也發出歡笑聲，以他們最棒最完美的形象出現。那座教堂——藝廊，你和紅衣女子與永恆時光都納入其中。夢中正準備回答我問題的布琳——能夠解答其他問題的重要問題。度過那種夢境後，我該如何面對這些苦差事呢？困在這具醜陋而腐朽的軀體中，去我的爛大學上課，緩緩地往錯誤的方向在時間中行進。

當我坐在這裡打出這些字時，我想我終於明白了。爸有次告訴我，每篇恐怖故事都有快樂結局，但他錯了。看看他的人生是如何結束的。諾亞，世上沒有快樂結局。擁有「快樂結局」的歌曲、書籍和電影都在勝利時刻停止。它們沒有講述完整的故事，只有古老的悲劇才傳達了眞相。貝奧武夫擊敗了格倫戴爾和他的母親，卻因爲對抗巨龍而死。吉爾伽美什失去了他最好的朋友，阿基里斯也不遑多讓，《哈姆雷特》裡的每個人都死了。這就是眞相。

不過，還是有好的停止點。我犯的錯，就是錯過了自己的停止點。我像是卡在水壺中的變質牛奶，我得傾倒出自己，繼續前進。我得自由穿越永恆，在布琳胸口待上一世紀，傾聽她的心跳，再拿永恆的時光幫你蓋被子，你的雙眼散發出愛與信任。我會花十年看席德妮跳舞，看爸逗媽笑；我會用我一生中最棒的時刻填滿永恆。教堂裡肯定有這些東西，那一定就是答案。過了特定的時間點後，我們就無法再製造新的幸福，但我們可以永遠停留在過往的喜悅之中，記憶者的眼睛完美地捕捉到這一切。

記住我，諾亞，記住我幫你蓋被子，和親你並道晚安。記住我告訴過你的故事。我們將與彼此重逢。

永遠愛你，

尤妮絲

第五部

無名之城

The Nameless City

二〇〇二年秋天，我暫時離開流浪黑暗，造訪了位於德州曼斯菲爾德某座名叫煉獄的基督教地獄屋[39]。我想和凱爾一起去，但他在最後一刻退出，說和唐娜有計畫了，所以那天晚上我開車到聖靈聖經教會（Holy Spirit Bible Church）去，隨身帶著安・萊絲（Ann Rice）的平裝本小說。帶這本書是個好點子，因爲排隊進入煉獄的人潮，從教堂大門一路延伸到一處寬闊草原，當我抵達時，隊伍中的每個人便開始盯著我瞧。

我應該要習慣外界關注了。眼罩比玻璃眼珠更引人注目，但就算少了它，人們依然會認出我是范德葛里夫本地的小硬漢，也就是在一九九九年無意間破獲了孩童綁匪案的孩子。只要我住在范德葛里夫或外圍地區，公衆矚目就肯定會成爲生活的一部分，但對方的審視目光依然使我感到不適。除非在我上班穿怪物戲服時，不然我不喜歡別人盯著我看。

我在逐漸減弱的陽光下看書，忽視大批旁觀者，直到我抵達隊伍前端。有個穿

39｜譯注：Christian Hell House，基督教新教教會用於警世的鬼屋設施，其中的場景描繪出地獄的各種刑罰。

著「煉獄」polo衫的員工，把我拉到我前方的奇數教會青年團體中。我們共同穿越橡膠閘門入口時，喧鬧的青少年們和他們三十幾歲的監護人，向我投以令人不快的眼神。

有個穿黑袍的瘦小身影在裡頭和我們碰面，對方的頭部微微往下垂。我們周圍的燈光逐漸變亮，對方揚起頭，露出橡膠製的骷髏惡魔面具。面具後方的雙眼周圍塗滿黑色妝容，散發出惡毒的喜悅。

「歡迎！」它說。它是個青少女，嗓音扭曲，拉高了音量，好讓聲音從面具下傳出。「我很高興你們能夠來到今天的小參觀日。我希望你們玩得開心，也想永遠住下來！但我說太早了，我們何不去逛逛呢？」

我們跟著她踏上一條長廊，頭頂亮著紅燈，乾淨的塑膠地板上透出藍色燈光。催眠般的平靜藍霧在底下飄散，直到霧氣中伸出一隻手，拍上塑膠地板，五指外伸並用力摳抓。我前面的其中一個女孩高聲尖叫著往後跳。有更多手從霧氣中鑽出，用力拍打敲擊地面，不只打散霧氣，還顯露出好幾張嘴巴大張的臉，對方正不斷呼救。

「別理他們。」嚮導說。「那只是我們幾個新來的成員。」她咯咯笑並繼續走，但我留在原處，對眼前的工藝感到佩服。

當我追上人群時，他們已經抵達了一處居家派對場景。有個長了詼諧長臉的小孩假裝成DJ，雙手在空蕩的轉盤上來回移動，彩色燈光則以隨機模式照在跳舞姿態僵硬尷尬的青少年身上。有兩個女孩站在觀眾附近，用紅色塑膠杯喝酒。其中一個女孩留著長而直的金髮，還有個大鼻子與棕色大眼。另一個女孩蓄著綠髮，看起來更像是常在夜店玩耍的孩子。

「見見米蘭達和艾許莉。」嚮導說，並輪流指向她們。「米蘭達剛從康乃狄克州搬來。遠離之前的教會和她的基督徒朋友後，米蘭達結識了壞朋友。艾許莉被無神論者父母養大，還會讀《哈利波特》當娛樂，她看不出在週五夜晚開派對和喝酒有什麼不好。」

「這不是很好玩嗎，米蘭達？」綠髮女孩艾許莉說。

米蘭達往她的杯子質疑地看了一眼，再啜飲一口。「是啊。」她陰沉地說。「這一切對我而言都很新，妳知道嗎？」

「看看那裡！」艾許莉說，一面打斷米蘭達的台詞。她指向房間對面窺視自己的男孩們，對方正順著節奏擺頭。「是川特和伊凡。天啊，他們要過來了。」

「玩得開心嗎，女孩們？」其中一名男孩說。

「當然啦。」米蘭達說。

「妳知道要怎麼更開心嗎？」另一個男孩說。「用這個。」他舉起一顆白色小藥丸，哄騙觀眾。「這會讓妳感覺很棒。」

「我已經吃兩顆了。」第一個男孩說。

「聽起來不錯。」艾許莉說。她接下對方給的藥丸，混著飲料喝下去。

「妳呢，美女？」第二個男孩問米蘭達。

「我不曉得。」米蘭達說。她望向艾許莉，心中猶豫不決，她轉頭時，第二個男孩把藥丸丟進她的杯子，不知情的米蘭達一飲而盡。

男孩們逼近兩名女孩，嚮導一個箭步走到他們面前，擋住了我們的視線。

「米蘭達不曉得的是，她剛剛服下了約會強姦藥。」她用古墓守護者40般的假高音說。「她現在覺得很棒，但過了三十分鐘左右，她就什麼也感受不到了。」

40｜譯注：Crypt Keeper，美國恐怖影集《魔界奇譚》（*Tales from the Crypt*）中講述開場白的角色。

其餘房間裡描述了相仿的警世故事：校園槍擊案，酒駕意外，買賣毒品的暴力文化，參與黑彌撒，閱讀不是由C・S・路易斯（C. S. Lewis）所寫的奇幻小說，和家庭暴力等等。隨著他們前進，場景變得越來越令人不安，大多都以主角死於某種可怕方式作結。我的不適感逐漸增強，也理應如此，直到我們走進顯然是青少女臥房的房間，而服下約會強姦藥的女孩米蘭達，則頭髮雜亂地晃了進來，臉上掛著呆滯的表情，雙臂抱住腹部，彷彿她感覺不舒服。

「你們記得米蘭達吧？」我們的嚮導說。「她急著交新朋友，因此願意和任何人嘗試各種東西。當然了，現在她不記得自己試過什麼，或和誰試過了。不是嗎，米蘭達？」

米蘭達坐在床上，盯著遠處看。我想知道他們是如何在不打斷訪客人潮的情況下，讓女演員來回穿梭不同房間的。一再弄亂和打理她的頭髮和妝容，會很困難嗎？

「怎麼了，米蘭達？」嚮導說。「妳玩得不開心嗎？」

「閉嘴。」米蘭達嗓音低沉又痛苦地說。

「這是個簡單的問題。」嚮導說。「除非妳不記得了？」

「閉嘴。」米蘭達說，這次她的音量大了點，還一面前後搖晃自己。

「記得妳在教會簽下守貞誓言那天嗎？妳感到很驕傲，確信上帝會保護妳。」

米蘭達癱倒在地。她打開床頭櫃的抽屜，拿出一張裱了框的基督像。

「祂就在這！」嚮導說。「躲在抽屜裡，沒人看得見。祂在那裡幫不上妳的忙吧？」

「祢怎麼能讓這種事發生？」米蘭達問畫像。她放下它，再度把手伸進抽屜。這次她取出一把手槍，這個女孩在床頭櫃裡放了一堆奇怪的東西。

「噢，那是什麼？」嚮導說。

「我恨祢。」米蘭達對耶穌像說。她把槍靠上她的前額，壓下擊鎚，再扣下扳機。有股「碰」的巨響出現，燈光從黃色柔光變成混濁的紅光。嚮導跪在她身旁，在她倒下時扶住她。

「乖女孩。」嚮導低聲說道。「乖女孩。」

我覺得自己快吐了。

接著是一座模擬急診室的房間，裡頭有個因「墮胎藥丸」而全身是血的女子，臨死前正在懇求上帝的恩澤與原諒。我精神朦朧地經歷這一切，強迫自己別在鬼屋設施之間吐出來，直到抵達下一座房間，我才重新控制住自己。這間房間貼滿了金色錫箔紙，風格飄渺的音樂從大型十字架後頭的隱藏式音響中飄出。先前場景中的角色走了進來，神情充滿好奇。

「真美。」墮胎藥丸女孩說。「完全不像我夢過的一切。」她站得十分靠近，使我能夠嗅到她褲子上的紅色顏料。

「這是天堂嗎？」米蘭達問。

「沒錯，我的孩子。」音響中一股發出隆隆迴響的嗓音說道。「告訴我——你們有遵照我的戒律，將我的兒子放在心頭嗎？你們有終生將祂供奉在心裡，並悔改自己的罪過嗎？」

米蘭達和其他人結巴地說出藉口。他們感到困惑，且受到誤導，無法確定自己的意思。當墮胎女孩走近十字架時，人群陷入沉默並讓出路來。

「我還是小女孩時會上教會，」她說，「但當我爸媽不再逼我去後，我就不去了。我活在祢的恩澤與慈愛之外，當善良的人們想對我傳達這份愛時，我哈哈大笑。但之後我和某個陌生人進行了沒有保護措施的性行爲，還吃了避孕藥來防止懷孕，結果一切都出錯了。我無法止血，祢兒子的聖名是我唯一能求助的對象。」

「歡迎回家，我的孩子。」低沉的嗓音隆隆說道。十字架下有道門打了開來，她踏進門口。不過，當其他人想跟上時，入口立刻關上。

「我們其他人呢？」米蘭達說。

「你們活著時拒絕我。」無形的聲音說道，「我則在死亡中拒絕你們。滾！」房間陷入一片黑暗。

「終於呀！」嚮導在我身後某處歡欣鼓舞地叫道。「結算日到了！」

紅光從護壁板間升起，遭到天堂拒絕的角色們緩緩轉了圈。

「發生什麼事了？」米蘭達說。

「該回家了，親愛的。」嚮導說。「抓住他們，小子們！」

一群怪物般的身影從掛毯下衝出來。罪人們被拖走時，百般掙扎並大聲呼救。米蘭達掙扎得最費勁，還因向前撲而失去平衡。她在我面前四肢著地，和我眼神相交。她臉上的驚慌與恐懼頓時消失，取而代之的是不加修飾的訝異。她盯著我，當惡魔抓住她的雙臂，將她拖出視野時，她的嘴巴依然半開。

「哎呀，真好玩，」嚮導說。「但我該離開你們了。我希望很快就能再見到你們！」她跟著爪牙離開房間時，咯咯發笑。另一道門打了開來，有個穿牛仔褲和T恤的女人站在門口，螢光照亮了她的輪廓。

「請走這裡。」她說，在一片尖叫聲後，她溫和輕柔的嗓音令人備感舒適。

人群緩緩踏進最後的房間，裡頭裝了木質鑲版和灰色地毯。有個高大肅穆的男子，站在房間另一頭的兩道門中間。

「你們大家好嗎？」他說。

年輕人們彼此交換了偷偷摸摸的眼神，臉上露出了緊張的笑容。

肅穆男子對我們拋出近似打量的眼神，想表現出同情。「我整晚都見到同樣的眼神，相信我，既然你們已經到了煉獄的最遠端，我想提供你們一點安慰。你們今晚看到的光景，是宇宙恆常不朽與永恆的真相。壞事總會發生、人們會受傷、人們會死。如果他們過世時，心中沒有基督的話，就會被送進充滿永無止盡的痛苦與苦難的地獄。」他停了下來，握住雙手觀察我們的臉孔。「回家時，可能會有酒醉駕駛撞上你；毒蟲今晚可能會闖進你家，爲了小豬撲滿裡頭的錢而謀害你。當你的鬧鐘在明天早上響起前，基督就可能歸來，把忠實的信徒帶上天堂。你不曉得這何時會發生。你得自問，如果上述其中一件事發生的話，你準備好了嗎？在你的審判日當天，你能看著基督的雙眼，誠實地說你在祂的恩澤中生活和死去嗎？」他再度停下，給我們時間來思考這個問題。「我身後有兩道門。穿過我右邊的門後，在一間房裡，滿是等著和你們共同禱告的好人們，那個房間接下來六十秒都會打開。」帶我們走進這個房間的語氣溫和女子，打開了禱告室的門踏進裡頭，在身前盤起雙手。

我受夠了。我脫離人群，穿過男人左邊的門。冷冽的夜風迎面而來，我隨後用力關上門，阻絕男子的嗓音，他說了什麼我沒聽到的馬後炮。外頭有台敞篷接駁車等著載人們回衛星停車場去，但我選擇走路。當我跨越漆黑的原野時，把手插在口袋裡，駝起雙肩。

我爲何要讓自己承受這一切呢？因爲流浪黑暗碰上麻煩了。售票量在過去兩年來持續下滑，現在就連在週六夜晚，我們的停車場也連半滿都不到。我們大多顧客都是有年幼孩童的家庭，少數前來的青少年和成人看起來感到迷茫無感，像是群服下精神科藥物的觀衆。媽想關門大吉，甚至還提出將它賣掉的要求，但我拜託她給我幾晚來調查其他競爭者。我想看看是誰偷走了我們的生意，也想看我們該怎麼做，才能贏回優勢。

上週我去了三家鬼屋設施。浴血屋（Blood Bath），那是位於達拉斯的血腥砍殺電影主題鬼屋；驚嚇屋（House of Scares），一座家庭類小型鬼屋集合體。現在還有煉獄，曼斯菲爾德的大型教會經營的基督教地獄屋，它爲了宗教理由而扭曲鬼屋的原意。我應該要翻白眼並一笑置之，但我卻感到顫抖與失望。我無法忘卻米蘭達的樣貌，因約會強暴而自殺的她，在被拖向地獄時對我求情。

二

我回家時，媽已經上床了。我上樓到我的房間，一等我進房，就握住掛在脖子上的黑石。我閉上眼睛聚精會神，當我再度睜眼時，發現自己身處黑森林中的空地。空氣凝重且臭氣撲鼻，樹木如同印象派畫家的筆觸般漆黑而濃密。

在我敲門前，門就打了開來。她站在門口，掀開的袍子露出肉體的一部份，從她喉嚨的下陷處一路延伸到陰阜上的那抹紅毛。

「**拉蔺希**（Leannon si）。」她說。

拉蔺希。發音是 lihannan shee。這是個綽號，是我從某本凱爾特童話故事書中找到的私人笑話：那名字屬於一個找凡人當作情人的美麗妖精女子。我提議用「拉蔺」當作稱呼她的名字，而不是叫她作「怪物」、「生物」或「我的朋友」，以重塑我們的關係，讓它脫離《丹尼和恐龍》[41]與《E.T. 外星人》（*E.T.*）的框架。拉蔺希，我抱著她走下樓梯、前往她床鋪的過程不再古怪：**拉蔺希**，把她放在毛毯上時，我跪了下來，分開她的雙腿：**拉蔺希**，當她拉扯我的頭髮時，我唸出這個字眼；**拉蔺希**，她的大腿夾住我的頭，我的鼻子緊緊貼住她，她的身體緊縮起來，大叫出聲；**拉蔺希**，當我喘著氣爬上床時，奮力扯掉褲子，滑進她體內；**拉蔺希**，她的牙齒嚙咬著我的耳朵，腳踝靠在我的腰部；**拉蔺希**，金色的萬花筒將我分解爲數道細小光芒時，她抱著我悄聲說：「乖孩子。」。**拉蔺希**。

我們在潮濕的空氣中彼此交纏，全身大汗淋漓。這件事已經持續了三年，三年來，我造訪著這座位在另一個世界空地中的小屋，和她待在這張床上。我覺得這很怪嗎？我不太想向其他人公開我們的關係，到了現在，離開高中一年多後，我開始

41｜譯注：Danny and the Dinosaur，美國作家希德．霍夫（Syd Hoff）於一九五八年出版的兒童圖畫書。

質疑這段關係的長期可行性，但也只有一丁點遲疑。大多時候我都十分享受，我對拉蘭所抱持的激情持續延燒，似乎以人類情感前所未見的方式延續下去。

我將頭枕在她蒼白的腹部上，仔細觀察她畫架上的畫布，上頭描繪了站在山坡上的兩個人影，頭頂是混雜了黃色、紫褐色、藍色與黑色的天空。天空中掛了一抹彎月和一顆橢圓形的怪異星星，第二顆星落在地上。我看不出那兩人是誰。右邊的身影看起來像動物，身軀往前彎，穿著黃衣，它紫灰色的頭部形狀像個撇號。它有顆異樣的眼球，只有下半部長有眼瞼，臉上不帶神情地望向天空。左邊的人影看起來像根莖幹寬闊的花朵，兩根葉柄的末端形成不相襯的球狀構造，一個長有翅膀，另一個則有紫色的陰戶。陰戶後方，有個幾乎是潛藏在顏料中的女子身影，她翹起的臀部配上了一對渾圓的乳房。我想到煉獄的米蘭達，她的身材就是如此婀娜多姿。

「你覺得呢？」拉蘭說，讓我回神過來。

我坐起身，假裝想仔細端睨。「我不確定我看得懂。」

她也坐直身子，把下巴靠在我的肩膀上。「這不是用來破解的抄本。這是幅畫，說你的想法和感覺就好。」

「妳對它有什麼想法和感覺？」我說。

她看起來若有所思，沒有立即回答。「我想到你。」她說。聽起來不像謊言，但也並非完整的眞相。這是我經常注意到的平衡。我第一次聽到她說話時，以爲圍繞她的謎團會逐漸消失，但比起一九九九年時，我並沒有更靠近眞相核心。我依然不曉得她的眞名、年紀，或她的本質。我仍然不知道這棟房子在哪，或是掛在我脖子上的石頭究竟是如何讓我穿越莫大距離，從我的臥房來到拉南的前門。

察覺到話題轉往她不喜歡的方向時，她起身走向她其中一座廚房櫥櫃。「你餓了嗎？」她說。「我有食物。」她拿起一碗蘋果，將它們擺在我面前。

我咬了其中一顆蘋果一口，發現自己餓了，其實早就飢腸轆轆了。我狼吞虎嚥地吃下兩顆蘋果，她在一旁觀看。我吃完後，她便把果核和剩餘的蘋果放回櫥櫃。我不曉得她怎麼處理廚餘，她總是把東西收回櫥櫃，等到我下次來訪時，東西就消失了，又是另一個謎團。

當她收起蘋果果核時，遠方某處傳來低沉的隆隆聲。拉南瞬間僵硬，從地上抓起袍子，將它緊緊繫在腰間。

「什麼——」我開口說道，但她立刻用手指示意我安靜。聲音變得更大也更低沉，地板開始震動，接著整棟房子都搖了起來。畫架不斷搖擺，畫作也已傾斜。我腦內發出嗡鳴。拉蕎跳上床，用手腳夾住我。她感覺起來激動炙熱，四肢如同金屬纜繩般堅實。持續不斷而令人發狂的震動繼續出現，直到另一股聲音隨後加入——那是四段緩慢的音符，聽起來像是緩慢慵懶的鯨魚歌聲。隆隆聲逐漸減少，再完全停止。她把雙手移到我的臉頰上，讓我從她喉嚨邊抬起頭。

「你還好嗎？」她說。

「還好吧，我想。」

她來回翻轉我的臉，並望著我沒有受傷的眼睛。「你確定嗎？沒有東西——改變嗎？沒有東西折斷嗎？」

「我沒事。」

她放開我，我們坐起身。屋子看起來變得上下顛倒且大爲動搖。櫥櫃如同瞠目結舌的目擊證人的嘴巴般敞開，地上滿是陶器碎片、破布、乾燥的植物根、黏土裂塊、軟墊和鉛筆。圖畫掉在床旁，它完好無傷，但有一側稍微凹陷。

「該死。」我說。

她嘆了口氣，但不在意地擺了一下手。「沒事。」

「至少讓我幫妳清理。」我打算站起身，她抓住我的手臂。

「我不需要幫忙，但謝謝你的好意。」她依然坐著，緊緊抓住我的手臂，幾乎讓我感到疼痛。她看起來很緊張。嚇得魂飛魄散。

「剛剛發生了什麼事？」我說。

「我不知道。」這次我沒有察覺少部分事實，而是看出了徹頭徹尾的謊言。

三

我在自己的床上睡得很糟，某種無形巨獸在惡夢中追趕我，當我醒來時，太陽已經高掛空中了。我的床邊鬧鐘顯示早上十一點三十分。我咒罵自己，我中午時約好和尤妮絲吃午餐。

到咖啡廳時，已經晚了十分鐘，並發現她坐在露臺上，讀著一本塔米・霍格(Tami Hoag)寫的書，一面喝著含羞草調酒。當我坐下時，她怒目瞪視我。

「我知道，我知道。」我說，邊舉起雙手投降。「我睡過頭了。」

「你最好永遠不需要找朝九晚五的工作。」她說。她喝光剩下的含羞草調酒。

「總之，謝謝你過來。」

「沒問題。」我說。這是我能擠出最正面的回應。我說不出「才不會錯過」或「我很高興能來」。儘管我們表面上彼此交好，自從我偷走她的車、而她自殺那晚，我們之間的關係就備感壓力。在精神療養院服用了強效百憂解（Prozac）兩週後，她就退了學，取得她的律師助理證書，並在沃思堡的某家公司工作。她搬出家中，找了靠近公司的公寓，而儘管她每隔幾週都會來訪，我們的交談卻總是溫和但缺乏情感。她常常抱怨她傲慢又自以爲是的老闆，還不斷看錶，彷彿媽和我和任何工作一樣，只是用來消磨剩餘時間的情境元素。她總會帶一份甜點來（派、餅乾和杯子蛋糕），當作給媽的禮物，但她通常會自己吃光。我提這點的原因，不是由於我想批判她，而是因爲這種持續不斷的過度進食狀況恰好在寫作停止時出現。當她來訪時，我通常會問她有沒有在寫作，儘管她一開始會找藉口，但最後無論我何時提起這件事，她都會說：「不。」她用誇張的隨意態度說出否定的答案，彷彿我只是在問天氣。

「那些聲音再也不會對我說話了。」她說。「我盡力往前走了。」

在醫院待了一年後，她又開始約會了。我原本會感到開心，不過尤妮絲開始與男人約會，過了幾個月後，她專注在一個特定男人身上：赫伯特・桑格里，她失聯許久的小學朋友。他們在相親時與彼此配對，而在一開始認出彼此的震驚後，就馬上迅速交往，過程包括在僅僅兩週後就來見媽和我。赫伯特又高又瘦，留著造型差勁的旁分金髮，還擁有水汪汪的藍眼。他看起來體態扭曲，彷彿有人將他推進能在硬幣上壓印圖案的機器，只不過赫伯特的圖案沒印好。

我見到他那天，他輕聲提到運氣、宿命和命運。尤妮絲坐在他身旁，牽著他的手，同時露出一抹淡淡的傻笑，看起來更像是寵愛的表情，而非認同。六個月後，他們就訂婚了，而現在婚禮將在一個月後舉行。尤妮絲和我要在吃午餐時討論赫伯特的單身派對，我這位不情願的伴郎得負責辦理這件事。

「赫伯特知道我們會碰面嗎？」我說。「通常新郎和伴郎都會在新娘不在的狀況下處理這件事。」

「別耍嘴皮子。」尤妮絲說。「你清楚他很害羞。他喜歡你，但你很嚇人。」她向我們的服務生招手。

「狗屁。」我說。

她沒有爭辯。我們的服務生走過來，我又再度感到有陌生人認出並打量我。如果尤妮絲注意到了這點，她也沒有說什麼。她又點了一杯含羞草。

「赫伯特怎麼想？」我說，意思指的是：「妳怎麼想？」

「他沒有想法，所以你未成年不成問題。」她說。我在餐廳內看到我們的服務生跟另一個服務生說話。兩人都轉身看我，接著當他們發現我在看他們時，再度把視線移開。

「那另一種常見的單身派對呢？」我說，重新集中注意力。「脫衣舞酒吧呢？」我從來沒去過那裡，也感到好奇。

「連陌生人幫他剪頭髮時，他都會緊張。當整棟屋子裡的裸女都想摸他時，我想不出他會有什麼反應。」

「妳真貼心。」我說。

「閉嘴。」她說。

「所以不喝酒，也不找脫衣舞孃。」我說。「他想要什麼？」

「樂山遊樂園。」她說。「迷你高爾夫球，遊樂設施，卡丁車，然後吃頓不錯的晚餐。如果有好選擇的話，或許也看部電影。」

「他想要十歲小孩的生日派對？」我說。

「這個人在一個月內就會成爲你的兄弟。」她說。「拜託讓他開心好嗎？同時，也試著別當面捉弄他。這對我而言很重要。」

「好啦。」我說，不過我無法開口道歉。「交給我處理。」

「太好了。」她說。她給了我一份赫伯特認識的其他男子清單（不見得是朋友），我或許能說服這些人來參加派對。我們談完正事後，她問了我的近況，以及有關流浪黑暗的事。我告訴她，自己去偷看競爭者，想找尋點子。

「你有找到任何值得仿效的東西嗎？」她說。

「還沒。」我承認道。「我們已經把他們做的東西做得更好了。這些地方唯一的優點，就只有不是我們。如果我們要創新，就得自己想辦法。」

「有想法嗎？」她說。

「我想創造更有沉浸感的體驗。」我說。「不只是展示廉價驚嚇點的徒步遊覽行程。我想要一個讓人們能過夜的地方，像是鬧鬼的民宿，或是老是發生怪事的汽車旅館。取決於你想體驗的恐怖狀況，你可以得到從『詭異』、『有些不安』到『爲性命擔憂』的各種體驗。」

尤妮絲歪起頭，墨鏡後的眼神神秘難辨。

「怎麼了？」我說。

「沒事。」她噘起嘴唇。「爸過世前有類似的點子。」

很多年沒有人對我提起爸了。

「我不曉得他們有多少進展。」尤妮絲說。「那是他和媽打發時間用的計畫，但當時他已經病入膏肓了。媽說那只是她寫來娛樂他的東西，都是瘋話。」

四

那天接近傍晚時，我和媽在流浪黑暗的戲服製作室碰面。我們談話時，她一邊工作，維修我最新版的怪物戲服；紅黑粗線縫起了色澤不同的毛皮，從近黑色到變黃的褪色棕毛都有。媽的頭髮現在長出了大抹灰色髮絲，她的綠色眼珠底下則掛著永不消退的黑眼圈。魚尾紋和法令紋已經深深陷入她的臉孔，今年她滿五十四歲，但她鼻子上的雙光眼鏡使她顯得更老。

我邊踱步邊報告，把我告訴尤妮絲的事告訴她，還有我的理論：熟悉度是我們最大的問題。

「這很合理。」她說。「想像經營一家十三年來每天只播一部片的電影院。」她怒目盯著戲服。「反正這裡也要垮了。我發誓，戲服從來沒壞得這麼快。」

「那或許我們可以做點全新的東西。」我說。她放下戲服，往後靠向她的凳子。「我有個關於鬧鬼旅館的點子，尤妮絲說妳和爸在我出生時有類似的主意，所以我想，如果妳可以讓我看他的舊筆記——」

她在我說完話前就開始搖頭。我準備好爭辯，但沒料到媽說出的話卻是：「我很多年前就把那些東西丟了。」

我停止踱步。「妳爲什麼要那樣做？」

她取下眼鏡揉揉眼睛。「試著想想看，你家有個盒子的存在目的，就是讓你想起人生中最糟也最痛苦的時刻。你會想留著它嗎？」

「妳可以把它藏在閣樓，等尤妮絲搬出去之後，就把它交給尤妮絲。妳也可以把它交給我。」

她戴上眼鏡。「覆水難收，我沒辦法改變事實。」

「我從來沒看過爸的照片。」我說。我遲早會看到，但不想再等上十一年。

「看看鏡子，你就差不多看到了。就算我還有盒子，也沒有差別。你保證會想出能拯救這裡的主意，卻回來建議我們蓋一棟完全不同的全新設施，而那得花上一大筆錢，可能還不合法。但先不管錢和法律，你居然認爲我有興趣蓋新的東西。我在一九八九年踏入這行，是爲了拯救我們家脫離財務危機。有陣子它賺得不少，對你和尤妮絲意義重大，對席德妮也是不錯的紀念。但現在它不再賺錢了，聽起來你也沒有修好它的厲害想法。我給你的建議，就是好好享受剩下來待在這裡的幾週。好好記下一切，然後道別。」

五

我不再當業界間諜，回去演怪物。那還是很好玩，但現在已染上了悲傷氣息，因爲這一切就要結束了。和拉蔺一樣，我試著避開長期思考，但在這種情況下十分困難，因爲我沒有多少時間能催生尖叫和嚇唬陌生人了。

某晚，在回去上班的一週後，我把頭探過一道「舷窗」，在教授書房中一批訪客中看到來自煉獄的「米蘭達」。陌生人們一看到我，就嚇得跳起來和驚聲尖叫。米蘭達沒有這種反應，她往後退了點並瞇眼觀察，彷彿想看清楚狀況。她處變不驚的態度讓我嚇了一跳，我往後退開，消失在我的迷宮裡。之後，當我從舞廳中冒了出來，打算要抓個布萊德時，停在她身旁。我嗅著她的手肘，把我的口鼻部貼到她的手臂上端，越過她的肩膀和脖子，再把我的臉垂到她面前。她的呼吸依然冷靜而穩定，不太怕我。

「嘿！」布萊德演員脫口叫道，聽起來十分困惑，但他試著維持角色個性。「別碰她！」

他的眞名是吉米，是個瘦巴巴的膽小孩子，還演出了不適合他的角色。他把一隻手放在我肩膀上，彷彿想推我，我們做出排練好的扭打動作。他試圖揍我，我把他掐得失去知覺，再帶著他逃回我的迷宮。

我們獨處後，我扶起他，吉米說道：「我以爲你不能這麼靠近客人。」

扮演怪物時，我從來不說話，現在也沒有改變。

「那眞的很詭異，但我不曉得那恰不恰當，你懂嗎？」

之後，當我們關店休息時，我發現他在休息室裡和幾個女孩交談。她注意到我時，就停了下來，兩個女孩瞄了我一眼，然後又別過目光。我想起了自己和尤妮絲吃的那頓午餐，以及我在煉獄等待的時間。一九九九年時，人們說我是英雄，但那圈光環已迅速消失，取而代之的則是這種狀況。不安與急忙避開的目光，還有強烈的異類感，在團體中遭到隔絕，彷彿我是根吸引悲劇的避雷針，沒人想靠近。

我納悶，失敗的或許不是流浪黑暗。或許是我，或許是因爲我在那工作，才拖累了它，我的存在讓人們感到眞正的不安。

我等到孩子們回家，才離開建築。我訝異地發現米蘭達獨自站在停車場中，不斷左右晃動，看起來十分緊張。

「諾亞・特納？」她說。

「我是呀。」我說，以爲自己將遭到耶穌狂信者的痛斥，也清楚自己活該。我之後才發現，我把自己的僞裝放在心中，因此她不可能把我和怪物做出連結。只有在我心中，我才與另一層皮囊變得密不可分。

她沒斥責我，反而伸出手。「我叫梅根・蓋恩斯（Megan Gaines）。」

我們握了手。「我能幫妳嗎，蓋恩斯小姐？」

「叫我梅根。而且——我得老實說，我在這一帶另一間鬼屋設施工作——」

「煉獄。」我說。「我上週看過妳表演。」

「沒錯。」她說。「我就覺得你看起來眼熟。」當然了，她有看過多少客人帶眼罩？再說，她聽起來像在撒謊，也清楚自己聽起來就像撒謊，更明白我也注意到了。這是什麼狀況？我不曉得，但我感到一股發自心底的直覺，想拯救她脫離不安，讓她感到平靜。

「妳的表演讓我很感動。」我說（這是真話），「也很佩服你們的整體設施。」（這是假話）「妳想喝杯咖啡談公事嗎？」

她用緊閉的雙唇在牙齒外上下移動，像是正在使用漱口水。

「我不喝咖啡。」她終於說道。「但我餓壞了，你喜歡鬆餅嗎？」

六

我們去了家燈光明亮但過度油膩的小型連鎖通宵餐廳，在靠窗的座位坐下，窗戶面對著空蕩的街道。梅根點了一堆鬆餅，配上香腸與柳橙汁。我點了一份雞蛋三明治和咖啡。

「這是妳第一次來流浪黑暗嗎？」我說。

她點頭。「小時候，我媽從不讓我參與萬聖節活動。」她說，邊用手遮住嘴巴。「她總說那是魔鬼的節日，是異教徒的神祕學慶典，企業化的美國收攏了這個節日，電視動畫也讓它變得受歡迎。她說這是撒旦的影響力在世上越變越強的證據。」

「我不知道它有沒有妳媽想的那麼糟。」我說。

「她以前曾這樣想，但她幾年前過世了。」

「噢。我很遺憾。」我說。

她低頭看自己的食物。「我可以問你一個私人問題嗎？」

「好呀。」

「爲什麼要戴眼罩?」

我放下咖啡杯。「妳不曉得嗎?」

她搖搖頭。「我應該知道嗎?」

我等著看她會不會受不了,並承認她在開玩笑。事情沒這樣發生。

「說來話長。」我說。

「你有別的地方得去嗎?」

所以我把官方版本告訴她,也就是我經常充滿一致性地講述的故事,因此人們大多將這個版本視爲眞相:尤妮絲和我如何吵架,我偷開她的車出去兜風。有個名叫詹姆斯・歐尼爾的男人在十字路口攔腰撞上我的車,我則在車禍中失去眼睛。我在男人的廂型車中發現鼓脹的塑膠袋,裡頭裝了瑪莉亞・戴維斯和布蘭登・霍桑腐爛的遺體。詹姆斯・歐尼爾試圖殺我,我僥倖逃脫,震驚的我花了整晚才回到家。

我跳過了某些細節——像是執法人員忽視我在沒有保險的狀況下開車,和逃離意外現場的事,因爲我不經意解決了失蹤兒童的案件,也由於我姊姊企圖自殺;由於檢察官要求死刑判決,因此我得作證。我得盯著大腿,這樣才不需要在證人席上看詹姆斯・歐尼爾的臉。檢察官認定詹姆斯・歐尼爾也綁架並謀害了席德妮,因爲他在媽的車起火那天看過我們。新聞採訪車在我們住的街道上待了幾週,鎮上的人也經常對我投以古怪眼光。儘管我顯然是個英雄，但過了幾年後，人們卻似乎越來越不想待在我身邊，彷彿我背負了失蹤事件與死者的責任。

梅根在座位上向前傾身，在聽整段故事時，用她明亮的棕眼注視我。我說完後，她說：「我記得幾年前在新聞上看過這件事，遇到當事人的感覺真奇怪。」她把目光轉回自己的盤子，我覺得她想說些什麼，卻在最後一刻怯場。

「趕快說吧。」我說，用一隻手擺出快點的手勢。

開口前，她吸了一大口果汁。「那晚，你有看到什麼怪事嗎？」

「比在廂型車理放屍體的瘋子還怪的事？」

她退了一下，我對自己的語氣感到後悔。她正在考量是否要告訴我某件事。

「我不曉得。」她最後說道。「我從來沒靠近瘋子過。感覺如何？他有說或做什麼怪事嗎？」這依然不是她想說的話，她在忍什麼？

「感覺像是一切看起來非常正常的夢境，但妳知道有東西不對勁。就像暴風雨來臨前，妳在空氣中能嚐到風雨欲來的氣味。他身上有某種東西出了錯，但考量到當下的狀況，他其實表現得很正常，直到他抽出刀子。」

她微微皺眉，但說：「聽起來很嚇人。」那不是她想聽的話。

之後她安靜下來。我用問題塡滿了這段沉默，並拼湊出了一小塊對方的人生經歷：她在這裡長大，當她母親過世後，聖靈聖經教會幫她支付搬家費用，讓她能在芝加哥大學就讀戲劇系。作爲代價，她每年都會回來幫煉獄忙，她取得了教授的特殊准許，也成功將這種行程形塑爲宗教義務與獨立研究。她熱愛表演，但不覺得在藝術界會有未來。她覺得自己最後會在高中或社區大學教戲劇課。

我們把食物吃得精光，我也付了帳，隨後我們往停車場走。

「我很開心。」我說，因爲我希望這是眞話。

「我也是。」她說。

我拿出一張名片遞給她。「如果妳回芝加哥前有空，我很樂意再請妳吃鬆餅。」

她端睨著名片，並難爲情地微笑。「我會記得的。」我不太認爲她說了實話。

一直到我回家後，才想到她沒有問我關於流浪黑暗的事。

七

接下來幾天，梅根明亮的眼神與泰然自若的態度都留在我心中。我還沒了解，自己有多渴求讓別人用正常的方式看我。我居然會渴望那一丁點溫柔。我檢查流浪黑暗的語音信箱和我自己的電子信箱，希望她會聯絡我，同時也爲此感到罪惡。畢竟，我和拉蔚在一起（無論這是什麼意思），我和梅根吃的那一餐並不算偷情，但已幾乎讓我感到不適了。

我什麼風聲都沒聽見，所以我盡力往前走。我在流浪黑暗換手電筒的電池，更換損壞的螢光燈泡，替換我們的隱藏式音響系統中故障的電線——一切能讓我的雙手忙碌，也讓我的心遠離我們即將關門的事實。我開始寄出大學申請文件，如果我去上學的話，或許就能在新的城鎮重新開始。我也聯絡了赫伯特單身派對名單上的男人，我懇求凱爾一起來，這樣才有人和我說話，他也同意了。他不太提這種事，但我想最近他很想找任何藉口離開他父母的房子。無論我何時提起這件事，他就會搖頭並說：「我不曉得他們到底在搞什麼鬼。」

在離開幾乎一週後，當我終於再度造訪拉蔚時，她在我敲門前就打開門。

「拉蕭希。」她說。「我開始擔心了。」

我跟著她走進屋裡，脫下鞋子，坐在床上。我帶了包速食來，拆開漢堡的包裝，咬了一口。

「妳不用等我。」我說。「妳隨時想找我，都可以來。」

她坐到我身旁。「這是你一年中最忙的時候。」

「以前這從來無法阻止妳。」我說，滿嘴塞滿了漢堡。

「那是在我教你使用這個東西前。」她說，一面碰了掛在我脖子邊的黑石。「我自己也很忙。」她指向畫架上的新畫，那是我上次來訪時她製作的那幅畫的另一半。這幅畫中有好幾個穿長袍的人，背景則混合了骯髒的黑色和黃色。人們一同擠在彎月下，同時傳達出恐懼與陰謀。

「這很令人難忘。」我說。

自從我上次來訪後，她已經打掃過了。破損的陶器被扔了，植物根掛回了廚房裡的鉤子，木質地板上的顏料也被擦乾淨了。只有上次的圖畫顯示出地震留下的痕跡，它靠在畫架後的角落，左上角有塊凹痕。

「太糟糕了。」我說，一面對畫點頭示意。

「有些東西連我都修不好。」

我瞎掉的眼睛在眼窩中感到漲痛。「還有發生地震嗎？」我說。

「沒有。」

「妳知道是什麼造成地震嗎？」

她站在畫架前往前傾身，使她的鼻子幾乎碰到畫布。「是什麼造成地震的？板塊移動之類的吧。」

「當它結束時出現的旋律呢？」我說。

「我和你一樣搞不懂。」她拉開袍子上的綁帶，讓它落下。她轉向一側蒼白的肩膀朝我看。「你想做愛嗎？」

今晚我出奇地感到不情願。「拉蔺。」我說。「我們算什麼？」

「你是什麼意思？」她說。

「我是說，我們是一對嗎？我們結婚了嗎？這種狀況要怎麼長期繼續下去？」

「我不確定我聽得懂。」她說。

「我是說，我們的關係在十年後會變得怎樣？或是二十年後？」

她轉過身，身體的輪廓使我分心。「爲何得和現在不同？」

「我指的是，我遲早得搬出我媽的房子。鎮上的人已經用奇怪的眼神看我了。他們想知道我爲何不和人約會，他們會說閒話的。」

「你爲什麼在意？」她說。

「不只是這樣。我開始變老了，或許我會掉髮，也許我會變胖。無論我想不想要，生命都會在我身上發生改變。」

她再度面朝畫作，垂下頭，彷彿在檢視她的裸體身姿。「你想要那種東西嗎？」她說。「正常的生活？」

來這裡是個錯誤。不但沒能清楚解釋我的感覺，反而讓狀況變得更曖昧難辨了。我把漢堡扔進袋中，站了起來。

「我傷到妳的感受了。」我說。「我該離開了。」

她拉上袍子，在我抵達樓梯前攔住我。「你不必離開，我們可以把時間花在待在一起，不用做愛。」

「我知道。」我說。我想推開她的手，但沒有這麼做。「我想一個人靜一靜。」

她放開手。「但是你和我，我們沒事吧？」

我無法注視她的眼睛。「哪會有事呢？」

八

隔天早上，媽沒敲門就走進我的房間，對面前的雜亂拉下了臉。

「我是不想打擾你的夢想生活，」她說，「但我有事情要忙，所以得在我忘掉之前，把這個東西給你。」她遞給我一張摺起來的廢紙。「昨晚有人在售票處留話給你。」

「謝謝。」我對離開的她說。我打開紙條。

諾亞，

今晚我又回來再看一次流浪黑暗，但他們跟我說你今晚休息。抱歉，我錯過你

了。總之，如果你想的話，明天晚上該和我還有一些朋友聚聚。我很想再多聊聊。

xoxo——梅根

我用拇指碰觸這封告別信，心也跳了一下。

那晚我換掉常穿的T恤和帽T穿搭，改穿襯衫與運動夾克，再開車去她提到的地點。那是范德葛里夫無數郊外住宅區中的一棟房子，所有住家看起來都充滿了平凡無奇的中產階級感。梅根站在車道上，穿著牛仔褲和男用襯衫，捲起袖管，領口敞開。

「妳在等我嗎？」我說，一面下車。

她把雙手插入後口袋。「我不想讓你迷路。」

「妳看起來很漂亮。」我說。

「謝謝你。」她說，把一束髮絲撥到耳後。

我們站在斜坡車道上，她的位置使她暫時看起來比我更高。我試著擠出一些話說。

她以我喜歡的方式用嘴唇抿著牙齒。「你會表現得好，對吧？你是個好人吧？」

「我沒穿戲服時是呀。」

她看起來並未全然放心，但依然帶我走進房子。這裡感覺像是老祖母會住的地方：家具鋪著圖案過時的軟墊，長沙發和安樂椅上披著針織毯，多處表面上都有著各式花樣的編織品墊布。一群青少年和成人（還有位白髮女子，我覺得那是屋主）正將客廳中的椅子擺成一圈，再把點心擺在茶几上。我們跨越門口時，每個人都停了下來，盯著我們瞧。

「嘿，各位。」梅根說，她的嗓音在忽然出現的沉默中顯得響亮。「這位是諾亞・特納。」當她說出我的名字時，一邊靠在我的肩膀上。

房裡歡樂的氛圍並未復原，但有個擁有棕色捲髮的嬌小女子碰了她眼睛左下方，彷彿在感受我的幻痛。

一個蓄著金色鬍鬚、頭戴卡車司機帽，身材結實的男子在胸前盤起手臂。「梅根，妳清楚規範的。」

「好啦，喬許。」梅根說。「這是特例。」

他摸摸鬍子，其他人望向他。他似乎是領袖。

「我想讓他留下來。」年長女子說。

「愛倫。」喬許說。

「他已經來了，」女子（愛倫）說。「如果你忘了的話，這裡是我家。除非你想站在街上開會，不然就去幫他找張椅子。」

他的肩膀稍微下垂了點。「好吧。」他用一根手指指向我。「但除非有人跟你說話，不然不准開口，也不能把你在這看到或聽到的事告訴其他人。懂了嗎？」

梅根惱火起來。「他懂，喬許。」她帶我走到一張空椅旁。「別理他。」她說，一面在我身旁坐下。「喬許很保護大家。他想讓每個人感到安全，包括他自己，特別是他自己。」

「誰是大家？」我說，但沒有得到回應。我腹中開始產生一股微弱的驚慌感，我到底到了什麼地方？

每個人都在圈子中就座。包括我自己在內，我看到了八個人，每個人都望向喬許。他閉上眼睛，當他再度睜眼時，神色變得冷靜肅穆。他把卡帶式錄音機放在茶几上，讓機器開始錄製。

「歡迎來到失者團契（Fellowship of the Missing）德州分會，我們這群人會幫助彼此面對神秘而難以理解的失落感。」他說。「這通常是不對外開放的聚會，但今晚我們有位客人。諾亞，既然你不是成員，我們得要求你在會議中不要發言，除非我們要你開口。」

我向他豎起大拇指。這傢伙去死吧。

「我們先用單名介紹自己。嗨，我是來自登頓（Denton）的喬許，我經歷過難以理解的傷痛。」

「嗨，喬許。」房裡的眾人回答。每個人都這麼介紹自己：來自沃斯堡的愛倫，來自盧斯克（Rusk）的莎拉（對我的眼睛驚呼的嬌小女子），來自雅典的蘿拉，來自巴黎的赫克托和我年齡相仿的孩子），來自休士頓的伊萊（留著尖刺狀綠髮的青少年），以及來自曼斯菲爾德的梅根。每個人都經歷過難以理解的傷痛。

「和其他互助團體相同的是，失者團契是一群彼此分享經驗、力量和希望的男女。」喬許說。「不過，和其他幫助人們接受失去、癮頭和醫學診斷的互助團體不同的是，我們不透過交談來提倡情感淨化，也不會分享自己的故事來營造同病相憐的情感。我們相信只有透過解決個人傷痛的原因和面對問題來源，才能達到情感淨化。我們分享自己的故事，讓我們的同伴能聆聽線索，以及能幫助我們一併解決共有問題的細節。」他又看了我一眼。「記住你的保密承諾：你聽到的一切，都只會留在這裡。還有，別干擾或打岔。」他看了看膝上的書寫板。「莎拉，今晚輪到妳分享了。」

房裡的每個人都轉身望向莎拉，綠髮孩子伊萊對她露出鼓勵般的溫和笑容。

「你們都曉得這件故事，」她說，「但我會盡力當作你們沒聽過。」她清了清喉嚨，聲音聽起來古怪地像個孩子。「讀九年級時，我十一年級的哥哥史蒂芬失蹤了。他是個好孩子，大家都喜歡他。他沒有玩任何運動，但他有和啦啦隊員約會。他是個讀書人，想教歷史。」她說話時，圈子裡的每個人都在做筆記，只有我不受干擾地繼續聽故事，雙手擺在膝上。

史蒂芬失蹤那晚，他出去和一個名叫黛西的女孩約會。他借了他們父親的車，在六點左右離家。他離開時，莎拉在房裡看電視，所以她並未道別，一直到隔天早上才想到她哥哥，當時黛西獨自開著莎拉父親的車子回來。車子沒事，但黛西看起來一團糟，頭髮裡滿是森林裡的斷枝，妝容全花了，上頭還有淚水的痕跡。莎拉的父母嘗試好幾次，才從莎拉口中聽到清晰的話語，莎拉躲在樓梯底部，在黛西說故事時偷聽：

史蒂芬當晚照計畫來載她。他們出去吃晚餐，但他們跳過電影，直接在公園的停車場親熱。過了二十分鐘後，史蒂芬開始分心。他不斷中止親吻，問黛西有沒有聽到怪聲。黛西什麼也沒聽到，他多次把手擺在太陽穴上，並拉下臉。他描述了某種聲音，像是刺進他腦海中的匕首，而儘管黛西一再抗議，他依然下車去外頭調查。他蹣跚地穿越停車場，穿過樹林走入公園，雙手緊靠頭部兩側。

黛西等了近一小時，最後也下車跟了上去。黑暗中的她在森林裡的走道上亂晃，大聲呼喊史蒂芬的名字，卻沒人回答。即使她十分熟悉這座公園，卻不知怎地在黑暗中迷路，一直到黎明，她才找到離開森林的道路，回到車上。

故事中接下來的部分聽起來令人不安地熟悉。莎拉的父母報了警，也沒找到男孩留下的跡象，就連他穿過樹林的蹤跡也沒有，不過確實有黛西四處走動的足夠證據。對黛西、莎拉家人與周圍地區進行大規模調查後，只得到相仿的失望結果。史蒂芬失蹤了，但這段故事有個令人毛骨悚然的後記：兩年後，他的皮夾出現在堪薩斯州托彼卡（Topeka）的便利商店牛奶架上。裡頭依然有他的駕照、學生證、他和黛西吃晚餐的收據，現金二十塊和上頭寫了一個字的紙條：痛。

我很怕望向梅根，也害怕我臉上的神情可能會讓她確信某些事。她爲什麼要找我來這裡？

「謝謝妳，莎拉。」喬許低語道，在書寫板上寫了幾個字。「就妳所知，妳剛剛說的一切都是眞話嗎？」

「對。」莎拉說。

「妳沒有潤飾或改變任何細節，想讓我們用特定角度理解故事嗎？」

「沒有。」莎拉停了一下後說。

喬許往後靠，對房內的人做了個手勢。「那我們就開放發問。」

「妳哥哥有偏頭痛病史嗎？」赫克托問。

「小時候有，但到高中就好了。」莎拉說。

「托彼卡呢？」蘿拉說。「他提過托彼卡嗎？」

「從來沒有。」莎拉說，現在的語氣聽起來更堅定了。

一陣沉默籠罩房內，喬許說道：「還有問題嗎？」

莎拉充滿希望地環視周圍，彷彿某人可能思索著能解開整件謎團的問題。我對她臉上顯而易見的神情感到有些心碎，那是短暫接受希望的心情。我刻意讓目光對準地面，再度對自己可能吐露的事，以及這些因傷痛而來此的陌生人，可能會從我口中問出的東西感到畏懼。

「大家一起想想這點。」喬許說，「如果你們有任何念頭或想法，就告訴我們。接下來，該換梅根的客人了。」

房裡的集體目光落在我身上，和我預料的一樣。

「我怎麼了？」我說。

喬許把錄音機對準我。「用你的方式說說看，你何不跟我們談一下你姐姐失蹤那晚，再談你遇到詹姆斯・歐尼爾的那晚。」

我嘗試和梅根的目光相交，但她盯著自己的筆記本，彷彿上頭有某種重要卻難以解讀的文字。

「梅根說你有點不願意談那晚發生的事。」愛倫說。「但相信我，這是個安全的地方。」

「告訴我。」喬許說。「破碎的窗戶是怎麼弄瞎人眼的？」

我站了起來，大步走過伊萊和赫克托之間，跑出前門。梅根在草地半途追上我，抓住我的手臂。

「請不要走。」她說。

我甩開她。「我姐姐沒有失蹤。」我說。「詹姆斯・歐尼爾綁架並謀殺了她，所以我沒辦法加入你們的小俱樂部。」我上了我的車。我開走時，她依然站在路邊。

九

一等我到家，我就去見拉薾，我們也惡狠狠地做了愛，不只用力摳抓彼此的背部，也拉著對方的頭髮。我想用性愛驅除自己的尷尬與沮喪，她似乎也樂於接受，用幾乎要擦破皮般的猛烈力道迎合我的撞擊。當她將我推到耐力邊緣時，我失去了自我，意識宛如水中的面紙般溶解。她讓我的頭靠在胸前，揉著我的頭髮。

等到我的脈搏變得穩定，呼吸也慢下來時，我捏著她的腰，親吻一邊乳房的頂端，她發出了軟膩愉悅的聲音。

我的頭腦變得清晰後，便對自己因失者團契產生的反應感到疑惑。我爲何會這麼生氣？有部分是由於喬許的傲慢態度，以及他們對我突襲發問的方式；有部分是因爲我搞錯了梅根對我的興趣。但這一切都不會催生我在質問開頭所感到的慌亂，以及當他們一提到席德妮的失蹤時，我心中升起的緊張與痛楚。這彷彿像是對方逮到我做了某種錯事，彷彿我得爲他們生命中的痛苦負責，也欠他們答案。因爲我的確知道某些事，我知道拉薾的種族存在，其中一員還不知怎地和詹姆斯·歐尼爾扯上關係。但是（我得老實說），我從來沒想到要問拉薾那種關係如何運作。

「你在想什麼？」拉蔺問。

「你們的數量有多少？」我說。「我指的是妳的族人。」

「我不曉得。」她說。

「猜猜看。一百個以上嗎？」

「可能吧。」

「超過十億個？」

「天啊，不會吧。」她說，邊發出輕笑。

「你們會怎麼叫自己？」

「你今晚的問題眞多。」她說。

「我想更了解妳。」我說。

「你知道重要的事了。你知道我住哪，我兩張臉的模樣，還有我愛你。」

「我甚至不曉得妳的眞名。」

「你爲我取名了。」她說。她把我推開，站起身，走到她的畫架旁。上頭擺了我先前看過的畫作，色彩鮮艷的長袍人影擠在黑色天空與彎月下，姿勢近乎顯露出宗教性恐懼與祈禱感。

我坐挺身子靠上牆。「我惹妳不開心了。」

「不。」她說，但依然背對著我。「我沒有隱藏任何重要的事，但我寧可不討論某些事。」她終於再度面對我了。「如果我不告訴你某些事，是爲了保護你。你信任我嗎？」

「對不起。」我說，也全心感到如此。儘管怪異，但這卻是我生活中唯一正常運作的人際關係。「尤妮絲的婚禮讓我忙翻了。我得幫她的蠢未婚夫辦單身派對，還得假裝喜歡他，和假裝喜歡這樁爛攤子。」它可能不是我心中最重要的事，但依然讓我憂心忡忡。

她的態度軟化下來。「尤妮絲怎麼了？我好多年沒看到她了。」

我的不安感迅速復甦。「我不曉得妳見過她。」我說。

「我十年來大多時間都睡在你的床上，我當然見過她了。」

「但她從來沒見過妳。」我說。「如果有的話，她也沒跟我提過。」

「不是每個人都能看見我。」她說。「除非我想讓他們看。」

「所以當我第一次看到妳時，那是妳選擇的嗎？」

她微微一笑。「不，你立刻看見我了。你很獨特。」

「但是尤妮絲——妳從來沒去偷偷看她嗎?或是我或我媽?」

「我爲什麼要這樣做?」她說。「你知道我住哪,也經常來訪。只有當你失蹤,或我以爲你有危險時,我才會去看看狀況。」

所以她不曉得梅根的事,最好繼續維持這樣。

十

幾晚後,赫伯特在他家前廊等待,凱爾和我來接他去單身派對。他像個長得過大的孩子般坐在台階上,穿著卡其休閒褲和襯衫。襯衫上有許多小方格,看起來像張方格紙。

「這傢伙天生就該當爸爸。」凱爾說。

「一臉就是配角的料。」我同意道。

男主角帶了張特別混音CD給我們,標題是《再會自由合輯》(*Farewell Freedom*

Jams），他描述這是「概念混音特輯」，記錄了他和尤妮絲戀情中的情感旅程。在前往樂山遊樂園的路上，我們聽著令人難以忍受的輕搖滾暢銷曲，最後在主義合唱團（Creed）的《更高》（*Higher*）達到高潮。凱爾和我刻意不看彼此，心底清楚如果我們眼神相交，肯定會陷入崩潰般的大笑。

有幾個受邀人和我們在樂山遊樂園的遊樂場大廳碰面，那是個泛著藍色和紫色的洞窟，裡頭全是往機台投幣的孩子。每個人看起來都比赫伯特老，這群長了啤酒肚、態度溫和的男人舒適地扮演了父親、丈夫和辦公室職員的角色。擁有史蒂夫、布萊恩和傑克等單音節與雙音節名字的男人們，每個人握手的力道都十分穩健，也擁有難以分辨的臉孔。

我帶他們去後頭的迷你高爾夫球場，並在他們推球入洞和閒聊時負責計分。凱爾毫不費力地混入他人的對話，我也發現自己在男人之間花的時間太少了。儘管我和他們共享了基礎生物結構，他們感覺起來卻像是不同物種。他們自吹自擂，拉開大嗓門，態度粗俗吵鬧，而就連這些又胖又老的男人，也依然驕傲且充滿自信，彷彿他們擁有整個世界。這種自信是打哪來的？還有，他們是從哪找到這種天生的兄弟情誼的？

打完第四洞後，赫伯特猶豫地回來和我談話。「他們有時很麻煩。」他說，此時史蒂夫彎腰把球擺在橡膠高爾夫球墊上。「但他們是好人。史蒂夫在他的教會當義工幫助遊民，傑克收養了來自俄國的女兒。」

我專注在花俏的紫橘交雜計分板上。「他們是你的朋友，赫伯特，你不需要把他們的履歷告訴我。」

他用一條手臂環住我的肩膀。「我知道。但尤妮絲告訴我說，你的男生朋友不多，如果你給他們一點機會，我想這群人會讓你感到訝異。」

他的手使我起了雞皮疙瘩。「我相信你說得對。」我說。

他依然沒有放手。「你和我能成爲朋友的話，對我很重要。你姊姊——她是我的一切。」他眨眨眼，眼鏡後方的雙眼噙著淚水。他笑了起來，擦擦臉頰。「抱歉，這是很感性的時刻。聽著，我以爲——我習慣了自己會終身孤獨的想法，因此，當尤妮絲來到，改變了一切時……這個嘛……」他終於哽咽到無法繼續說話，用一側手背擦了擦眼睛。我想感到作嘔，但違心的是，我居然覺得感動。這是個有長期計畫的人，我依然與母親同住，有個怪物炮友，月底也卽將丟掉工作；和我相比，他簡直是成年生活的典範。

「你們倆要接吻了嗎？」傑克叫道。大家都笑了，連凱爾和赫伯特也是。最後他放開我的肩膀，走向下一個球洞。

「諾亞？」

在我回到其他人身邊前，這個聲音使我停下腳步。梅根站在我左邊，她把球桿像獵槍般靠在肩上，右手握著紅球，彷彿那是顆手榴彈。她看起來像個想營造好形象的人，自己感到有點難堪，但還是照做了，像個女演員。

「妳在這幹嘛？」我說。

「我不喜歡我們那晚分開的方式。」她說。「我撥你名片上的電話號碼時，你媽接起電話，她告訴我你會在這裡。」

「她把我的下落告訴陌生人？」我說。

「我跟她說有急事。」她說。「她可能以爲我懷孕了。」她的臉頰泛紅，我的臉也有點發燙。

「所以妳打算跑來單身派對。」我說。

「我想道歉。」她說。「我不該那樣讓你難堪。」

「妳開車來這裡道歉？」我說。「那球桿是打哪來的？」

「除非我付錢打球，不然櫃台後的女生不讓我來找你。」她說。「這個道歉目前花了我六塊美金和油錢。」

「我得走了。」我對梅根說。

「諾亞！」凱爾叫道，一面用雙手做出杯狀手勢。「換你了！」

「你眞的現在就要離開我嗎？」她說。

「諾亞！」凱爾叫道。「搞什麼，老兄！」

我用大拇指往他的方向指。

「好吧，算了。」她說，撐大的鼻孔用力吐氣。「諾亞，請不要走。如果妳走的話，至少給我你家的電話號碼。我不會在城裡待太久，我、我想解釋一些事。我眞的不介意再多花一點時間相處，也可以一起吃鬆餅。」

這個女孩。她把魅力值拉到全滿，也知道這樣有效。

「在這裡等。」我說。我跑回人群之中。

「也該來了。」史蒂夫說。

「單身派對不是談戀愛的地方。」傑克說。

「不能見色忘友，諾亞。」赫伯特說。他聽起來彷彿借用了老套名言，還是第一次使用。有幾個人笑出聲來。

「凱爾，你先計分一下。」我說，邊把卡遞給他。「我等等過來。」在眾人喝倒采時，我抓住梅根的手，帶她走到我的車邊。我啟動引擎時，音響響起夜巡者合唱團（Night Ranger）的《基督徒姊妹》（*Sister Christian*）。

她閉上眼睛拉下臉。我關掉廣播。

「如果這樣說有差別的話，那不是我喜歡的音樂。」我說。

我彷彿自動駕駛般把她載到流浪黑暗。晚上已經關門，但媽忘了鎖上停車場的大門。我把車開到前門，門口包在老舊又褪色的聚苯乙烯製骷髏框架中。

「我跳進你的車，完全任你擺佈，而在我們能去的所有地方中，你居然帶我來這裡？」梅根說。

我把手停在鑰匙上，不確定要不要熄掉引擎。「我們可以去別的地方。」我說，不過我不曉得該去哪。我把所有時間都花在這裡、家裡或和拉蔺在一起。我工作、做愛和睡覺。我沒有最喜歡的運動，除了我的工作外，在世人接受的世界中沒有任何可以分享的事。赫伯特確實比我還優秀，至少他有朋友和嗜好。

「不，你有直覺。」她說。「我們瞧瞧狀況吧。」

我們下車走進去，穿過空蕩且滿是灰塵的前廳，走進倉庫。我們在休息室拿了水和燕麥棒，接著我帶她逛了起來。抵達舞廳時，我們爬上舞台邊緣，在上頭吃點心，四隻腳晃來晃去。她吃完燕麥棒後，把錫箔包裝紙在手中轉來轉去。沉靜空蕩的空間中飄著喀嚓聲。

「我答應要給你解釋。」她說。

「妳確實有說。」我說，儘管在看到她的不安，與想保持我們倆之間的平靜後，我現在很想中止這個話題。

「我很難談這點。」她說。「但你應該要知道。」她深吸一口氣。「失者團契中的每個人都失去過他們在乎的人。他們愛過的某個人以毫無邏輯的方式消失，除了我以外。我知道我失去的人在哪，他被關在西李文斯頓（West Livingston）的普朗斯基監獄(Polunsky Unit)，正在等待死刑，他的名字是詹姆斯・歐尼爾。」

「妳認識他?」

「他是我父親。」她說。我看起來肯定很擔心，因爲她把手擺到我的膝蓋上。「別擔心，這不是《德古拉的女兒》[42]裡的橋段。我不是來報仇的，我只是想弄清楚狀況，和我其他朋友一樣。」

我拿起水瓶想喝水，裡頭空空如也。

「他從來沒正常過。」梅根說。「他總是受到心理疾病纏身。當我還小時，媽就離開他了，所以我沒有在他身邊長大。他記得時，會在我生日時寄卡片給我，也來拜訪過幾次。他的態度總是很好，但很悲傷。他知道自己不適合當全職父親，但我覺得他想念我。除了對他自己而言，他似乎對任何人都沒有危險性。所以當他幾年前遭到逮捕時，感覺完全不合理，而當他被控犯下三起謀殺，還被定了兩次罪時，感覺起來就更不對勁。我去牢裡看過他，但他一直說自己想要重來一次。」

「他也這樣對我說。」我說。「那是我遇見他那晚的事，或許他精神崩潰了?」

42 譯注：Dracula's Daughter，一九三六年環球出品的美國恐怖片。

「我也是這樣想。」她說。「但之後他開始寫信給我。都是內容離譜的信件，他提到某個糾纏了他一輩子的惡魔，對方逼他說出和做出他不想要的事。他堅持說他從來沒有碰過你姐姐，諾亞，但這個惡魔逼他殺了瑪莉亞・戴維斯和布蘭登・霍桑。他寫信給我說，惡魔已經死去，他也覺得好轉了。有時候他也會寄惡魔的圖畫給我。」她從口袋中掏出一張紙，遞給我。我把它打開，看到用炭筆畫出的灰色野獸素描，也就是攻擊我並毀了我左眼的怪物。我試著露出狐疑（也帶著憐憫）的表情。

「一開始，我以爲這只是有妄想症的人想合理化自己做出的可怕行爲，我也沒有回信。但某天晚上，我媽臨終時，我起床上網逛逛。這時我發現了失者團契。他們的留言板上，貼了很像這張畫的圖片，團體裡的人也是眞實的人。你可以去查查莎拉和喬許，看看資料，他們並不是滿嘴胡扯的人。他們確實經歷過這些事，這是公開紀錄。但是，儘管我們花了時間相處，在高談闊論時想出了很多理論，我們卻無法證明這些東西的存在，」她指向圖畫。「也不曉得它們爲何要這樣做。我好多年前就想跟你談了，諾亞。媽不讓我參加審判，也要我保證不去煩你。她說你不會想聽我爸對你說關於你姐的藉口或謊言。但我留下了你的照片，而當我在煉獄看到你時……似乎有某種火花，有種卽刻產生的連結，我就想……」她停了下來，並眨了幾下眼。之後我會十分熟悉這種表情，那是她試圖不哭的神情，我第一次看到時，它便深深勾住了我的心。

我握住她的手，她嚇了一跳，但沒有把手抽回。「我沒有完全對妳坦承。」我說。「見到妳父親那晚，我的確有看到這個東西。」我對著圖畫點頭。「我看到它，還有另一個一模一樣的東西。它們在爭奪——爭奪妳爸吧，我想。我在事情發生途中就逃跑了，因為我嚇壞了。我從來沒告訴任何人這件事，因為我擔心……」

「擔心人們會以為你瘋了。」她幫我說完。

這似乎讓她放鬆了點。她的肩膀稍微下垂，接著她哭了出來。我不曉得自己為何挑那一刻吻她，但她沒有退縮。她向前傾，回應我的吻。她嘗起來有點甜，像是燕麥棒，也有點鹹，像是淚水。

十一

我們回去時，樂山遊樂園空無一人。我有些以爲會看到單身派對的成員待在外頭，如同不滿的父母般盤起手臂，但那裡只剩下幾台車。梅根在下車前傾身過來親我，接著我便獨自一人待在停車場。

我沒有立刻回家，而是坐在我的車中，打開車頂燈，仔細研究她給我的畫。這的確是栩栩如生的畫作，我爲何沒有好好調查拉蔺與她的族人呢？我和她相處十三年了。我爲什麼沒有更好奇點呢？我當然問過問題，但拉蔺總是改變話題，或用食物或性愛來轉移我的注意力，之後我的問題似乎就不那麼重要了。我在一九九九年曾懷疑她綁架並殺害了瑪莉亞・戴維斯和布蘭登・霍桑，且錯得離譜。爲了永久致歉，我總是相信她對我說的片面之詞。我讓自己相信詹姆斯・歐尼爾和灰色野獸是特例，而非常態。但我要如何證明這點？我怎麼曉得詹姆斯・歐尼爾和我不是同類人？也許歐尼爾和野獸剛開始也是秘密玩伴。或許他受到大腦的快樂中樞操縱，逐漸參與了某種更陰森的計畫。但又是什麼計畫？灰色野獸爲何要他綁架或殺害孩童？萬一當他堅持自己沒殺席德妮時，說的是眞話呢？然後呢？如果他沒殺她，那她去哪了？拉蔺和這件事有關嗎？

我的頭又開始漲痛。我把圖畫放在副駕駛座上，揉著我的太陽穴。我要如何想清楚這一切？

我回到家時，太陽已在地平線邊窺探世界，將天空染成橘色與粉紅色了。尤妮絲的車停在車道上，當我踏進前門，邊把圖畫塞進口袋時，在客廳裡發現她和媽、凱爾和赫伯特，他們所有人都轉過來看我，彷彿要說教一番。

「嗨，諾亞。」凱爾低聲說。

「你到底死去哪了？」尤妮絲說。

「出去了。」我把雙手塞進牛仔褲的後口袋。「有事情得處理。」

赫伯特點頭。「我們明白，諾亞。我們很高興你沒事。」

尤妮絲把一隻手放在他窄短的膝蓋上，她的手指在華麗的訂婚戒指下顯得白皙。「在你做出那種行爲後，大家唯一能接受的理由只有綁架或謀殺。我應該只在牛奶瓶或新聞上看到你的照片，他們還會刊登電話號碼……」

我從後口袋中掏出圖畫，打開來給他們看。「你們認得這個嗎？」

尤妮絲的長篇大論嘎然而止，臉上浮現迷茫的神情。媽往後靠到沙發上，微微張開嘴巴。凱爾和赫伯特一臉困惑。

「妳認得，對吧？」我看著媽說。

「當然。」她說，並再度回神。「看起來像你的怪物戲服。」

「好了。」我說。「我們還要玩這種遊戲多久？我們要對彼此撒謊多久，假裝一切都沒事，事實卻完全相反？妳們倆對我藏了什麼？妳們知道什麼？」

赫伯特質疑地看了尤妮絲一眼，她則瞪視我，臉上寫滿了憎恨。媽依然無動於衷。

「我不曉得你在說什麼。」尤妮絲說。「不要再演戲了，也別改變話題。你昨晚拋下你的姐夫和最好的朋友，然後……」

我沒有留下來繼續聽。我衝上樓梯回到房間，隨後鎖上門，閉上眼睛，雙手握住脖子上的黑石。當我睜開眼睛時，就站在拉蘭家外的空地了。

十二

這裡的天空十分明亮，不過依然呈現出黯淡苔蘚般的色澤。屋裡沒有窗戶，所以我不曉得拉薾醒了沒。我想敲門，卻躊躇不前。無論我會找到什麼，都得在她干涉或找藉口前先自行摸索。

我轉身離開她家，踏入黑森林。由於缺乏更好的計畫，我只好筆直地向前走。樹木和植被間有夠多空隙供我前進，但森林依然如墨汁般漆黑。每次我想靠近看東西，它都會退回黑暗中，維持模稜兩可的狀態。我加快步伐，將雙臂伸向面前，避免撞到東西。我避開炭黑色的樹木，踏過雜亂的灌木叢，直到我來到黑暗中的一處空間，怪異的綠色光芒在此灑落樹林之間。

我穿過樹林邊際，再度進入空曠處，面前的地勢出現了一道懸崖。我走到崖邊，觀察下方的地形。說是看到森林，我反而看到龐大的建築群與街道網，水泥、玻璃與閃亮黑石綿延了數英哩。狀如利齒的摩天大樓矗立在地平線上，建物群中央有座雄偉高大的黑石柱，它高聳入雲，柱身探進濃密的雲霧。看著它就使我感到頭痛，彷彿透過別人的眼鏡觀看。

建築群的設計看起來具有現代風格，但整體十分古老，外觀歷經風霜且老舊腐朽，散發出怪誕的寂靜，顯然空無一人。地面隆隆作響，一開始聲音很小，接著力道變得更強。我往後退並抓住最近的樹，手指緊扣滿是樹膠的樹皮。**城市**開始移動，整座街道網如同小孩拼圖板的碎片般改變位置——不，這樣說不太對。**城市**緩緩**滑動**，相連的街道以相反方向彼此摩擦，如蛇頭般的路面從地面揚起並直衝向我，快到讓我沒時間驚慌失措或思考。它停在懸崖邊緣，平坦地癱了下來，用四段緩慢慵懶的音樂旋律，填補我們之間的距離。

我等著看看街道是否會發動攻擊，但它毫無動靜。這是邀請，不是威脅。我沿著傾斜的黑曜石道路走進**城市**，步入以岩石和玻璃組成的峽谷。建築的結構看起來十分良好，窗戶乾淨明亮，玻璃後方透出黃綠色螢光。除了缺少車潮和多樣化的建築材料外，我彷彿像是踏上美國任何主要商業區中的街道，只不過我覺得有某種無形的東西潛伏在視線之外。我說不上那是什麼東西，但感覺起來至關重要。彷彿有某種承諾，或是某種曖昧問題的答案，就位在轉角外。

我在街角盡頭右轉，往市區更深處走。當我盯著第二排幾近相同的建物時，地面顫動並發出隆隆聲。我停下腳步，伸出雙臂以維持平衡，此時街道盡頭出現在交叉路口頂端的建物往右滑動，露出截然不同的全新街道，兩排豎滿黑色路燈。紅色礫石取代了黑曜石，建物看起來也比較古老，全是擁有戶外設施的餐廳與咖啡廳。

如果我先前待在財經區的素描中，那我現在踏進的就是法國區的素描。附近傳來爵士樂隊組合的演奏聲，我左邊的三明治式廣告牌宣傳了道地的貝涅餅和「城裡最棒的歐蕾」。在對街，有某個東西在漆黑的平板玻璃窗口後移動。我過街去仔細觀看，在眼睛前屈起雙手，以阻擋玻璃上的反光。

內部看起來像舊式理髮廳，其中備有大型鏡子、紅色軟墊椅和閃亮的磁磚地板。有個滿頭厚重銀髮和梨型身體的男子坐在中間的椅子上，彷彿要讓人刮鬍子般地將身體往後仰。

我敲敲玻璃。他緩緩抬起頭，像是從夢境中甦醒的人，睡眼惺忪無法聚焦。

「你還好嗎？」我喊道。

在他能回答前，椅子的表面頓時裂開，粗而黑的附肢從布料中爆出。它們如同觸手般在他頭頂的空中搖晃，末端則有尖刺，接著附肢用力往下一刺，刺穿了他的前臂和大腿。觸手鑽進去時，鮮血從傷口中噴濺而出，他把頭往後仰並放聲尖叫。他掙扎著想脫離椅子，但椅子緊緊纏住他。

「老天呀。」我說。「噢，老天爺。」椅子要殺了他。我跑到店門猛拉門板，但門紋風不動。我四處觀望，想找能打破窗戶的東西，但當我轉過身時，街道便移除了廢紙簍和戶外座位。我只能不斷敲打玻璃，眼看著男子扭動尖叫，開始變形。

變化從他的四肢開始發生，也就是椅子纏住他的位置。他的手臂與雙腿像是在兩手間翻滾的培樂多黏土（Play-Doh）般變得又細又長，直到毫無骨頭般的雙手和雙腳鬆垮地攤在地板上。接著觸手開始顫動，彷彿有東西被擠進裡頭，男子的四肢變得腫大。他上衣的袖子和休閒褲的褲管應聲撕裂，當他的雙腳脹大時，鞋子也隨之爆開。手指甲和腳趾甲變厚再變捲，蒼白強韌的皮膚冒出一叢叢毛髮，使他完全受到毛髮包覆。男子用頭往後用力撞擊椅子，慘叫聲逐漸失去人性，變得更像動物。他的鼻子和下巴往臉孔外拉長，形成口鼻部。他閉上眼睛，而當他再度睜眼時，眼睛變成橘色。他成了它們之一，拉蔺族人的一員。

椅子放開他，毛茸茸的他往前倒在地上。我往後退並撞上某種堅硬物體。我看到那些東西倒映在理髮廳的鏡子中：一整排穿著袍子的怪物就站在我身後。我轉身面對自己撞到的怪物，對方呲牙咧嘴並發出嘶吼。我又後退了一步，這次撞到玻璃窗。狼形生物舉起一隻利爪，彷彿準備攻擊。

附近傳來的一股尖銳吠叫聲打斷了這一刻。威脅我的生物放下手臂，成排的生物分了開來，讓我看到站在對街的拉菵，這是她多年來首度使用怪物外型。她豎起肩膀伸長爪子，喉嚨深處傳來低吼。她面前的怪物群面面相覷，顯然決定不開戰。它們分了開來，拉菵向我伸出一隻獸掌。我走向她。她把我拉向她的身體，並立刻起飛。

只花了幾秒，我們就回到她的空地，在我們降落前，她把我丟到草地上。我翻了幾圈才停下，變回人形的她在我面前降落。我想站起來，但臉色慘白的她卻把我推回地上。

「你到底以爲你在幹嘛?」她說。

我再度站起身，努力壓抑想回推她一把的衝動。「我剛剛到底看到什麼了?」

「那是私密的神聖儀式。」她說。「你沒有權利偷看。」

「是**城市**邀我進去的。」我說。「它要我看。」

她端睨了我一陣子，怒氣也逐漸散去。她把一隻手掌靠上前額。「它看到你了。它認得你的氣味。」

「這就是妳——妳的族人被製造出來的方式嗎?所以妳才變成這個模樣嗎?」

她沒有回答。

「這就是妳做的事嗎？綁架人們，把他們帶來這，再把他們變成怪物？詹姆斯・歐尼爾本來會碰上這種事嗎？這就是他要對瑪莉亞・戴維斯做的事嗎？」

接著我想起團契會議時的喬許，他問了我席德妮的事。十三年前，席德妮就是在這段時間失蹤的。

「席德妮究竟發生了什麼事？」我說。「她死了嗎？她在這裡嗎？」我往後指向**城市**，我才剛剛在那看到一個人經歷變形過程。「她身上發生過那種事嗎？是妳對她下手的嗎？」

拉蘭走近我，向我伸出手。「我知道你有很多問題，但你得相信我，諾亞。」她躲避問題的方式，讓我明白了一切。她在一九八九年帶走了席德妮，現在則試圖轉移我的注意，和她往常的行爲一樣。

「別碰我。」我說，一面驚恐地後退一步。「離我遠一點。」我緊抓黑石，並閉上眼睛。當我回到自己的房間時，拉蘭依然在抗議。

房子現在寂靜無聲，完全聽不到我家人的責罵。我倒在床上，嘗試控制自己顫抖的身體。

十三

我打給梅根，要她那晚到樂山遊樂園和我見面。當她滿臉笑容地抵達時，看到我翹腿坐在車子引擎蓋上。她肯定不喜歡自己看到的景象，因爲她的愉快態度立刻轉爲關切。

「怎麼了？」她說。

「我需要妳的幫忙。」我說。

特納檔段四：諾亞

城市看到諾亞了，它記住了他的氣味。所以儘管他斷斷續續前來，時間通常也很短暫，但當他來此時，**城市**都會觀察他。他的苦難並不是能從冷汗中驚醒就結束的惡夢，也無法透過情人令人放鬆的觸摸，或看點深夜電視來消弭。這是他的人生。

一切始於二〇〇二年，當他在樂山遊樂園的停車場等梅根時。他感到不安，周遭的水泥地與放出黃綠色光芒的鈉氣燈使他感到再熟悉不過。他心裡有部分希望自己踏進了遊樂場黯淡的紫色大廳。但這一次，他厭倦了黑暗。

於是他駐足等待，翹腿坐在車子引擎蓋上，手指塞進大小腿疊合的間隙。他希望自己看起來俏皮又酷炫，像是戴了海盜眼罩的二十一世紀彼得潘，前來帶他的溫蒂去開心惡作劇。他不斷伸手撫摸掛在脖子上的黑石，有時當他緊張時，就會這麼做；當他發現石頭不在時，也經常感到驚慌。他把黑石留在臥房的書桌抽屜裡，就讓它在那爛了也無妨。他只希望少了黑石後，自己別再感到赤裸無助。

梅根正好過來，她下了車，看起來因拯救靈魂一整晚而感到疲勞，她將頭髮綁成馬尾。在諾亞眼中，她看起來像態度開明的典型正常人。在經歷過這一天後，他渴求她的出現。

「怎麼了？」她說，當她看到他的眼神後，笑容便頓時消失。

他對該說什麼思索過好幾個小時，但最後他選擇了簡單的眞相。「我需要妳的幫忙。」

他解釋道，他的故事比自己先前說得更長。她和他上了車，他則把席德妮失蹤那晚的事告訴她——關於尖叫聲和同時出現的停電狀況。他提到在席德妮失蹤幾週前，從他臥房窗口傳來的怪聲，以及他母親和姐姐對詹姆斯・歐尼爾畫出的狼形生物做出的古怪反應。

不過，他沒有把所有事情告訴梅根。他沒有提自己與生物的友誼，或是他爲她取的名字，或是直到今天以前，他們都還是戀人的事。他想讓梅根對他的感覺保持清楚簡單。她需要將他視爲惹人憐愛的被害者，頭一次找到開口坦承的勇氣，而不是長大後和怪物做愛的小孩。

他說完自己的部分自白後，梅根牽起他的手，一小時後，兩人待在愛倫的客廳，進行失者團契的緊急會議。房間看起來比諾亞上次來時更雜亂，結果，所有團契成員過去幾週都待在愛倫家。他們大多透過線上留言板溝通，但他們一年會聚集起來一次討論工作，與大家聚聚。從爆米花碗到電視上暫停的《靈異第六感》（*The Sixth Sense*）畫面，諾亞猜他打斷了電影之夜。

諾亞再向在場的團契成員解釋一次他的簡略版故事。喬許總用不滿的眼神瞪著他，但他沒有發問。他坐著聆聽，甚至還抄下筆記。

在梅根得回到芝加哥上學，和其餘團契分會成員各自回家前，還剩下一週。由於不想回到他母親家，諾亞和團契成員待在愛倫家，睡在客廳地板的一堆毛毯上。他和大夥日以繼夜地討論他的故事，一邊找尋線索。諾亞不再給他們更多資訊，堅守他口中的版本，直到自己都差點信了這件事。團契成員同時感到沮喪又興奮，諾亞無法分享他們的振奮。他對**更了解**那些生物或**城市**沒有興趣，只想遠離他的生活和這個地方。等到那週結束，梅根邀請他去芝加哥時，他立刻答應。

他在電話上告訴他母親這項搬家行程。她對此冷靜而理性，但她警告諾亞，沒有任何人能爲他永遠解決問題。

諾亞沒有告訴尤妮絲這件事。自從赫伯特的單身派對後，他們就沒有講過話。

當梅根把車子開出城外，往芝加哥前進時，諾亞坐在副駕駛座，兩人彼此交換緊張但充滿鼓勵的眼神。他只帶了裝滿行李箱的衣服，和團契最年輕的成員伊萊送他的一本《克蘇魯的呼喚：怪談選集》（*The Call of Cthulhu and Other Weird Tales*）。書本如同護符般靠在他腿上，車窗外的范德葛里夫則迅速後退，車子轟隆作響，還發出嘎吱聲，雨水則拍打著屋頂。

不過，當他們抵達高速公路時，噪音全部消失，感覺像是世界陷入了靜音狀態。諾亞轉身注視梅根，看看她是否也聽到了這種怪異現象，並從她的司機座窗口看到樂山遊樂園的跳降傘塔。

灰色的天空中閃過一道光芒，那是道差點擊中遊樂園的閃電。在那瞬間，跳降傘塔彷彿化爲墨黑色巨塔，如火山玻璃般光滑，尖端探入暫時亮起的蒼穹。它的表面如同新鮮的瀝青，閃爍著滑膩的油光。

當畫面消失時，聲音就回來了。世界劇烈搖晃，發出某種巨物的怒吼，那聲長嚎彷彿移動了大地。諾亞在世界邊緣緊咬牙關，害怕落入某種深淵，他在那會與——與——

他勉強望向梅根，發現她正擔憂地看著他。她放慢了車速，振動逐漸消失，發出正常聲音的世界也立刻回歸，彷彿音效調整鈕被轉得太快。

「發生什麼事了？」她說，話語聲刮著他的腦袋。「我該停車嗎？」

他發現自己正緊靠車門，雙臂緊靠儀表板和頭枕。

他努力放鬆牙關。「不。」他說。「別停，讓我離開這裡。」

在芝加哥，他在一間吹著冷風的老舊建築三樓，找了間狹小的單房公寓。他和同樓層的所有人共用浴室。狀況很糟，但當他還在尋找工作時，這就是他唯一能負擔的住處了。梅根待在她的宿舍，但幾乎每天都會來訪，有時還會過夜。他在大學附近的邦諾書店（Barnes & Noble）找了份工作。儘管他們剛開始只讓他一週工作二十小時，他卻連假日也待在那。裡頭溫暖光亮，他也能用五折的價格購買咖啡，因此這裡比他越來越冷的公寓還舒適。更棒的是，儘管眼罩依然會引來陌生人的矚目，人們卻不會把他當成某種令人害怕的東西。對芝加哥的居民而言，諾亞只是另一個書店店員。

幾個月來，一切風平浪靜。諾亞在店裡的工作效率不錯，得到了更多工時，也在共享的悲傷與失落之外更了解梅根。她很善良，但她內心有某種堅定特質，是在人生早期就得應付過多痛苦後所產生的力量。他希望自己擁有這種力量。

他們第一次做愛，感覺溫柔甜美，過程沒有以一幕金光收尾，像是意識破碎或從時空中超升。更像是一連串舒適的肌肉痙攣，再化爲一連串肢體交疊。

他從她身上翻下時，梅根觸摸了他的臉頰，發現他的淚水。「怎麼了？」

「我只是很開心。」他說，因爲他想讓這件事成眞。他想讓剛剛發生的事感覺起來單純，彷彿他並沒有不忠。他試圖將拉葳從內心趕走，他生命中的那個部分已經結束了。爲了他的理智和靈魂，一定得這樣做。

隔天，當他從邦諾書店走回家時，發生了某件事。他在布雷文頓路和國王路十字路口左轉時，原本是踏進寬闊忙碌的街道，但他發現自己身處兩座他不認得的磚造建築之間的巷弄。他右邊有道門碰的一聲打開，有個全身刺青的蓄鬍男子拿著兩個垃圾袋走出來。他穿著牛仔褲和T恤，停下腳步，盯著諾亞的大衣和圍巾瞧。諾亞忽然感到十分炎熱。

「你迷路了嗎？」男子說。

諾亞沒有回答，只是轉身走回他來時的路線。他走到巷弄遠端，踏上一條寬敞街道，兩旁有用顏色似乎不太飽和的磚塊打造的凹陷建築物，彷彿有人用稻草吸出了大多色彩。窗戶滿布塵埃與蜘蛛網，周圍也沒有其他人。他往回看巷弄，但巷弄已經消失了。他站在空盪的牆壁前。

他在路牌下停下腳步，抬頭看牌子。他看不懂上頭的語言，遠方的天空呈現出模糊的綠色。一股驚嚇的咕嚕聲（幾乎像是笑聲）從他的喉嚨竄出。「呃。」當某個工匠因其他工匠的手藝而感到訝異和佩服時，就會發出這種聲響。

「哈囉？」他喊道。如果有人在聽的話，對方也沒有回答。接著，在使眨眼相較之下顯得漫長的一瞬間，諾亞發現自己回到布雷文頓路和國王路路口的轉角，毫無葉片的樹木在冰風中顫抖，車輛在路肩彼此緊貼。路牌外觀恢復正常，快步經過他身旁的人們推擠著他。

他考慮過要告訴梅根，但那有什麼用？這會讓她擔心，或更糟的是，這可能會使她離開。如果她知道的話，她不會認爲他無藥可救了嗎？

於是當天他什麼也沒說，且當他在凌晨三點醒來，認爲自己能聽到某個女人在他耳邊嗡嗡低語時，他也沒有提這件事。他告訴自己，他不樂見遇到這些事，也對這種古怪的異界誘惑沒有興趣。

期中考後的春天，梅根接到她父親的律師打來的電話，處決時間終於定好了。她和諾亞努力掙來了足夠的油錢，好開車到德州。

他們抵達後，監獄讓諾亞想起他的高中：同樣的上漆煤渣磚牆和日光燈，與相同的工業化疏離感。唯一缺乏的東西，就是獎盃盒與賽前動員會旗幟。

梅根在詹姆斯・歐尼爾經過批准的訪客名單上，獨自進去和他交談。她走出來時，臉龐顯得有些浮腫，一句話也沒說。她和諾亞被送進一座小房間，裡頭有兩排面對厚玻璃的椅子。他們坐在前排，工作人員解釋說玻璃是雙面鏡，他們能夠看到內部，但死囚無法看到外頭。有名新聞記者和瑪莉亞・戴維斯的父母不久之後也到了。布蘭登・霍桑的家人都沒有來。諾亞能感到房內其他人盯著他，也感到皮膚浮出了雞皮疙瘩。他讓自己面對玻璃，握住梅根的手。她的手癱在他手中，感覺冰冷且死氣沉沉。

輪床上的詹姆斯・歐尼爾被推進室內，全身受到拘束。他的右手被綁在一條支臂上，因此手臂遠離身體，使他看起來彷彿慵懶地被釘上十字架。他的鬍子刮得很乾淨，頭髮剃光了，憔悴的臉上滿是瘡疤。他的雙眼思緒重重且虛弱，少了諾亞記憶中的瘋狂。

當玻璃後的某個獄警問歐尼爾有沒有遺言時，他搖了搖頭。一個蒙面男子進行了注射，詹姆斯・歐尼爾終於把目光從天花板轉向玻璃時，瑪莉亞・戴維斯的母親開始哭泣。他似乎望見了玻璃外的景象，而他最終的悲傷目光，似乎落在諾亞身上。

諾亞想起了站在**城市**裡的回憶，當時他望著理髮廳中被綁在椅子上的男子。

當時他也看著玻璃彼端，椅子則將男子變成某種非人生物。歐尼爾張嘴時，諾亞幾乎沒感覺到梅根抽回她的手。他似乎想說些什麼，卻在聽見某股聲音時停止，那是他似乎認得的聲響。諾亞也認得這種聲響：**嘎吱—嘎吱—嘎吱**。**嘎吱—嘎吱—嘎吱**，像是摳抓玻璃的利爪。聲音停止時，歐尼爾閉上眼睛，工作人員把他推走。他可能還沒死，但表演已經結束了。

走回車上時，諾亞和梅根沒有觸碰或交談。他們倆花了好幾分鐘盯著擋風玻璃外的建築，有個男人的性命才剛在那因手術般的精準而頓時消失。諾亞無法忘卻那名老人的目光，搔抓聲也停留在諾亞的大腦深處，使他渾身打起冷顫。他能感到身旁的梅根心碎不已。更糟的是，他感覺得到面前出現了一道裂隙，如果他不小心的話，自己也會掉落其中。要花多久，他才會變成處在玻璃窗後的人，準備接受致命注射呢？

「我們結婚吧。」他說。

她花了很長一段時間，才轉頭回應他說的話。「眞的嗎？」

「眞的。」

「現在嗎？」

「越快越好。」

他們在德州多待了些時間，並在聖靈教會舉行了小型儀式，參加的人大多是教區和德州團契分會的成員。諾亞沒有邀請他的家人，或讓他們知道自己在鎮上。凱爾擔任伴郎，他和唐娜抵達教堂時，唐娜看起來彷彿在身體前端綁了顆籃球，她在幾週內就要生產了。由於某種原因，這種光景，這種無可否認的時間歷程，都使諾亞想念起尤妮絲。他錯過了她的婚禮，現在她則錯過了他的。

諾亞和梅根在沃思堡畜欄附近的旅館過夜，畜欄上裝飾了仙人掌和牛隻頭骨的畫像。做完愛後，梅根哭出聲來，不願和他說話。他給了她空間，在床鋪另一側睡著了。

他在約莫三點口乾舌燥地醒來。他抓起浴室裡的冰桶，走進明亮的走廊。他尋覓著指向製冰機的路牌，但只看到房門與卡通式的西南部風格繪畫往兩個方向延伸。他們進來時，走廊一端不是有窗戶嗎？他肯定是記錯了。

他經過一連串房門，聽見嗡嗡交談聲和電視機的聲響，也嗅到一絲大麻味。

在角落轉彎時，發現一道標著「樓梯」的門，也許往樓下走運氣會比較好。

他的拖鞋在鋪有地毯的臺階上發出悶響，但第一列階梯底部沒有門口，第二列也沒有。他停在第五列臺階頂端，往欄杆外看，想猜測還剩下多少階梯。他的腹中浮現混雜了恐懼與期待的情感。他明白這種感覺並不陌生，感覺熟悉到彷彿像條溫暖的毛毯。這是他在終於讀到恐怖故事的優秀橋段、或首度踏進新鬼屋設施時會產生的感覺，這就是他首度踏入城市時的感覺。

由於只有一隻眼睛，也缺乏深度知覺，因此很難判斷他還得走多少階梯。他仰頭往上看，但他糟糕的深度知覺肯定在惡搞自己。這座旅館只有六樓高，但他上頭似乎有幾十道階梯，往上消失在視線之中。

有東西在上頭移動，那是灰色背景中的黑色輪廓。他畏縮起來，忘卻半晌前自己感覺到的期待——加上他還站在不平穩的地面。他如同荒唐的小鳥般揮舞雙臂，一頭跌下臺階，每道臺階都像是一股痛苦的響亮喇叭聲。他癱軟地摔到底部，在大口喘息時等待痛楚消散。上頭傳來腳步聲，回音使他無法確定究竟是一雙腳、好幾雙腳或無數雙腳。**喀噠－喀噠－喀噠**，聲音越來越響亮。腳步聲逐漸攀上最高點，他雙手摀住耳朵，有東西扣住了他的手臂。

「不要！」他叫道。「拜託！」

「你沒事。是我而已。」他聽到的聲音彷彿來自他的腦部深處，是拉菡柔輕柔舒緩的聲音。

他抬頭看，看見她人類臉孔上的痛苦神情。她向他伸手，但在扶他起身前停下動作，用拇指輕撫他的新婚戒。

「你爲什麼要這樣做？」她說。她的語氣依然溫柔，但其中隱約瀰漫著悲痛。

「妳爲什麼不離我遠一點？」他說。

她似乎吃力地將目光從戒指上移開，開口前舔了舔嘴唇。「事情不是這樣運作的，有很多事你不明白。」她向他的臉伸手，他躲了開來。

「讓我幫妳搞清楚。」他說。「我不想變得和梅根的父親一樣、不想變得和席德妮一樣。我不想傷害任何人，也不想再看到妳了，我要忘掉自己見過妳。」

「拉南希。」她說。

「滾！」他叫道，隨著這股叫聲，他發現自己正面對著敞開的門口，並從中看到旅館大廳。櫃台邊的職員向前傾身，對他露出困惑的眼神。

「一切都還好嗎，先生？」職員說。

諾亞看到他的冰桶就在幾英呎外，外頭依然包裹著一層沙沙作響的薄塑膠。他抓住冰桶，對職員揮了揮手，再穿過大廳，走向電梯。他回到三樓，立刻找到擺設製冰機的壁龕。他裝滿冰桶後回到房間。

他喝了水，再回到床上。他清醒地躺了很久，腦中想著拉南與**城市**。他努力說服自己：他趕走拉南，是做了對的事，與她重逢並非好事。落入**城市**的魔爪並不令人感到興奮，他全然不知自己可能會在樓梯底下或轉角碰上什麼。

他和梅根去奧勒岡州阿什蘭（Ashland）渡蜜月，那是奧勒岡州莎士比亞戲劇節的舉辦地。小鎮風光恬靜，風光宛如電影畫面般優美，鎮上有寬闊的人行道和展示櫥窗，還有店名是「CD或不要CD」的商店，以及三座劇場，這似乎是能讓劇院宅新娘開心的完美方法。在鎮上的頭一個晚上，他們去看了一齣叫《人生如夢》（*Life Is a Dream*）的劇，作者是貝德羅・卡爾德隆・德・拉・巴爾加（Pedro Calderón de la Barca）。他們找了間廂房座位，像是從高樓窗戶偷窺形形色色的鄰居般，看著劇情逐漸發展。故事跟著波蘭王子賽吉斯蒙多的腳步，由於預言聲稱王子會對國家帶來麻煩，他遭到父親巴西里歐王的囚禁。當然了，賽吉斯蒙多逃出生天，並在憤怒下大鬧一場，巴西里歐這才重新將他關進大牢，說服對方，他簡短的自由不過是一場幻夢。

之後，當梅根和諾亞走回他們的旅館，她翻閱著《劇目》月刊[43]。這是她數週來首度變得開朗，指著演員的大頭照，還大聲朗讀他們介紹中的小知識。諾亞知道其中一名守衛在去年夏天的《無事生非》[44]中演出班奈迪克（Benedict）嗎？諾亞承認他不曉得，這很難說明。那齣劇在他心中留下深刻印象，彷彿用拇指壓棉花糖，讓他在恢復原貌時感到笨重而緩慢。

「你還好嗎？」察覺他情緒的她問。

「只是在想劇情。」他說。

43｜譯注：Playbill，介紹紐約百老匯演出劇目的老牌月刊。
44｜譯注：Much Ado About Nothing，莎士比亞所著的喜劇。

她攬住他的手臂，靠在他懷裡。「我會保護你的，英俊的王子。你安全地困在我們的婚姻高塔中。」接著她推了他一把，這是他這週第二次如同風車般翻倒在地。這次他倒在人行道邊緣的圍籬旁。

「但有誰能保護你不被我攻擊呢？」她叫道，一面笑著跑開。

蜜月最後一天，在度過一整週的戲劇、沒有淚水的性愛和小鎮的莎士比亞魅力後，他們在一家仿效方式拙劣的英式酒吧吃午餐，食物嘗起來就像是被硬塞到盤子上的苦難。梅根看起來又鬱鬱寡歡起來，諾亞也擔心度假的魔咒已經消失了。

當她第五次或第六次咬下藍莓烤雞、面露陰鬱神色時，他說：「妳不喜歡的話，就別勉強吃完。」

她放下叉子，用餐巾碰了碰自己的嘴唇。這個動作顯得有些拘謹冷淡。

「我想問你一件事。」她說。「到現在爲止，我一直沒問過這件事。我需要你把眞相告訴我，就算你覺得我不會想聽。」

「好。」他說，一面繃緊神經。

「你小時候聽到窗邊傳來摳抓聲，接著你姊姊就失蹤了。十年後，你看到兩隻怪物爭奪我父親。」

「沒錯。」

「但就我所知，一切僅此而已。你沒提過其他遭遇或目擊事件，甚至連一般怪事也沒有。所以我的問題是：眞的就這樣嗎？沒有別的事嗎？有任何你還沒告訴我的事嗎？」

她臉上盡顯心碎神情。過去幾天，她把情緒隱藏得很好，但它已捲土重來，似乎已永久在她的心頭扎根。他把手伸向她的手，在那一瞬間擔心她會把手抽開；如果她抽手，他清楚自己就會把一切通通告訴她，以及自從他們離開德州後，他所經歷的每一刻超自然體驗，甚至會坦承自己和拉南多年來的關係。

她的手沒有在他的掌握中放鬆，但她也沒有抽手。

「我對妳發誓，那就是事實。」他說。「我想那只是怪異的巧合或命運，隨妳想怎麼說。或許是天意，但妳已經知道一切了。」

她把手收了回去，但在抽手前捏了一下我的手。她微微搖了下頭，露出尷尬的笑容，這代表她正試著不哭。他清楚不該阻擋對方的淚水，或鼓勵她落淚。她每次都喜歡獨自對抗內心。他坐下來好整以暇地等待。

她控制住自己後說道：「如果你答應的話，我想我不會再去團契了。」

「爲什麼不去？」

「因爲我覺得自己得到所有應得的答案了。」她說。她奮力嚥了一口。「那樣就夠了。我接受了，我想前進。」

「希望是和我一起。」諾亞說。

「當然是跟你一起了。」她說。「你是我的丈夫。」

他們倆都停了下來。這是婚禮後她首度說出這個詞，它也依然具有原本魔咒般的力量。他有**妻子**了，無論先前發生了什麼事，他都做出決定了。梅根是他的責任。

「我是。」他說。「身爲妳的丈夫，我有個要求。」

「什麼要求？」

「妳畢業之後，我不想住在芝加哥。」他說。

「你想住哪？」

「何不住在這裡呢？我是說，不是指在這家餐廳——」

「千萬不要。」她說。

「就是這裡。阿什蘭，這座劇院城。我可以找場景工作室的工作，或許妳也可以參演一兩場戲。」

「這裡似乎是爲我們設計的，不是嗎？」她說。

她隔年五月畢業，他們搬進阿什蘭某間蠟燭店樓上的二樓公寓，他們的新家聞起來總是舒適宜人。梅根沒找到演戲的職缺，但她在當地高中找到了教戲劇的工作，諾亞則在安格斯・波默劇場（Angus Bowmer Theatre）的劇場工作室工作，負責建造背景。事情順利地過了好一陣子。他先前生活中持續不斷的困惑、恐懼與虛幻，消散並化爲由柔和色彩與舒適氣味構成的夢境。受到監視的感覺逐漸消失，他的過去也似乎不再像是發生在他身上的事，而是他讀過的某本書中的鮮明場景，是借來的惡夢。愛與單純的生活，這才是眞正的魔法。

但歲月飛逝，葉片從樹上落下，過了一晚又再度重生爲嶄新綠葉，諾亞與梅根則離開青春，踏進灰暗的中年地帶。這段歲月，有某種東西從他們身上消逝。等到諾亞二十九歲時，他一吃沾有番茄醬的東西，食道就會感到灼痛，背部和膝蓋總是沒來由地疼痛，無論去哪，都會帶一罐抗胃酸鈣片和一瓶止痛藥。每次他在街角轉彎，都會抵達自己想去的位置，地理環境毫無矛盾。他老是感到疲倦，因工作而感到精疲力竭。有時他發現自己盯著天空，想知道阿什蘭從上空看起來的模樣。上空會冷嗎？他需要防風鏡才能看到他的公寓嗎？他曾經乘著夜風翱翔，天空屬於他，拉南也是，或是說，他曾屬於她。他知道不該思念怪物，所以他告訴自己，他並不想她。

如果和梅根的關係依然不錯的話，事情就簡單多了。情況並沒有不好，他們不會吵架，甚至不會鬥嘴，但他們不再大笑或露出笑容，也不太交談了。每天結束時，他們大多會坐在沙發兩側，吃著漢堡或披薩，狀況劇的罐頭笑聲帶來的低劣安逸讓他們變得麻木。他們從來不談她父親、團契或諾亞的過去，也鮮少刻意觸碰彼此。

有時他會注視待在沙發另一頭的梅根，想知道她爲何看起來這麼不開心。他經常問她這件事，她總是聳聳肩反問他。

「你快樂嗎？」她說。

他感到麻木又不像自己，也不曉得原因。他得到拯救了，他的救贖爲什麼還不夠呢？當他在角落轉彎時，爲何會因自己出現在合理位置感到這麼失望？他爲什麼開始在紙上畫出城市天際線的塗鴉？

接著，在他三十歲時某天晚上，玻璃上的搔抓聲在半夜喚醒了諾亞：**嘎吱－嘎吱－嘎吱**，聲音從他的臥房窗口傳來。他心中某部分在期待這種聲音，也希望它早點出現。他心跳加速地起身，越過房間，但在他拉開窗簾前，電話就響了起來。他在窗戶前猶豫不決，手擺在窗簾上，暫時感到不知所措。梅根顫動了一下，他向電話伸手。他從床頭櫃上拿起話筒，看見他不認識的德州號碼。

「喂？」他說。

「是誰打來的？」梅根說，聲音中滿是睡意。

話筒另一頭的嗓音微弱且充滿雜訊，像是即將消失的無線電訊號，他只能聽到最後幾個字，聽起來像驚慌失措的氣音：「小王子。」

「尤妮絲？」他說。「尤妮絲，喂？」

「諾亞？」現在出現了男人的嗓音，聲音變得更加清晰，但語氣困惑。

「你是誰？」諾亞說。

他走到窗邊拉開窗簾，但外頭的東西已經不見了，只有他和梅根，電話中的嗓音說：「諾亞，我是赫伯特。發生了可怕的事。」

第六部

避忌之屋

The Shunned House

一

我在二〇一三年三月某個星期日回到范德葛里夫，坐在美國航空班機靠近機翼的座位上，飛機往下穿過雲層，飛入灰暗潮濕又鬱悶的達拉斯沃斯堡機場。天候因素害我們在柏油跑道上等了近一小時，我也得緊抓我的 Kindle 閱讀器，以免頹喪地尖叫。只是下雨而已，老天爺。車子老是在雨中行駛，是什麼讓落地的飛機他媽的慢下來的？

坐在我身旁靠窗座位的梅根，把手放在我的手臂上。「冷靜點，你快把那個小東西拆成兩半了。」

我把 Kindle 放回腿上，滿懷歉意地看了梅根一眼。她捏了捏我的手臂，眼神中帶著同情，但背後還帶有某種深意。我把目光移開，望向窗外。

我們終於下機後，凱爾來行李提領處找我們。我們透過社群媒體保持聯繫，但自從我的婚禮後，我就沒見過他本人了，所以他的啤酒肚和斑駁的頭髮讓我大感訝異。他一把緊抱住我，用力捶我的背部兩下。

「見到你眞好。」他說。「只是情況糟透了。」

我向他重新介紹梅根，她在握手時露出微笑。我嘗試回想上一次看到她對狀況劇以外的東西發笑，卻苦無頭緒，我胸口中浮現了一股混雜妒意與渴望的情緒。

凱爾堅持把她的袋子搬到他的 Prius 汽車上，再把行李放進後車廂。他也要她坐副駕駛座，但她堅定地婉拒。她坐上後座，我則上了副座。我們駛離停車場，在干擾視線的大雷雨中駛入擁擠車潮。

我指向周圍無盡的車輛。「眞抱歉，你今天可能有別的事得做。」

「你在開玩笑嗎？」凱爾說。「如果我沒來，唐娜去讀書會時，我就得在家裡照料孩子們。他們今天變成和我媽待在一起，這對我來說等於放假。」

梅根在後座哼了一聲。

「你們過得怎麼樣？」我說。

凱爾清了清喉嚨。「媽把爸趕出去了，這次是眞的。」

「爲什麼？」我說，試著讓自己聽起來毫無相關想法。我無法證明藍森先生在席德妮失蹤後依然性好漁色，但會和青少女談戀愛的人，很可能會結識其他情人。

「沒什麼特定原因，」他說。「至少我不清楚。媽似乎開心多了，她重新裝修了整棟房子，那裡感覺起來完全不像我長大的地方了。」

「你爸呢？」我說。

「住在拖車公園裡。」凱爾說。

他繼續聊了一陣子，回答我和梅根的問題，談起他的婚姻和三個孩子，最後則說到流浪黑暗。他和唐娜在二〇〇三年從媽手中買下它，並在舊設施上重新規劃，將設施從夢魘迷宮轉變為穿越不死者國度的旅程。他們將它改名為殭屍大宅（Zombie Mansion），它開張時恰好碰上《二十八天毀滅倒數》（*28 Days Later*）和《活人甡吃》（*Shaun of the Dead*）引發的殭屍狂熱。他們有陣子經營得不錯，但就和我家學到的教訓一樣，在鬼屋業中，熟悉感最後都會引發冷感，殭屍大宅最後也在去年倒閉。凱爾在一間販賣箱子和包材的公司上班，唐娜則在某間辦公室當接線生。

「我們還是擁有倉庫和裡頭的所有東西。」他說。「我絞盡腦汁想讓它復甦。」

這些話聽起來十分空泛，彷彿他自己也不太相信。很難拋下當前工作的穩定，成年生活最後總會追上我們。

之後車裡安靜下來，凱爾將雨刷開到最高速，它們在玻璃上發出尖銳摩擦聲，我也能感到我們三人都在左思右想——想任何事都好，談點和我們回到范德葛里夫的理由無關的事。

梅根最後賭了一把。「對了，凱爾，我聽說我老公以前曾和你太太交往？」

「不到一個月。」我順著她的話說。「之後凱爾，我最好的朋友，就把她偷走了。」

「**偷**這字未免也說得太重了。」凱爾說。

「**最好的朋友**也是。」我說。我們都哈哈大笑，在那一瞬間，我很開心能回到家，我太太與最好的朋友坐在車上，看到他們兩人相處融洽，還合作拿我開玩笑。這是當梅根和我剛開始交往時，我以爲自己會擁有的生活，也是從未化爲現實的生活。

當我們駛進尤妮絲與赫伯特的社區時，這種感覺便煙消雲散。這個嘛——稱它爲社區未免太誇大其詞。尤妮絲房子坐落的街道，是一座開發中街區第一條、也是唯一完工的街道。遠方的街道兩旁排滿未完成的鋼筋結構，以及長滿野草的空地。街角有塊褪色招牌保證「房屋與空地由美金三萬開價。」

「招牌看起來很老了。」我們駛進街區時，我說道。

「那在這裡很多年了。」凱爾說。「提供資金的人關門大吉，也沒人來完成工程。外頭本來有堆高機和起重機，但我猜有人買下並帶走了那些器材，剩下的部分就留在這裡繼續老化。」

他把車停在尤妮絲家車道上一台適合家庭的休旅車後方，那肯定是赫伯特的車。尤妮絲的車不在那裡，報紙文章中列出的是黑色二〇〇九年豐田Camry汽車，可能還在警察手上。房子是座兩層樓的磚造建築，前方有寬闊的窗口，傾斜的草皮，還能看到開發區對面的工業園區。

凱爾和我下車取出行李箱，跑到梅根前方的車道。

「需要什麼的話，就打給我。」他說。「我們可以喝杯啤酒。」

他跑回車上，一面向梅根揮手，她走上車道，將一本翻開的雜誌靠在頭髮上，勉強充當雨傘。我按下門鈴，赫伯特來開門。他依然纖瘦蒼白，但看起來更加憔悴，頭髮亂成一團，眼睛下還掛著黑眼圈。

「諾亞。」他說，儘管我衣服溼答答的，他依然一把抱住我。「還好你來了。」

二

和屋外相同的是，屋裡的一切似乎也傳達出郊區的正常感：餐廳中有光亮木桌和椅背筆直的椅子，成對的瓷器架，漂亮但毫無記憶點的繪畫中描繪了船隻和風景，以及在西爾斯百貨（Sears）拍的家庭照。客廳中有狀態良好的奶油色地毯和白色家具。房屋彷彿咬牙切齒地說：**這裡一切都很好。該死，我們正常又開心。**

有兩個孩子坐在客廳地板上，玩著樂高積木：分別是十歲的卡洛琳（Caroline），和她八歲的弟弟丹尼斯（Dennis）。我進房時，兩人便抬起頭來。丹尼斯看起來像他父親更矮小圓潤的版本，卡洛琳則像極了她母親，擁有同樣的紅髮與蒼白膚色，以及相同的瘦長四肢和瘦削下巴。赫伯特介紹我們時，丹尼斯茫然地向我點了一下頭，但卡洛琳瞪著我，彷彿懷疑我做了壞事。赫伯特請我們喝咖啡，我們坐在早餐桌旁喝。

「你知道了什麼事?」他說。

「抱歉?」我說,一股寒意襲過我全身,彷彿對方剛咒罵了我。我感到梅根的目光再度落到我身上,我沒有看她,而是盯著我的咖啡杯。沉默繼續拉長。

「噢。」我怯懦地說,彷彿自己誤會了他原本的問題。「只看過網路上的消息。」

梅根和我輪流重述公開版本的故事:上週一,尤妮絲去上班,在辦公桌前待了整個早上,而她同事的說法是:「她看起來沒事。」中午,她出去吃午餐,再也沒有回來。有人在離我們當下所在地一個街區外的未完工住宅開發區旁,發現了她的車。她的皮包位在其中一座未完工的房屋中,所有東西都還在皮包裡頭,包括現金。當警方試圖和我媽聯絡,想看看她是否聽到關於尤妮絲的風聲時,無法透過電話聯絡上她。他們敲她的前門時,也沒人回應,他們進屋後,發現電視開著,廚房裡還煮著一壺咖啡,但屋裡沒有人。之後就沒人聽過尤妮絲和媽的消息了。

我們說完後,赫伯特說:「尤妮絲經常工作到很晚,有時還會忘了看電話。隔天早上我起床時,她卻不在家,我才開始擔心。在我察覺有事不對勁時,已經少了整整一天了。」

「赫伯特，我很遺憾。」我說。

「不，我才遺憾。」他說，並打了桌子一拳。我的咖啡灑到杯子旁，在木桌上形成小點。「我在娶你姐時，就發誓過了，我得照顧她。」我拍拍他的肩膀，他則再度抱住我，這次抱得更緊。我讓他把我當成塡充玩偶般抱緊。

他放手後，用手背抹了抹臉。「我早該注意到某些事。」

「像是什麼？」梅根說。

「她不再服藥了。我在她衣櫥中的鞋盒裡，發現至少有三個月的藥量。」

「你完全沒注意到她有任何變化嗎？」

「她似乎……更有活力。」他說。「更精神奕奕。有時她整晚都不睡，但是諾亞，我對上帝發誓，我以爲這代表她很開心，或許她會再度開始寫作。」

此時卡洛琳和丹尼斯走進廚房，我們因此終止交談。剩下的夜晚十分低調，梅根和我扮演了一無所知而憂心忡忡的家庭成員，同時坐在客廳中看動畫電影。孩子們坐在地板上蓋樂高房子。

「滿漂亮的。」當他們蓋好主牆，並開始蓋屋頂時，梅根說。

「這只是棟蠢房子。」卡洛琳說。

「我小時候，永遠都沒辦法用樂高蓋好東西。」我說。

「你很笨嗎？」丹尼斯說。

「丹尼斯！」赫伯特說，但我哈哈大笑。

「對，我猜我算是吧。」

九點左右，赫伯特送孩子們上床。他們一起睡在卡洛琳的房間裡，梅根和我就睡在丹尼斯的床上。我們一進房，就明白這小子是個樂高迷。他床頭貼著生化戰士[45]的海報，牆上也裝了展示他完工模型的架子。

我們隨手關門後，梅根說：「我還是認爲我們該和團契聯絡。」自從我們聽說尤妮絲和媽的事後，她一天中就講了這件事好幾次。

「我們已經同意不再參加團契了。」我說。「好幾年前的事了。」

「那是二〇〇三年的事，這是現在的事，也許他們能幫上忙。」

45—譯注：Bionicle，樂高旗下的玩具產線，由二〇〇〇年販售到二〇一〇年停產，後續在二〇一五年到二〇一六年曾經短暫復出過。

我站起身，在房裡踱步。我假裝瀏覽丹尼斯架上的賽車、太空船、超級反派巢穴、機場和房屋，以及小心擺放的一排說明書。這種一絲不苟的態度，肯定是承襲自他父親的特質，尤妮絲和我都是懶惰粗心的人。

「我並不是說這不算團契該管的事。」我說。「但我家人失蹤了，我不想讓一群人打探赫伯特和孩子們的生活。而且，假設妳說的對，假設怪物綁架了我的家人，我們什麼都辦不到。團契裡所有人的狀況都一樣，席德妮的狀況也相同。」

我離開丹尼斯的玩具，轉身面對她。她坐在床上，膝蓋撐著胸膛。

「你爲什麼不想要我跟你回家？」她音量微小地說。

「我想要妳來。」我說，努力和她維持眼神交會。

她嘆了口氣，向我伸出一隻手。「過來床上。」

但我卻從行李箱中取出盥洗用具，去沖澡。我回來時，梅根已經睡著了，但她幫我開了小夜燈。我在她身旁上了床，關掉電燈。

我的確不想要她和我一起來德州。我們之前的狀況已經變怪好一陣子了，她似乎並不快樂，而當她注視我時，眼中總是帶有某種審視的眼神。這讓我想起范德葛里夫的居民在一九九九年後數年裡看我的模樣——彷彿我有某種無法令人信任的地方。從這點看來，她可能沒說錯。我想獨自過來的念頭中，有部分是想擁有屬於自己的時間與空間，以便釐清我家人的失蹤，同時也不想感到自己被擺在顯微鏡下檢視，但另一部分則與失蹤的情境有關。我臥房窗口旁的搔抓聲，還有電話中微弱的嗓音。梅根和我還住在芝加哥時，**城市**經常趁我獨自一人時呼喚我。只要梅根在附近，我就很難獨處，**城市**也更難分析我的每一步。

但由於我沒坦承一大堆事情，自然無法把這件事告訴我妻子。所以我們來到德州，她則想連絡團契，也無法了解我爲何不這麼做。我們倆躺在我外甥的床上，她皺眉做著夢，我則清醒無比。

我知道我不會立刻入睡，於是我下了床，穿好衣服，找到我的手機。我傳了簡訊給凱爾：

半夜去殭屍大宅逛逛如何？

他幾乎立刻傳來回應：**給我**三十分鐘。

三

我在房子前的草坪等凱爾。夜晚的空氣涼爽潮濕，青草也依然濕潤。這讓我想起拉蔄世界中總是存在的濕度。我甩不掉覺得自己遭到觀察的感覺，彷彿整條街都在看我。

「你在外頭嗎？」我說，不確定自己在向誰說話。「你看得見我嗎？」街道沒有回答，但監視感仍然沒有消失。當凱爾的 Prius 汽車停下時，我立刻跳上車。

「你想談談嗎？」他說。

「不。」

他打開廣播，我們開車跨越城鎮，前往我家的老倉庫。凱爾的車燈照亮那棟建築時，我對它的第一眼印象十分模糊：那是座雄偉的紀念碑，先前的灰色外型已經由獨特壁畫取代。灰色和藍色的殭屍在地獄般的末世後光景中遊走，背景滿是冒煙毀壞的建築、撞毀的車輛、遊樂場設施的鋼架和亮橘色的天空，看起來像是世界上最獨特的車身繪畫。

「哇。」我說。

「唐娜討厭它，」他說。「但我想營造強烈的第一印象。」

「的確有效。」我說。

我們下了車，他從掀背車中拿出六瓶亮啤酒[46]。他打開門鎖時，我拿了一瓶。流浪黑暗時代的聚苯乙烯骷髏頭已經不見了，訪客入口也移到房屋另一頭。我們走進倉庫，裡頭的工作室、辦公室和茶水間差不多沒什麼變化。他從「控制室」打開電源，我們周圍的房屋亮了起來，我也感到一股心痛。我終於覺得回到家了。

我們把剩下的啤酒留在茶水間的冰箱裡，再度走到外頭的訪客入口，那是位於一座黑色斜坡上的黑門。我們邊喝啤酒，凱爾帶我逛著設施。

「這裡的主題是，你是一群生還者的成員，正試圖在擠滿殭屍的城市裡尋找出路。」他說，我們走過兩道圍籬之間的窄巷。在兩邊的鐵絲網柵欄後頭，停了老舊的廢棄車輛，還有勉強可辨的商店門面與辦公建築。「有群『感染者』在兩側發出喧鬧聲，似乎活在自己的世界中，此時一個未感染的女人從你右邊跑來，開始求

46｜譯注：Shiner Bock，德州的精釀啤酒品牌。

救。這引來了感染者的注意，他們湧過屏障，警報聲也開始嗡嗡大響，現場一片混亂。不是眞的啦，但你懂我的意思。」

剩餘的設施包括一連串風險漸高的殭屍遭遇。訪客會爬過管子，爬上陡坡，再互相幫助越過寬闊裂隙。這比我們經營時考量過的任何方案都緊湊，宛如來自地獄的繩索課程。

「唐娜想給人們運動的理由。」凱爾說，四肢著地的我們穿過紅色塑膠管，小心翼翼地不要讓啤酒灑出來。「彷彿我們會爲大衆帶來好處。」我們從管子底部的寬闊陡坡鑽出來，斜坡上頭還綁了繩子。我們把啤酒喝光，再開始往上爬。

隨著我們更深入設施，挑戰就變得更艱難，我們也停止交談。我的心臟猛烈跳動，衣服黏在身上。我持續等待那股熟悉的感覺，也就是那股混合了不安和刺激的怪異情緒，它象徵了我將落入**城市**，但這種感覺從未發生。經過每項新挑戰和每個轉角時，我都待在凱爾身旁。我們拉繩盪過加高平台，跨過攀爬架，並在看似裝在不安全高度上的平衡木上行走。等到溜下讓我們抵達出口的溜滑梯時，我的肺已經感到灼痛，還感到腹部傳來痛楚。這也是長久以來，我頭一次覺得充滿幸福。我躺在溜滑梯底部的軟墊上，大口喘氣，讓我內心的思緒化爲虛無。

我回神後，起身跟著凱爾回到員工茶水間，一起在那把啤酒喝光。

「謝謝你。」我控制住呼吸時，說道。「我需要走走。」

他用酒瓶敲響我的瓶子。在沉默中，短暫脫離了憂慮時，我心裡忽然產生了一股念頭。

「嘿，你還有從流浪黑暗留下來的東西嗎？」

「我們把舊的怪物迷宮留在原處。」凱爾說。「用那來移動殭屍很方便。」

「那戲服呢？」

「我們把大多戲服都殭屍化了。」他說。「把它們剪開，再讓它們變得破爛且沾滿血汙。」他站了起來，我跟著他走到戲服工作室。他指向角落的一堆紙箱。「裡頭全是我們用不上的東西。」

我打開最頂端的箱子，拿出皺巴巴的西裝夾克、繡有褶邊和肩墊的女裝襯衫，和裁短的牛仔褲。我認得每樣東西，都是來自我過去的小東西，我早已忘了它們，但它們並不是我在找的東西，於是我挖開更多紙箱。

「如果你告訴我，你在找什麼——」凱爾說。

但我在第四個箱子內找到了獨自裝箱的物品：色澤不同的棕色縫補毛皮，在明亮的燈光下看起來老舊廉價，失去了它在天然居所中的黑暗尊貴氣息。那是我的第二層外皮，我的怪物裝。

「我早該猜到了。」凱爾說。

我仔細端睨它。「你沒處理掉它。」

「當然沒有。這是你的，亂搞它就不對了。總之，我們在殭屍大宅能拿怪物戲服幹嘛？」

開車回去時，我把戲服放在腿上，用手指撫摸凌亂糾結的毛髮。我覺得自己比一小時前更完整了。

「我們可以停在這裡嗎?」凱爾說,一面停進沃爾格林藥局(Walgreens)的停車場。「我答應我爸要買點蟯蟲藥給他。」

我跟著他走進去,他在店裡找到藥後,我們便加入長得嚇人的結帳隊伍。聽了隊伍前頭的女人和店員爭論折價券用語兩分鐘後,店員指引我們到後頭的開放式藥局櫃台。一個身穿白色大衣、表情無聊的女人爲人們結帳。她臉上有什麼東西(她鼓起嘴巴的方式,彷彿在吸吮酸糖果)勾起了我的回憶,但我不太確定她是誰。我放下這個念頭,在走向收銀台時滑著我的手機。

「諾亞?諾亞・特納?」

我抬頭一看。那女人對我露出一絲微笑。

「怎麼了?」我說。

笑容咧得更大。「好久不見。」她說。她用一隻手指向胸前的名牌:**嗨,我的名字是布琳**。布琳。我姐姐第一個和唯一的女友,傷透尤妮絲的心,使她陷入充滿自殺傾向的憂鬱症的布琳,天殺的該死的布琳。

「我記得妳，布琳。」我說。

她的愉快情緒消散了。「我聽說了尤妮絲和你媽的事。如果我可以幫什麼——」

「妳可以打電話給我朋友。」我說。「我們有點趕。」

她的目光垂了下去，我對這小小的殘酷行為感到蠻橫的滿足。去她的。我看得出凱爾很好奇，但當他拿出信用卡結帳時，我假裝專心看手機。

「剛剛是怎麼回事？」我們離開店家時，他說。

「我們可以別談嗎？」我說。

「你是老大。」他打開車門，但我們上車前，布琳跑到店外，大衣在身後擺盪。

「嘿！」她喊道。

「要我趕走她嗎？」凱爾說。

「我來處理。在車裡等。」我在停車場中央和布琳碰頭。「妳要幹嘛？」

「聽著，我明白你為何不想和我說話。」她說。「我對待尤妮絲的方式無可饒恕，之後發生的事——」她用一隻手抹抹臉。「那是我人生中最大的遺憾。宗教是很難脫離的東西；特別是奇怪的宗教，像我以前的信仰。它能說服你做出各種愚蠢又殘酷的行爲。它能讓你害怕自己，與其自行解決這件事，我反而讓它變成尤妮絲的問題。」她又碰了自己的臉。「我花了很久才接受自己。我總是想，某天要聯絡尤妮絲，但我聽說她結了婚，還生了孩子。我不曉得，我以爲我還有時間修正錯誤。」

「我也是。」我說。

「總之，我很抱歉。」她說。「如果你或你家人需要任何幫忙——來，我把我的電話號碼給你。」她從翻領口袋中拿出紙筆，把號碼寫了下來。我收下紙張後，她快步走回去。

「布琳？」我說。

她停下腳步。

「我眞希望我和妳一樣勇敢。」我說。

她揮揮手，消失在店裡。我上了車。

「沒事吧？」凱爾問。

「沒事。」我說。

我們開到凱爾父親居住的拖車公園，那是座名叫草地湖（Meadow Lake）的平坦水泥區塊，連一株草也沒長。凱爾問我想不想和他去前門。

「如果爸知道你來城裡的話，或許會想跟你打聲招呼。」他說。

「不了，謝謝。」我說，試著不要聽起來太不禮貌。

我從副駕駛座看著凱爾走上煤渣磚製的臺階，走到他父親居住的皺褶金屬容器前。當丹尼爾・蘭森應門時，我瞬間嚇了一跳。他變成眼神茫然、身材矮小且萎靡不振的男人，頭上只剩下稀疏的白髮，過大的睡衣也使他顯得更爲嬌小。生命並沒有善待他，我也在那一刻幾乎爲他感到憐憫，不過這種感覺很快就消失了。

我移開目光，專心看布琳給我的紙。一想到要回去尤妮絲家，睡在她兒子床上，還得假裝和其他人一樣一無所知，使我的臉感到灼燙。

四

我回去時，梅根還在睡覺。精疲力竭的我在她身旁上了床，終於入睡。我直接睡到隔天下午，等到照進丹尼臥房窗口的陽光變得難以忽視時，我才醒了過來。我走到樓下，發現一家人都在廚房。赫伯特正在水槽邊擦碗盤，再交給丹尼斯，讓對方把碗盤放到洗碗機中。卡洛琳與梅根坐在餐桌旁，梅根在喝咖啡，卡洛琳讀著一本厚重的平裝書。她的紅髮遮掩了大半臉孔，她看起來太像尤妮絲了，使我感到胃裡有些不適。

「午安。」赫伯特說。

「是啊。」我說，邊走到咖啡壺邊倒了一杯。

「晚上很辛苦嗎？」梅根說。這句話如同擊中我肩頰骨中央的棒球，我也得努力不讓自己做出畏縮的反應。

「是啊。」我說。「睡不好。」

「我也是。」赫伯特說。「我都還沒好好睡上一晚。」

我在桌邊的梅根和卡洛琳身旁坐下，雙手捧住馬克杯。「我們今天要做什麼？」我說。

「目前沒什麼計畫。」赫伯特說。「我們正在決定下午和晚上該做什麼事。」

「我想去動物園。」丹尼斯說。

卡洛琳從書上抬起頭來。「你在開玩笑嗎？你爲什麼會想去動物監獄？」

「動物監獄？」丹尼斯說。他顯然從未想過動物或許不想住在動物園。

「我們不用去動物園。」我說。「我們可以去公園，或是去看電影。」

卡洛琳站起來抓起她的書，從門口走到後院，隨手用力關上門。

赫伯特靠在料理檯旁，盤起修長纖細的雙臂。「她過得不太好，我會跟她聊聊。」

「給她空間吧。」梅根說，一面坐上空出來的椅子。「和我喝點咖啡，放輕鬆點。」

赫伯特照做了，他樂於聽從指示。丹尼斯仍然對動物監獄的想法感到困惑。

我宣稱忘了拿電話，跑回丹尼斯的房間，我拉開窗簾，再打開遮光簾，及時看到卡洛琳跨過後方圍籬，在未完工的住宅開發區消失。

五

我溜出前門，從街區繞遠路去追卡洛琳。我發現她翹腿坐在水泥地基上，那裡或許會是客廳或廚房的初始設計。她聽到我出現，就立刻站起來，準備逃跑。

「我沒打算找麻煩。」我說，一面舉起雙手。我走進房間，沒有關上房門，所以如果她想逃跑，會有路可走。這是象徵性的動作——敞開的房間代表她想從哪逃都行；但這是很有效的方式。她依然緊繃，但仍留在原地。

我四處繞繞，從板條間望向未完工的住宅區。「妳常來這裡嗎？」我說。
「媽和爸不喜歡我來。」她說。「他們擔心我們會受傷。」
「當我和妳一樣大時，那阻止不了我。」
「我大多來看丹尼斯玩，確保他安全。」
「妳會照顧丹尼斯。」我說。
她點頭。
「我們還小時，妳媽總是會照顧我。妳知道自己看起來跟她很像嗎？」
她依然沒有放鬆。「你怎麼知道我來這裡？」
「運氣。」我說。「我剛好從樓上的窗戶往外看，發現妳爬過圍籬。」
「我沒有做錯事。」她眼神叛逆地說。我沒有反駁，只是等待。怒氣逐漸從她臉上蒸發。「有一陣子，媽看起來很開心，我從來沒看過她這麼快樂。但有天她變得很兇，就像是我們說錯話或做錯事。至於爸，她對他很壞。她說他很弱，還是個懦夫，也說自己根本不該和他結婚。她在我和丹尼斯面前說這些話，就算我們聽到，她也不在乎。爸會縮起雙肩，一直忍受到她罵完。」
她眨了幾次眼並大力吞嚥，聲音大到我也聽得見。
「我應該對他好一點。」她說。

「我也是。」我說。

「後來她變得更糟。有時我會在半夜醒來，看到她在辦公室裡走來走去，盤著手臂，也垂著頭。我一直希望事情會好轉，但後來媽開始自己在半夜散步很久。有時我會偷跑進丹尼斯的房間，再往窗外看，就會看到她在這裡踱步，一邊搖頭。接著有一天，她和奶奶都不見了。」

她說下一句話時，把目光移開：「有時媽待在她的辦公室裡時，我會看到有東西在窗外看她。」

「是什麼樣的東西？」我說。

她瞪著我。「穿著袍子的怪物，看起來像是穿著小紅帽斗篷的大野狼。媽似乎從來沒看到牠，但我看得見。」她看著我，在我臉上察覺了某種神情，接著說：「你也看過牠，對嗎？」

我考慮否認這件事。但我覺得和這孩子同病相憐——對，她讓我想起尤妮絲，也讓我想到自己。聰明又害怕，也試圖透過她家人告訴她的半眞半假實話和謊言釐清狀況。

「我看過。」我說。

「你知道媽和奶奶在哪嗎？」她說。

我閉上眼睛，害怕自己會吐出來。這全是我的錯，拉南多年前在我的婚禮當晚就警告過我了。她告訴我說，我想獨處的要求，不是「這樣運作的」。她告訴我，有很多事我不明白。現在她證明了這點，她帶走了我全家人。

我再度睜眼時，發現卡洛琳關切地看著我。

「你能帶她們回家嗎？」她說。

「我甚至不確定要怎麼開始。」我說。但當我一開口，就明白這並非事實。我完全明白該如何開始，**不需要**等**城市**再度邀請我，我或許能靠自己的力量回去。

六

我將卡洛琳留在空屋，繞過街區走回去。回到尤妮絲家時，其他人都在廚房裡，這讓我能更輕易地從前門內側的鉤子上，偷走赫伯特的車鑰匙，再度溜出去。我成功跑到車道上，再沿著街道走，中途沒有任何人從前門出來。我開車穿過鎮上，將電話切成靜音，完全沒注意到任何未接來電和簡訊。

當我抵達位於城鎮另一側的媽媽家時，才剛傍晚而已；濃密的暴風雲層阻隔了太陽，提早使黑夜降臨。房屋比我印象中還大，看起來更寬也更高了，彷彿它如同其他生物一樣，穩定地食用房屋會吃的物質。它的窗口反映出路燈光芒，如同昆蟲的黑眼。

車道和街道上沒有警車，但前門貼了黃色膠帶。我鑽到底下，試著用我的鑰匙，它依然能打開門。我進屋後立刻關燈，不想讓鄰居發現有人進來。我滑過手機主螢幕上的通知，用手機的手電筒照射四周。

顯然有人仔細檢查過房屋，並將之遺棄在此。沙發上的軟墊被拉開，所有櫥櫃也都開著，裡頭的東西被擱在流理台和地板上。這使我想起地震後的拉南家。

除了雜亂的物體外，其他地方沒什麼改變。窗口掛著相同的布簾，餐廳裡也擺著同一張桌子。屋裡聞起來有些霉味，空氣不太新鮮，彷彿屋內物品的保鮮期已經過了。我上樓走到我的舊臥房。看到雜亂的床鋪和灑落滿地的衣服後，令人覺得十九歲的諾亞或許隨時都會回來。牆上貼著同樣的海報，床頭櫃上也擺了同一疊書：《染血之室》[47]、《鬼故事》[48]、《儀式》[49]和《惡魔蔓諾克》[50]。

我在桌上發現一張累積了十年灰塵的紙：

諾亞，

今晚我又回來再看一次流浪黑暗，但他們跟我說你今晚休息。抱歉，我錯過你了。總之，如果你想的話，明天晚上該和我還有一些朋友聚聚。我很想再多聊聊。

XOXO——梅根

47｜譯注：The Bloody Chamber，英國作者安潔拉・卡特於一九七九年出版的短篇民俗故事選集。
48｜譯注：Ghost Story，美國作家彼得・史超伯於一九七九年出版的恐怖小說。
49｜譯注：The Ceremonies，美國作家T・E・D・克萊因（T.E.D.Klein）於一九八四年出版的恐怖小說。
50｜譯注：Memnoch the Devil，美國作家安・萊絲（Ann Rice）的知名系列作《吸血鬼紀事》（*The Vampire Chronicles*）中的第五部作品。

我心裡產生了罪惡感，也正準備打開未讀訊息的畫面，但及時阻止了自己。在我能擔心梅根前，得先渡過這一關。我蹲在書桌前，拉開底層的抽屜。裡頭塞滿了舊的高中作業、螺旋裝訂筆記本和漫畫書。我把手擠過所有文件並四處摸索，用手指抓住我在找的東西。我把它抽出來，在黑暗的臥房中注視它：那是顆光滑的小黑石。那是我前往拉蔺世界的鑰匙，十一年前我將它遺留在此，它也依然留在原處。

我緊緊握住它，閉上眼睛，想像拉蔺在黑森林中的家、混濁的天空和沉悶潮濕的空氣。

我睜開雙眼，發現自己仍然待在我的舊房間，它沒有生效。它爲什麼沒有發揮作用？它的力量耗盡了嗎？它的電池在棄置多年後沒電了嗎？我在手中翻轉石頭，它看起來和我印象中沒有不同。

我的好點子就此灰飛煙滅。不過，我還沒準備好放棄和回到赫伯特、梅根與孩子們身邊。

我把石頭放進口袋，把房間徹底搜索了個遍，但我沒發現任何有幫助的東西。尤妮絲的舊房間和走廊末端的「居家辦公室」也一樣，席德妮的高中肖像照依然擺在檔案櫃上。

我下樓去調查一樓，廚房和客廳中似乎沒有任何不尋常的跡象。媽房間中的床鋪空無一物，所有衣物和鞋子都雜亂地堆在衣櫥底部。正當我準備放棄搜索時，我的手機光束照過了靠在後牆上的某個棕色小東西。我跪下來後發現一個紙箱，材質老舊褪色，使它幾乎發黃。我拉開封蓋，裡頭裝了一份古老的三環資料夾，裡頭塞滿陳舊的黃色紙張。塑膠封底上貼了張標題頁，上頭有褪色的鉛筆字跡，粗體字型像是舊《超人》或《X戰警》漫畫封面的字體。

無名之城
哈利與瑪格麗特・特納

這看起來像是小孩在自習室中會畫出來的東西，也讓我了解許多關於我父母的事：我永遠不認識的父親，以及和他一同死去的母親版本。他們是有趣的人，也是好玩的人。

標題底下貼了張照片，也就是我在好幾頁前描述過的那張：我的父母蹲在「免費鬼屋」招牌前，面露微笑，對他們的作品感到驕傲。（這依然是我唯一擁有的父親照片，也珍惜得將它裝在塑膠套中。）

我把資料夾拿回床上，把它打開。如同封底所示，裡頭裝了爸媽在他死前做出的規劃，也就是席德妮和我想取得的內容。媽宣稱已經丟了它們，但東西還在這裡，這是圍繞三家旅館打造的龐大設施：吉爾曼旅館（the Gilman），改自H・P・洛夫克拉夫特短篇小說中的濱海小鎮印斯矛斯。浮華旅館（the Glitz），這是採用全景飯店[51]風格的旅館，備有樹籬迷宮和黃銅裝置。以及老媽飯店（Ma's），這是裝有黑鑄鐵圍籬的民宿，後院還有墓園。

在我看來，從這些旅館的核心擴張而出的，是座貨真價實的城市，其中有辦公建築、店面和餐廳，所有建築都具有鮮明細節。不過，每頁中的城市佈局都在改變，完全無法從某個定位點來穩定觀察它的整體狀況。我來回翻頁，但我看得越多，就越感到一切的隨機配置，如同我自己體驗過的**城市**佈局。

51—譯注：Overlook，《鬼店》中的鬧鬼飯店。

我沒多少時間能思索這項新發現，以及它會如何輔助我進入拉南的世界。我聽到前門打開，門口也傳來低沉的交談聲。有人來了。

「諾亞？」梅根喊道。「出來吧，我們在這裡。」

七

我從客廳走到入口時，發現梅根和喬許、伊萊、赫克托、蘿拉和莎拉在一起。儘管我要求過，但她依然打給團契成員，也把他們帶了過來。他們打開了電燈。

「你們怎麼曉得到哪找我？」我說。

「我只能想到你會去兩個地方。」她說。「我第一次就猜對了。」

「我跟妳說過，我不需要團契的幫忙。」我說。

「也許不需要吧。」梅根說，她的語氣冷靜理性，也有些悲傷。「但我需要答案。」我能從她身上察覺某種冰冷危險的氣息，我沒有轉圜餘地了。

「我們何不進客廳去呢？」莎拉說。

除了梅根與我以外，每個人都坐在長沙發與椅子上。我們站在電視前，當眾人注視我時，我感受到青少年時期經常產生的毛骨悚然，彷彿暴露在他人質疑的眼神下，感覺像個闖入正常人之中的異類。

「你們想知道什麼？」我說。

「就當作在開會吧。」莎拉說。「從最近的事件開端說起，把一切告訴我們。」

我嚥下受到包圍的怒氣。我提到尤妮絲和媽消失那晚的古怪電話，和窗邊的搔抓聲。我提到卡洛琳說她曾看過其中一個生物的事，我告訴他們，自己決定看看有沒有辦法調查失蹤案件，但承認自己毫無頭緒。我給他們看了來自媽衣櫥中的資料夾，但沒給他們看黑石，我把它當成自己的秘密。

我說完後，有一陣子沒人開口。團體成員四目相覷，或是盯著大腿，最後喬許打破了沉默。

「這眞是狗屁。」

「狗屁？」我說。

沒人敢和我對視。就連站在我身邊的梅根，都忽然專心盯著地毯。

「我媽在我八歲時失蹤。」喬許說。「她是住在聖安東尼奧的自由記者。她調查過地下吸血鬼團體——不是眞的吸血鬼，只是會扮裝和喝血的詭異安・萊絲書迷。她爲自己闖出了名聲。你知道她失蹤前，在調查什麼嗎？」

「我不曉得。」我說。

「未解的失蹤案件。」他停下來看我，彷彿要我說點什麼。我示意他繼續。

「你可以在很多失蹤案件中找到合理答案。」喬許說。「有時會有擁有暴力前科的伴侶或前任，卽使證據不夠起訴或將對方定罪。有時候失蹤人口有藥物濫用或心理疾病史。媽對那種案件沒有興趣，她想找的是古怪的案件，像是在阿拉巴馬州亨茨維爾（Huntsville）走進G力模擬器的小孩——那座房間只能靠一道門進出；他沒有再走出來。或是緬因州那個在半夜從鎖死的牢房消失的人。」

「我猜她有自己的理論吧？」我說，再也無法壓抑語氣中的惱怒。

「就算她有，我也不曉得。」他說。「她才剛開始調查，四處打聽，並追查證據。我們的電話當時關機，所以每次她得打電話，就得走去街道上的付費電話。她在工作時，一個晚上跑去那兩三趟並不稀奇，只不過這次，她離開後就沒有再回來了。警方進行搜查，她登上新聞，和未解謎團有關的節目報導了這件事幾次。依然沒人有答案，她就此憑空消失。大多人都認爲虛假的吸血鬼逮到了她，但只有我明白眞相。」

「這些事跟我有什麼關係？」我說。

「在你其餘家人上週失蹤後，你的名字開始讓我想起某件事。我靠著感覺在我媽的筆記中尋找最後那篇沒寫完的報導，你知道我找到了什麼嗎？」

「不曉得。」我說。

「關於一個名叫黛博拉・特納的女人的筆記。聽過嗎？」

我搖搖頭。

「妄想型精神分裂症。」喬許說。「當丈夫在韓國被殺52後，就成爲寡婦。某天晚上有人在路上發現穿著睡衣的她。當警察靠近時，她想打退對方，還不斷提到一座城市。她有個叫哈利的兒子，如果我沒搞錯，你爸就是叫那名字。」

我點頭。「他在我出生後就死了。他母親不久後也離世，我媽從來沒提過他們倆的事。」

52—譯注：指韓戰。

喬許脫下他的卡車司機帽，用一隻手拂過稀疏的金髮。「奇怪的是，你家和這些生物有這麼密切的歷史，團契中的每樁意外似乎都是獨立事件，沒有任何世代因素。」

「我頭一次聽到這種事。」我說，這有部分是實話。有人在路邊找到我祖母？她提到**城市**？這代表她被抓進去過，但不知怎地脫逃了嗎？這代表有辦法那樣做嗎？

「我們讓你加入我們的團體。」他說。「我們分享了自己的故事，大部分人都參加了你的婚禮，接受你對你姐姐消失那晚的說詞。我們接受你說梅根父親遭到逮捕那晚狀況的說法，我們不靠證據就相信你，因爲我們很想得到和我們熱愛的人有關的消息。但怪異的是，你一家居然和這些生物這麼有關連。長久以來我們對你一直有種不好的預感，現在你還半夜偷溜出去，對梅根撒謊，還想阻止她和我們談。你何不停止騙人，講一次他媽的實話呢？」

我把雙手插入口袋，試圖想出新的策略，和躲開他們目光的方式。我右手手指緊抓一張紙片，感覺到它的邊緣。我把它從口袋取出，那是布琳的電話號碼。我盯著它看，腦中的種種計畫暫時停下。

我把目光從紙張上移開，發現他們還在等我回答。

「我……」我開口說道，接著停下來清清喉嚨。我閉上眼睛，心中浮現停車場中布琳的臉龐，上頭滿是多年來的痛苦。布琳對我勇敢吐實過，她承擔了這份責任，並接受自己做過的事。

「我告訴你們的一切都是眞的。」我說，睜開眼睛再度開口。「但你說得沒錯，這不是完整的眞相。我六歲時第一次看到這種生物之一，它每晚都站在我的窗口外，不斷摳抓窗戶，直到我終於挺身面對它。」

「那你爲什麼沒有失蹤？」喬許說。

「我不曉得。」我說。「但在接下來十二年裡，這個生物是我的玩伴，我的保護者，最後也成爲我的愛人。」

我感到衆人的質疑轉爲作嘔。梅根皺起鼻子，彷彿聞到某種臭味。

「我不曉得那些生物是什麼，或是做了哪些事。」我說。「我認識的生物對我隱藏了一切。我是個寂寞的小孩，有個會魔法的摯友。當我遇見梅根和你們所有人時，我的感覺開始改變。我用這顆石頭前往怪物的世界——」我從左側口袋取出黑石，給他們看。「——看到有個人困在那裡，並變成怪物。我聽說梅根的父親受制於其中一隻生物過，還被逼瘋。我不想遭遇到那種事，我將怪物從我的生活中趕走，開始和梅根交往。」

「如果這隻怪物在誘拐你的話，性就只是其中一部分過程而已。」莎拉語氣溫和地說。「你受到操縱了，這不是你的錯。」

「你爲什麼不告訴我？」梅根說。她緊握雙拳，目光嚴厲駭人。

「因爲妳會有現在的反應。」我說。「也因爲我當時才剛認識妳。當妳展開新關係時，會滿嘴都是前任的事嗎？」但我感到一陣反胃，因爲我還在撒謊。我嘆了口氣，緊握手中的黑石。

「該死，這不是全部的事。」我說。「對，怪物和我曾經交往，對，我趕走了它。對，我不讓妳知道，是因爲我想要妳，不想把妳嚇跑。但眞相——完整的眞相是，」我說。「自從我認識妳以來，就一直過著半條腿跨出這個世界的生活。我以爲和妳在一起，和告訴妳和妳朋友一部分眞相後……我以爲這會改變我。我以爲如果我把自己這部分藏得夠久，它就會消失。我以爲這會防止我變得和妳爸一樣。但儘管深知我的怪物的原型，和她會做的事，我依然很思念她。儘管她顯然在過去五十幾年狩獵著我和我的家人——老天救救我，但我依然愛她。」

當我一說出這些話，世界就化爲灰色。我短暫聽到團契成員的驚呼，但聲音逐漸消失，我周圍的空氣變得濃密潮濕，宛如一條濕毛毯。我終於穿越過去了。

八

過去我在使用黑石時，總會選擇自己的目的地。不過，這次它似乎爲我做出選擇。當霧氣消失，世界又再度成形時，我站在仿傚我媽客廳的空間中，室內沒有其他人。當我跨越房間去開燈時，霧氣在我腳邊飄盪。頭頂的電燈亮了起來，但黑暗的存在感依然強烈，如同吞噬氧氣的火焰般吸食光線。

我走到後門打開它，望向一大片黑草，裡頭長滿了烏木慈。遠方一段距離外有座陰暗樹林，我幾乎要走了出去，打算走向森林，前往拉萳的小屋——但某個聲音阻止了我。那是股低沉的呻吟，來自客廳右方的房間，媽的房間。

我回到室內打開她的門，黯淡的粉紅色光芒照亮了房間。搖籃和搖椅使它看起來像是育嬰房，但黏在牆上的相框掩飾了這種印象。呻吟聲再度響起，這次來自我身後。我一轉身，我母親就蹣跚地走進房間，她身穿睡衣，看起來頭暈目眩。她變得比我上次看到她時還瘦，隨風飄動的睡衣也使她彷彿變得骨瘦如柴，但她渾圓突起的腹部卻是個例外，她懷孕了。

「媽。」我說。

她沒有回答，只是靠著搖籃的護欄，緩緩跪下。她從搖籃底下取出另一個相框，坐直身子看它。玻璃沾滿灰塵，但我仍能辨識出相片中婚禮當天的爸媽。媽穿著綠色洋裝，爸穿了一套似乎太大件的西裝。

媽用手撫過玻璃框，在灰塵上留下痕跡。她揉著膨脹的腹部，發出呻吟。

我在她身旁跪下。「媽？」她仍然沒有回答。我把一隻手擺在她的腹部上。它如同裝滿葉片的垃圾袋般萎縮，接著顫動起來。某種狹窄的黑色物體迅速穿透布料、從腹部前方鑽出，我立刻把手抽開。我躲開並撞上牆壁。兩條黑色藤蔓從我媽腹部竄出。它們如同螳螂的前臂般四處甩動，狩獵的動作十分僵硬。當藤蔓找不到東西刺穿或捕捉時，就縮回撕破的睡衣布料底下。

媽對這一切毫無可見的反應。她依然屈身看著相片，喉嚨深處發出虛弱悲傷的聲音。我想繼續搖動她，但我擔心如果黑色藤蔓再度鑽出的話，我就躲不過了，於是我爬起身跌撞地跑出房間。

我爬上樓梯。房屋二樓看起來也像是實物的相對版本，是條排滿封閉門口的走廊。走廊盡頭的門口，也就是媽平常空出來的「辦公室」，隨著喀的一聲打開。我緩緩走向它，仔細傾聽其他門後是否有聲音，猜測某道門會忽然打開，難以想像的恐怖妖物則從裡面竄出。我走近時，聽到敞開的門口飄出音樂：那是《大法師》的主題曲《管鐘》（*Tubular Bells*）。這是我們時常在流浪黑暗外的擴音系統播放的電影主題曲之一。我跨入了開啟的門口。

下一座房間看起來像是臨時搭建的ＤＩＹ音樂表演舞台或黑箱劇場。小舞台上有個女人，站在穿著萬聖節戲服的群眾前。台上煙霧飄緲，有台頻閃燈放出閃光，讓舞台上女子的動作顯得充滿異界氣息，也似乎有些虛幻。她穿著黑色芭蕾舞短裙，這完美地襯托了她鬼魅般的皮膚與黑髮。我瞇起眼睛，想在閃動的光芒中看清楚她的模樣。

「席德妮。」我說。過了這些年，席德妮依然是囚犯，但仍舊活著，也還是人類。我幾乎不敢相信。

我身旁的人身穿西裝、披風和多米諾面具[53]，還長了鷹勾長鼻。他轉身把手指靠在嘴唇上。

「噓。」他用氣音說道。他的面具上沒有將它固定在頭上的線。閃亮的金屬材質似乎是焊接在他的太陽穴上，從一大團疤痕組織中冒出。面具後的雙眼不像嗎一樣無神，而是明亮得像玻璃珠，並聚精會神地觀看表演。

台上的席德妮旋轉、伸展身體，在間歇亮起的光芒下顯得鬼氣逼人。很難判斷出細節，她的頭髮變灰了嗎？她先前光滑的臉蛋上有皺紋嗎？她在一九八九年失蹤時只有十七歲，現在她也該四十一歲了，她在這些年裡一直不斷跳著舞嗎？

53　譯注：domino mask，十八世紀開始在扮裝舞會中會使用的小型面具。

席德妮的腳踝和手腕上長有粗厚的黑色藤蔓，隨著她的動作而變緊和變鬆，舞台外有某種東西正在操繩。

「我會回來救妳。」我說，並退出房間，面具焊接在臉上的男子又立刻轉身對我發出噓聲。

我一踏進走廊，辦公室房門就立刻關上，尤妮絲臥房的門也隨即打開。

「好，我懂了。」我說，一面提高聲量。「你在哪？」我經過尤妮絲的房間，走到我自己的房門。門把轉不開，我用肩膀用力往門板撞，但感覺就像碰上水泥。我走向樓梯，但當我抵達時，發現有座七英呎高的鐵門擋住了樓梯。如果我自己的房門透露出的跡象已經夠明顯的話，其實沒必要攀爬這座鐵門了。沒有捷徑能迅速離開這座遊樂設施，我得照設計師的想法經歷它。我走進尤妮絲的房間。

裡頭和我印象中一樣雜亂無比，房內塞滿了書本，木製書桌則被推到窗下。尤妮絲頹坐在那，敲打著漆黑油膩的打字機按鍵。敲擊聲在怪誕的寧靜中顯得響亮有節奏，使她如同彈鋼琴般演奏這台機器。她穿著破爛的商務套裝，紅髮雜亂而糾結。我緩緩走近，胸口感到緊繃。書桌上的不同位置長出擁有多重關節的黑色長蔓藤，連結到她的雙臂、雙腿和腹部，甚至是她的前額。藤蔓順著尤妮絲打字時的節奏舞動，看起來她彷彿正準備變形。

尤妮絲從打字機上拉下一頁，將它擺在她右邊的紙堆上。我拾起紙頁，她停止打字。她抬起頭，看起來比我回憶中還蒼白，雙眼也十分空洞。她的臉因某種比疲勞更嚴重的東西而下垂著，黑色藤蔓刺穿她前額皮膚的部位流下鮮血。

稿件的封面是標題頁：

特納橋段

我翻到下一頁看到：

特納橋段一：瑪格麗特

瑪格麗特進入記憶與夢魘交錯的**城市**中變化多端的清醒夢境時，她以爲自己還待在她和哈利在拉伯克貧困地區的小公寓：那座破舊的一房公寓，有老舊地毯和鑲嵌木板的牆壁，不過你難以看見房間內成堆箱子後的牆壁。這些箱子裡裝滿了哈利的平裝書、漫畫書和通俗雜誌。

尤妮絲發出喘息，讓我嚇了一跳，並從她身旁退開。

「放……回……去。」聲音從她口中飄出，不過聽起來完全不像她。「還沒……寫完。」

我把紙頁放在桌上離開房間，聽到房門在我身後隨後喀嚓一聲關上時，我完全不覺得遺憾。走廊中我房間的門口終於打開。

我跨進門內時，腳下的地板頓時消失，我毫無英雄氣概地慘叫一聲，隨即落下，四肢著地摔在堅硬的木質地板上。柔和溫暖的光線照亮我周圍的房間，黑暗也稍微減退。油畫靠著牆壁擺放，天花板上掛著乾燥的植物和根莖。我來到了拉蔺的小屋，化為狼形的拉蔺頹喪地坐在房間中央，背對著我。她毛茸茸的雙臂環抱著雙膝。

我站起身。「我來了。」我說。

她沒有回答。我大步跨過房間，抓住她的肩膀。

「嘿。」我說，並在她轉身看我時停下，橘色的雙眼中充滿絕望與痛苦。她抓緊我的手，在全世界化爲白色前，我才看到她寫在地板上的字：

朋友

幫忙

獵犬

在這部近乎無聲的電影中，有個身穿紅斗篷的紅髮蒼白女子，帶了一籃花朵，穿越高聳纖細的樹林。她抵達一處林地時，停下腳步，地面上插了三根樸素的十字架。較晴朗的時候，陽光可能會灑落在這座小墓園上，但今天的天空因風暴烏雲而顯得漆黑。女人在每座墳墓上都擺了朵白色百合花，接著在它們前方坐下。有好幾次她彷彿要開口，卻保持安靜，頭頂的雲朵發出隆隆聲響。

雲層破裂開來，她拉起兜帽，快步沿原路走了回去。她抵達森林邊界的一座小木屋，地點位在以木造建築組成的小村莊外圍。泥濘的道路上空無一人，所有門板都為了抵禦風暴而緊閉。

女人的房屋中只有一座房間，屋內有雜亂的泥土地板，一張床，火坑，還有小廚房。她坐在火堆前的椅子上，腿上擺了一疊紙，用一塊煤炭作畫。當外頭的世界變黑時，她依然端坐著，一再畫出同樣的三張臉：一個蓄著黑鬍的禿頭男子，還有兩個黑髮孩童。畫像隨著接下來的草稿逐漸進步，彷彿女子正讓心眼變得更銳利，在其中加入法令紋，以及眼神中頑皮的精光，與陰鬱的嘴型。工作時她無法移動，或是爲了舒適而改變姿勢。她有時會閉上眼睛，但總是不抬頭，也從未改變自己專心的皺眉神情。

她一直畫到用光紙張，接著翻頁在背面作畫。她畫完第二套系列後，站起來伸展身體。她把紙頁放在床上，從衣服內取出一只布包，開始數裡頭的物品，此時門外發出搔抓聲。

女人驚呼一聲，布包發出沉悶的「鏘」一聲。搔抓聲停了下來，女人盯著布包，彷彿在想要不要重新開始計算，但搔抓聲再度浮現，在滴答雨聲中也聽得見。女人跨越她的布包，打開前門。門階上和村裡的道路似乎空無一人，不過很難從大雨中看到任何東西。

她開始退回屋內，但樹林後的某種東西吸引了她的目光：那是雙發亮的橘眼，即使在風暴中也顯得清晰明亮。

女人並未被嚇到或畏縮，而是歪頭皺眉。比起害怕，她更覺得好奇。她抓起斗篷走到外頭，戴上兜帽，低下頭，啪嗒啪嗒地穿越泥濘，走進樹林。

她在樹頂之下脫下兜帽，四處張望。橘眼再度在她面前出現，她一動也不動地站著，對方則從蹲姿轉爲站姿——至少比她高一英呎半，身上披著黃色長斗篷。女人伸開雙臂，做出明顯的臣服姿態。生物溫柔且近乎寵愛地用修長的雙臂抱住她，飛上空中，向上飛越樹林，飛進風暴之中。

雨水打在女人的臉上，遠方亮起閃電光芒，短暫照亮了天空——天空從紫黑色轉爲沼澤般的墨綠色。村莊已經消失，取而代之的是一大片看似神殿與陵墓的黑塔與建築，但比地球上的建物更雄偉，也更加駭人。

在這之後，影片開始變得斷斷續續，劇情迷失在一連串快速的鏡頭切換和感受中：一團濃厚強烈的混沌。一股強烈睡意，加上類似枯葉摩擦過水泥地板的聲響；銳利難忍的痛楚，和來自手腕與腳踝的緊繃感；黑暗，黑暗，黑暗。

接著，有股不同的痛苦浮現。她對這點的印象非常深切，那是源自體內的經驗。她睜開眼睛，看到漆黑的房間，聽得見切肉的聲響，手臂、雙腿、臉孔和胸口還傳來劇痛，感覺有某種東西從體內被取走——吸走，還有某種粘膩濃厚的東西流進去取而代之。她的身體抖動並繃緊，她也一心求死，希望有東西能阻止這股痛苦——難受的癢感隨即傳遍她全身。她的皮肉迸裂，皮膚上長出一團團毛髮，世界化爲橘色。

她跌下先前綁住自己的椅子，顫抖著摔到地上。一排穿著彩色長袍的狼面怪物走進房間，把她圍住。其中一隻身穿藍袍的灰狼跪了下來，遞給她一件紅袍。她用發抖的手穿上袍子——不，不是手。爪子，她現在有爪子了。她站了起來，穿藍袍的狼露出尖牙，形成兇狠的笑容。

隨後發生的是染上橘色的歲月時光，這條狼也不再是任何人了。她只受到幾種衝動驅策：**食用他們的痛苦**，**捕捉勞工**，**服侍城市**。諸多臉孔來來去去，同樣的只有他們的悲傷、憂鬱、悲痛、心理疾病與恐懼，這一切都是得收割的作物。她只會品嚐某些人（有時是糟糕的分手狀況，有時是家族寵物的死），並把其他人當作園圃般培養：嚴重憂鬱的人、悲痛纏身的人、瘋子與重病患者。她靠某些人維生許多年，也帶其他人到城市裡承受淩虐與惡夢。獲選的少數人——最強壯、最獨特的受苦者，則會飛昇並化身爲狼。

對狼而言，人們的臉孔都毫無個體性，易於遺忘——直到她碰見特納家族。一切由黛博拉開始，那是個瀕臨崩潰邊緣的女人。狼綁架了她，但在看到女人的兒子哈利後，狼就產生了貳心。他是個黑髮小男孩，半夜站在他母親的臥房中，對獨處感到害怕。男孩臉上的某種感覺，激起了她內心深藏已久的回憶。她想起另一個有傷疤的男孩，但她不記得對方的臉了。由於狼不明白的某些原因，她放黛博拉回家，讓他們平靜地生活多年。

哈利長大後，狼回到哈利身邊，打算把他、他妻子瑪格麗特、他的女兒尤妮絲與席德妮當作食物。多年來，她遊走在他們的視線外圍，讓他們瞥見她的存在，並在哈利萎靡死去的同時，加強他們的痛苦與恐懼。當家庭開始分裂，她感到開心，但當她遇到另一個小男孩後，計畫便再度中斷：六歲的諾亞・特納是他亡父的完美翻版，他站在臥房窗口後方，毫不畏懼地盯著她瞧，眼中帶著驚奇。無論她想不想讓他看到自己，他都看得見。

有多久沒人不帶恐懼與作嘔看她了？數十年？數世紀？他的好奇心與友善態度解開了她心中某種東西。她一再回到他身旁。她在男孩臥房旁的中庭渡過夜晚，用走道旁的粉筆將他故事書中的圖畫轉畫到水泥地上。當她把獸掌擺在他手上，在他們首次共同繪畫時指引他時，短暫迷失在白色亮光中，那是股完美的節奏流動。

當那一刻結束時，那實在太快了，她看出他們一起畫了什麼：城市的卡通版本。更重要的是，她以全彩視角看到了畫像、走道和諾亞。世上的橘色色澤消失了。

因爲這個男孩，靠近他後，有某種原因使得顏色再度出現，也暗示了超出她理解能力的其他事物。她開始進入他的生活。她把他的大姐偷到**城市**裡，並利用他的困惑，來哄騙對方邀她進入房間。她睡在他床上，見證他長大，還教導他飛行。她離開他後，便在**城市**外的黑森林打造了她的小屋，那裡與她最後的人類居所十分相似。她在那製作了第一幅粗糙的畫作，試圖維持她的全彩視力。

她告訴自己說，她把諾亞視爲工具或寵物，但當她望著他送唐娜・哈特一朵烏木慈，還得到親吻作爲回報時，心中便燃起妒意。她發現，或許他帶進她世界的色彩，是多年來在深處靜靜累積的某種東西，所引發的副作用。

當她拯救諾亞脫離灰色野獸時，內心滿懷怒火，而當她重拾人形、找到自己的人類嗓音，並首度與諾亞做愛時，也找到了嶄新的清晰與色彩。愛將她從黑暗中喚出，最後也給了她名字：拉蘭。

多年來，拉蘭作畫，也和諾亞做愛。她不讓**城市**發現他，保有自己的色彩、人形和快樂。但這種幸福狀態自然無法永遠持續下去，她對她的年輕情人隱藏了太多資訊，也忽視了他口中太多的問題。他變得好奇且心懷猜忌，並自行找到了**城市**。當**城市**看見他時，會索討他的性命，因爲它會索討所有訪客的性命。

即使諾亞離開她後，拉蘅也企圖保護他。她綁架了無數人以代替他，試圖迎合她的主人，色彩也從世界中消散，她的心智則變得混濁。她忘了該如何使用筆刷或撫平畫布，也忘了要如何戴上人類臉孔，或露出微笑。**城市**仍舊意志堅定，她也越來越難抗拒它的指令。在最後一次困惑的行動中，她在同一晚綁架了尤妮絲和瑪格麗特・特納，可能是爲了拯救諾亞，也可能是企圖向他呼救。他希望諾亞能來到這裡拯救每個人，或是**城市**能至少再滿足一陣子，得到兩個取代他的新奴隸。

綁架發生後，她坐在屋中的地板上，雙掌抱頭，試圖牢記他臉孔的畫面，以及組成他名字的字母。一切都在消失中。她正在消失。

他的確回到她身邊了，也使用正確的話語開啟兩個世界間的大門。當他抵達時——當他的手擺在她肩膀上時，她就不再保守秘密了。她抓住他的手，終於讓他見識了一切。

第七部

暗黑祟魔

The Haunter of the Dark

一

耀眼的白光消失了。我見到了自己需要看的一切。拉萳漸漸放開我的手，但我依然握住她的獸掌。我跪在她身旁，將她擁入懷中。

「我好想妳。」我說。

她對我回以緊抱，喉嚨深處發出尖銳的哀鳴。

我撫摸她的背部，並輕搔她耳後。「沒事，我來了。」

二

我做出交易後，先去找席德妮。觀眾已經離開了位於樓上走廊盡頭的小劇場，音樂也已經停下。席德妮獨自跳舞，沒有順著任何旋律，也沒有爲任何人起舞。當我爬上去解開她手臂和雙腿上的藤蔓後，她倒進我懷裡，我們倆也差點跌下舞台。

我努力保持平衡，並把她放在地板上，讓她的頭枕在我曲起的膝蓋上。她的眼皮開始顫動。

「席德妮。」我說，一面撫摸她糾纏的髮絲。「席德妮，該醒了。」

她的眼睛立刻睜開。「爸爸？」她嘶啞地說。

我點頭。這樣比較好。

「我不懂。」她說。她像個小寶寶般用拳頭揉揉眼睛。「這是夢嗎？」

「對。」我說。「我需要你的幫助，以喚醒我們倆。妳覺得妳可以走路嗎？」

我們扶住彼此的肩膀，蹣跚地走下樓梯，踏進客廳。我在長沙發上坐在她身旁，握住她的手。

「再過一下，妳就會醒來。」我說。「但首先，我需要妳喝點東西。」我站起身，從早餐吧上拿起一個飄散熱氣的馬克杯，遞給她。她聞了聞，額頭出現皺紋。

「這是什麼？」她說。

「這是藥。」我說。「我知道這聞起來很怪，但妳得喝光，好嗎？」

她深吸一口氣，讓自己準備好，接著樓上傳來「砰」的巨響，隨後則傳來說話聲。

「那是什麼？」她說。

「夢的另一個部分。妳得喝下去。」

她把馬克杯移到唇邊，並在急促地吞了幾口後，喝完了所有液體。她用拳頭擋住嘴巴，彷彿正嘗試著不吐出來。那一刻過去後，她似乎變得更清醒了。

「你怎麼會在這裡？」她說。「我看著你死掉。」

「這是場夢。」我提醒她。「在夢中，我們能經常看到彼此。」

三

再來，我去找媽。她仍然坐在粉紅色育嬰房的地板上，眼睛緊閉。她抓住婚禮照片哭泣。仿效懷孕的蔓藤如同死蛇般落在她周圍。

「媽，妳聽得見我嗎？」我說。

她抬頭看我，眨了眨眼。和席德妮一樣的是，她感到困惑。

「我們現在可以走了。」我說，向她伸出一隻手。

她把相片緊緊壓在胸前，前後搖晃。「我不能走。」她說。

「爲何不行？」

「我搞砸了所有事情。」她說。「所有事情。我失去了丈夫，我最好的朋友，還有我的孩子。我告訴自己說，我在保護他們，但是——」她搖搖頭。「——我把他們推開了。我不配回家。」

我在她身旁蹲下。「我明白。逃跑和假裝沒事出差錯，對我們來說輕鬆多了。比起抗爭、希望和堅持下去更簡單。但妳讓我們撐過疾病與貧困，以及失蹤和自殺企圖。妳打造了流浪黑暗，那是在我們的世界中，教導我如何探索這個世界的場所。就是因爲妳，我才有辦法帶所有人回家。也包括妳，媽。」

她這才讓我抱她，一面靠入我懷中，用雙臂環抱我。「我很想念你們所有人。」她說。「我很想念你父親。」

「我知道。」我說。「但惡夢快要結束了，燈光也準備再度亮起。我沒辦法把爸還給妳，但我能幾乎把每個人都還給妳。我只需要妳和我一起去客廳。」

四

再來，我去找尤妮絲。在我解放的人之中，她是我唯一需要拉蘭的幫助來救出的人。黑色藤蔓刺穿了她，將她固定在桌上，命令她不斷書寫，直到變形，拉蘭也得封住傷口，讓尤妮絲不會流血而死。當拉蘭用特殊藥膏擦過傷口然後離開，尤妮絲坐在書桌邊，微微晃動著一邊盯著遠方。

我碰觸她的手臂，她放聲尖叫。我抽回自己的手。「對不起。」我說。

她繼續搖晃並傾身，如同在水面上搖晃的浮標。有滴淚水從她一側臉頰上流下。

「我有個東西要給妳。」我說。我把手伸進口袋，拿出寫了布琳電話號碼的紙。她幾乎機械化地接下它，但它將她的目光從遠方移開，也讓她的雙眼聚焦。

「布琳。」她語氣平板地說。

「她在鎮上當藥局技師。」我說。「她一直想聯絡並補償妳，但她不曉得該怎麼找妳。」

「布琳。」她又說，聽起來更像自己了。她露出些許微笑。「你一直都討厭布琳。」

「我也想讓妳的生活變好，但我不曉得該怎麼做。」我又碰了她的手臂，這次她允許了，也讓我握住她的手。「打電話給布琳，不打也可以。」我說。「但妳值得快樂。」我捏住她的手。「卡洛琳和丹尼斯都很想妳。」

「卡洛琳。丹尼斯。」這些名字具有力量，也讓她更接近清醒狀態。她讓我牽著她到客廳去，並收下了給她的茶，但在喝下去時審慎地看了茶一眼。

「裡面有什麼？」她說。

「這是只長在這個世界的某種花朵萃取物，我叫它烏木慈。它能讓妳進入催眠狀態，加強暗示，甚至還能改變妳的記憶。」

她慢了下來。「我不會記得這些事。」她說。

「一切都會如惡夢般消失。」我說。

「為什麼？為什麼要我喝這個？」

「這是我做的交易之一。」我說。「妳可以回家，但記憶留在這裡。等妳喝完茶，我就會幫助妳遺忘。」

「那你呢？」她說。「誰會幫你遺忘？」

我還沒回答，但她似乎明白了我話中的完整意義。她用力抓緊我的手，力道強得讓我感到疼痛。

「嘿。」我說。「我最愛誰？」

「小王子。」她說。她放下杯子，抓住我另一隻手。「讓我和你共享這一刻。」她說。「再一下就好，拜託。」

五

當尤妮絲蹣跚地從街道走回家時，范德葛里夫的天空邊緣泛出了粉紅色澤。她工作套裝上遭到書桌刺穿的位置破了，上面沾滿了乾血與泥巴。她的臉在黎明前的微光下顯得鬆垮蒼白，儘管她活了下來，卻喪失了大多力氣。隨著她踏出每一步，她都會縮一下，並咬緊牙關地發出嘶嘶氣音。

卡洛琳和丹尼斯肯定在往窗外看，就像孩童們有時會做的一樣，在事情發生前就已經預知，因為當前門打開時，他們滿臉通紅地衝過草坪。他們用力撞上尤妮絲，跌進鄰居的院子，溼答答的草地上還沾有昨晚的雨水。他們緊抱住她，臉孔貼在她身上，使他們的說話聲變得沉悶。赫伯特很快就跟了出去。他在草地上滑倒，跌坐在地，像顆保齡球般撞上他家人。

「我不敢相信。」他一直說。「我不敢相信。」他用雙手捧住尤妮絲的臉，親吻她的臉頰、前額和眼瞼。她露出難堪又充滿罪惡感的神情，忍受著她丈夫的關注，而非享受這點。他的喜悅並不長久，歸來的尤妮絲和離開的並不是同一個人。

六

在范德葛里夫外圍，凱爾・藍森的Prius汽車開上他父親拖車外的車道。他急促地慢跑上走道，他答應過上班前要來看他，但他已經遲到了。

他在前門敲了「刮鬍與剪髮」[54]的節奏，等門打開，老人通常都會花一分鐘起床然後前來應門。凱爾看了他電話上的時鐘，當三十秒過去，裡頭卻沒有回應，也沒有聲響時，他再度敲門。裡頭仍然沒有回應。覺得他爸可能卡在廁所裡的凱爾，

54｜譯注：shave and haircut，常用於表演結尾的音樂旋律。

從口袋中拿出鑰匙，打開前門。他推門入內。

「爸？」他說，在漆黑的拖車中環視四周。「你沒事吧？」

空氣中有股怪味——那是某種濃烈刺鼻的臭味，聞起來有些熟悉，但他想不出原因，那肯定不是他在這裡聞過的氣味。他安靜地站了幾分鐘，呼吸著沉悶的空氣，在記憶深處追尋這股味道。他不知怎地想起了唐娜和高中，以及當她還在與諾亞交往時親吻她的罪惡感。

他依然想搞清楚那味道的底細，轉過身，走出空蕩的居家拖車，鎖上門，回到他的車上，把車開走。在接下來的日子裡，他會把他父親的失蹤昭告天下，並要求警方調查。但警方不會搜索得太仔細，或找到任何有價值的線索，也沒人（包括凱爾）會對此感到難過。

七

鎮上另一頭，席德妮・特納在一間打理整齊的怪異房間醒來，每道牆邊都疊滿了書。她坐起身，在門後的鏡中看見自己的倒影：頭髮斑白的中年女子，她先前完美的皮膚，現在已在嘴巴和眼睛周圍長出皺紋。她觸摸自己的臉，發現手腕上有著如同痛楚疤痕般的粉紅色疤痕。

她站起身，跌撞地走出房間。她踏上走廊，再走下幾道階梯，抓著護欄以維持平衡。

「哈囉？」她叫道，她的嗓音粗糙刺耳。她聽到樓下某處傳來「砰」的一聲，就加快腳步走到空無一人的客廳。她又喊了一次。「哈囉？」

有道門喀嚓一聲打開，一個老婦人蹣跚地走出來，兩眼看起來十分惺忪。當她的目光落在席德妮身上時，就亮了起來。兩名女子盯著彼此，試圖辨識出對方。席德妮先開口。

「媽？」

瑪格麗特又眨了幾下眼睛。「老天呀，席德妮？」

她衝向前緊緊抱住席德妮。席德妮試圖回想起她母親上次抱她的時候，肯定是在她父親葬禮前後。這個抓緊她大哭的年老陌生人是誰？一定不是瑪格麗特・特納，或許這也是一場夢，如果是的話，這就是場好夢，她累積終生的怒氣，在她母親一連串的哭泣道歉下開始消融。席德妮也抱住她母親。她有很多問題：她離開多久了？現在是哪一年？但現在，能活著回家，和她媽一同哭泣，就已經夠了。

我幾乎可以在此離開故事，這是尤妮絲最喜歡的「停止點」之一：家人們安全地團圓，即使他們的未來似乎有些模糊不清。有一部分的我，在接受了這一刻的溫暖與放鬆後，也很想寫下「劇終」然後就此打住。但我還有一篇小故事要講。再多一點快樂，再多一點心碎，再回答幾個問題，以及該收尾的劇情。我不曉得自己有沒有足夠的材料做結尾，但我會盡力而爲。

八

在我家人回家不到一年後，我偷溜進沃思堡一座旅館舞廳中的小典禮。裡頭沒有很多賓客，大多也是我認不出的人，但有幾個流浪黑暗的前員工聚在後頭，和莎莉・懷特與她丈夫在一起。他們的能量溫暖愉快，使我幾乎覺得自己也成了其中一部分。

當新郎與治安法官在祭壇旁就位後，房間前方的弦樂四重奏開始演奏，舞廳的房門打了開來，伴娘隨之進房。席德妮和卡洛琳步上走道，如同托爾金筆下前往灰港岸[55]的精靈般莊重且美麗。席德妮穿著長袖洋裝，臉上毫無表情，而當她在預定位置停下腳步，轉身面對群眾時，她似乎什麼也沒注意到。不過，當卡洛琳轉身面對賓客時，我們的目光便跨越房間彼此交會。她看得見我。她不應該看見，但她辦得到。

四重奏改變了音樂，尤妮絲勾著媽的手走進房，在**城市**住過一陣子後，六十六歲的媽腳步有些蹣跚。我有種感覺，認為她終生走路時都會微跛。她在後方走道停下，對莎莉微笑。由於不曉得該如何面對態度更開放的瑪格麗特・特納，莎莉便回以微笑，並對媽比了小小的驅趕手勢。快點做正事。這段短暫停歇，給了我許多時間仔細端睨尤妮絲，她穿著無肩帶海泡石綠禮服，紅髮在頭頂綁成髮髻。她看起來比我多年來的印象還健康，溫和的氣質不知怎地使手臂和臉上的疤痕蕩然無存。我

55｜譯注：Grey Havens，《魔戒》（*The Lord of the Rings*）中精靈返回諸神居住的大陸時所使用的港口。

希望有辦法讓停止時間，讓這一刻永遠持續下去。以永久結合的時刻而言，我看過許多更糟的了。

尤妮絲走到一半時，布琳開始啜泣。在她身旁擔任伴郎的丹尼斯，遞給她一包面紙，她滿懷感激地接下。接著，比我預料中更快的是，尤妮絲已經站在拱門前，對她的新伴侶露出微笑。

九

我留在接待處的陰影中，但卡洛琳整晚不斷對我投以困惑的眼神。我假裝沒注意到，而是看著尤妮絲與布琳跳舞，她們倆在舞廳中央不時相擁。我看著布琳用單手捧住我姐姐頭部的模樣，以及此時尤妮絲臉上流露的深愛表情。我望著席德妮與卡洛琳和丹尼斯共舞。當他們注視她時，她面帶笑容，卻在獨自一人時皺起眉頭。幾乎過了一年後，也儘管她待在家中，卻依然沒有變得完整，我想知道她會不會康復。

我看著尤妮絲與布琳切開蛋糕，分給賓客。我看著媽和莎莉・懷特與她丈夫坐在桌邊。我從媽不斷捏著莎莉手臂的方式，看得出當這趟拜訪結束後，媽的生活就不好過。她想念她最好的朋友，也近乎衝動地想彌補所有失去的時間。

我希望我能和家人一起在舞廳中央相聚。我希望我能告訴她們說，她們遭受糾纏與追捕的日子已經結束了。但我覺得歷經了充滿歡笑、酒水、音樂和舞蹈的今晚後，她們已明白這點。特納家再度成爲一家人了，我的家人，我只需要輕推她們一下，就能使她們重拾連結。

與其打擾，我滿足於在房間邊緣吸入這裡的氛圍，而當夜晚到來，賓客逐漸散去，新婚伴侶也回到寢室時，我試著別感到太失望或害怕。當拉薾出現在我身邊時，我依然不禁顫抖了一下；她披著人類外型，用血紅色的衣著取代了紅袍。

「這場婚禮很美。」她說。

「妳覺得會有效嗎？」我說。

「什麼會有效？」

「婚姻。我的家人。今晚過後，她們還會快樂嗎？」

「我不知道。」她說。「但你給了她們時間，還有第二次機會。那比大多數人得到的更多。這樣就夠了。」

「就算我不喜歡，也清楚這是事實。」

「該走了。」她說。

「等等！」

卡洛琳肯定發現了時機卽將消失，因爲她正衝過庭院，身上的伴娘服徐徐飄動。

拉萳和我交換了眼神。她後退一步並用手示意，請便。卡洛琳在我面前停下，還喘著大氣。「我認得你。」她說。接著彷彿質疑這句話般地說：「是嗎？」

「妳認得嗎？」我說。

「我腦袋裡好像有片霧。」她說。「但我記得媽和奶奶失蹤了……」她把手靠在太陽穴上，發出嘶嘶氣音。「我記得你的臉，諾亞。」她繼續揉著太陽穴，彷彿想擠出資訊。「諾亞叔叔，你在那裡，然後媽和奶奶回來了，席德妮姑姑也是，但你不見了。有時我記得你，但後來我好像又忘了。」她瞇起眼睛，接著睜大雙眼。「你做了什麼，對不對？你救了我們。」

她的話嚇了我一跳。拉薾和我對我所有家人用了烏木慈，它沒有徹底抹去我，但至少讓她們近乎不可能長時間想起我。

「試著忘掉妳看過我。」我說。「這能讓妳保持安全。」

「但是你做了什麼？」她說。她指向拉薾。「她又是誰？」

當我牽起拉薾的手時，她依然在詢問，但等到我們穿越到另一個世界後，話語就消失了。

十

我等到最後才講這個部分，因爲如果我會失去你的同情，那肯定就會在此發生。我要你看看我家人的其他景象，才能理解我有明確的理由。

在我解放我家人前，我獨自從**城市**回到我媽家。梅根和團契成員依然聚集在客廳，驚慌地彼此大叫。我消失了一個多小時，但讓我寬心的是，他們還在等待。當我再度出現時，他們安靜下來，敬畏地看著我。我覺得像是走下西奈山的摩西。直到梅根揍了我下顎一拳，我則摔倒在地。

「你這狗娘養的。」她說。「你這個噁心的垃圾。」

我沒有抗議。我活該遭受她想施加的虐待——無論是言語或身體上的都是。

「顯然成功了。」伊萊說。他聽起來有些興奮，又對自己的興奮感到些許羞愧。

「你找到你家人了嗎？」

「對，」我說，「但我無法自行讓他們脫困。我還是需要你們的幫助。」

「我們到底爲什麼要幫你？」喬許說，一面把玩他的帽緣。

我站起身搓揉下巴。「抱歉，我可能讓你們以爲有選擇權。」我指向從身後現身的怪物們。

周圍沒灑下任何一滴血，卻出現不少尖叫聲。我不會在此詳述，但我認爲你可以回想我在煉獄看到梅根的第一晚。想像那座設施中的最後一刻，惡魔從牆上出現，把所有哭嚎懇求的罪人都拉入地獄。

當一切塵埃落定時，只有梅根、拉蕳和我留在原地。梅根跪在地上，雙手摀住自己的臉。我想安慰她，但我已經不該這麼做了，而是等到她再度控制住自己。她眨了幾次眼，看似訝異地發現自己還在我媽的客廳。

「我爲什麼還在這裡？」她說。

「我和它們做了交易。」我說，邊用拇指指向拉蔺。「用我的家人跟團契成員交換。妳也是我的家人。」

拉蔺發出不耐的聲響後，走到我身旁。她遞出裝了烏木慈茶的馬克杯，我接下杯子，把它交給梅根。「妳只需要喝下這個，等妳明天醒來時，就會回到公寓，也不會記得這一切。」

梅根盯著馬克杯，用一根拇指撫摸杯緣。「我會記得的，也會來找他們。我會阻止你，我會找到辦法的。」

「妳不會。」我盡可能溫柔地說。

在那一瞬間，我以爲她可能會大鬧或反擊，或許會把茶潑到我臉上，但她反而開始哭泣。我當下幾乎心碎。我或許能跟她說，自己很抱歉。在我認識的所有人之中，她最不該經歷這一切悲劇。我或許會說我還愛她，因爲這是事實。我只是更愛我的家人、拉蘭和**城市**。

「我恨你。」她說。

「喝完妳的茶。」我說，對自己冷酷的語氣感到訝異。

她睡著後，拉蘭帶她回去我們位於奧勒岡的公寓。她從此離開了我的故事，我也希望在遠離我、我家人和**城市**後，她能找到一絲平靜。我希望，爲了我們倆好，她不會看穿我賦予她的腦中迷霧，也別再讓我們倆重逢。

在他們的生活中，團契成員們只擁有彼此，還有蘭森先生（爲了梅根的自由所做出的額外犧牲），他們依然待在一起，深陷在黑色藤蔓構成的床鋪之中。到了最後，他們得到了自己想要的答案，也付出了代價。他們是**城市**的僕人，在惡夢中受盡折磨，也無法醒來。

我不反對自己做出的選擇或代價，我猜，這不太令人訝異。我的怪物戲服總是比我的尋常外貌好穿。我從來不是守護者或英雄，而是恐懼的創造者與收集者。

十一

拉南和我剛從婚禮回來，上樓進入我去年找到尤妮絲的房間。她寫作時的書桌依然在此，黑色藤蔓彷彿受到微風吹拂般在桌面上搖晃。過去幾個月來，我在寫下這份紀錄時，它們都掛在我身上；這是我過長粗鄙版本的尤妮絲遺書。今晚，它們的時刻終於到來了。

我想告訴你說，今晚我充滿決心地坐下，準備好付出我在交易中的代價，但其實我腿軟爬不上樓梯，拉南也得揹我上去，把我放上椅子。

「勇敢點，**拉南希**。」她低聲說，並親吻我的脖子。「我會在這裡。」

整座**城市**陷入沉默，只剩下我鍵盤的喀噠聲，與我嘶啞緊張的喘息聲。這是我交易中的第二部分，也是我得達成的最終條件。為了交換我家人的安全與成功，我得成為**城市**的僕人。我坐在原本是給尤妮絲坐的書桌前，等著變成某種野蠻兇猛的東西。我等著加入餵哺**城市**、並為它填滿做夢者的工作。

當我用不穩定的雙手打字時，黑色藤蔓開始更篤定地移動，對即將展開工作而感到興奮；我的希望，是拉蔔——我的玩伴，我最好的朋友，以及我一生的摯愛，能讓我恢復意識，就像我前兩次讓她復原一樣。我希望能漫遊**城市**無盡的隱密街道、巷弄和辦公室，探索它的諸多裂隙，並尋覓它的黑暗祕密。我希望能與拉蔔一同永遠駕馭夜風。

我有可能無法像拉蔔一樣恢復自我。我可能會永遠成為毫無思想的動物，只想到染上橘色色澤的年頭。假若如此……好吧。我在黑暗中總是感到舒適。

桌子開始運作了。

天啊。

好痛。

特納橋段五：哈利

儘管哈利見過**城市**，但他從沒去過那裡。他去了別的地方。

一切始於他在范德葛里夫紀念醫院的病榻上。當然了，沒人這樣稱呼它。**病榻**是大家在日常對話中會提起的老套字眼之一，話題包括他們會記得什麼，後悔什麼，和捨棄什麼。但當眞正的病榻出現時，這個字就會從詞彙庫中消失。沒人會提它的名稱，因爲一提起它，就會加速它的可怕作用。

哈利飽受痛苦，使他不介意讓情況變快。這場大病簡直永無止盡，剛開始，爲了打發時間，他畫出了一棟鬼屋的設計，儘管明知自己無法活著打造它。有浩大的夢想很好，能讓自從他十歲起就不斷干擾他清醒與睡眠的畫面化爲實體。一座龐大廣闊的城市，由於某種他無法解釋的理由，其中怪異地空無一人，也充滿黑暗的吸引力。他總是害怕提起它，但在遊戲的僞裝下，他能夠把它展示給瑪格麗特看，終於能和某人分享這件事。

但他的力氣逐漸耗盡，也太過虛弱，無法再畫了。今晚，當他的家人回家過夜後，他獨自躺在黑暗中，在鮮明且持續不斷的痛楚中保持清醒，並唸出那字眼來賦予它力量：**病榻，病榻，病榻**。

這毫無幫助，結局感覺依然難以估算地遙遠。離死亡尚遠的唯一好處，是他家人晚上會回家，讓他平靜獨處。家庭，一個妻子，兩個女兒，現在還有個兒子。這些是他該愛的人，但他們的臉現在只能激起倦怠、煩悶或（當他感到嚴重心煩時）大怒。他希望他們待在家就好，他受夠他們蒼白且需要關懷的臉孔了。

他曾是個溫暖又細心的人。他能點出過去和這些人經歷過的幸福時刻：他和妻子瑪格麗特的初吻，那發生在一九六八年某個溫暖夜晚中的瑟西。當他在公園推著鞦韆上的席德妮時，她發出高亢的笑聲，她頭上的黑髮飄逸飛舞。尤妮絲在達拉斯世界水族館（Dallas World Aquarium）中隔著玻璃看一隻海牛，他把她捧高時，跟那隻肥胖的白色動物溝通。他記得這一切，但他完全感受不到了。醫生們告訴他說，這是腫瘤的緣故，會扭曲他的個性，使他成爲哈哈鏡版本的自己，但他覺得這才是眞正的哈利，是終於從陰影中冒出的自我。

他躺在床上往窗外看，虛弱的他感到痛苦，重覆說著他的咒語：**病榻，病**

榻，病榻。病榻，病榻，病榻。病榻，病榻，病——

窗外的天空亮了起來，有股藍色閃光打斷了他的思路。剛開始，他以爲那是閃電，但外頭沒有下雨，也沒有打雷。或許那是幻覺，但它又出現了一次，是股籠罩世界的亮藍色脈衝光。他拿起床上的遙控器，壓下呼叫鈕。沒人應答。

他閉上眼睛，傾聽走廊上的人聲：紙張的沙沙聲，油布上的鞋子嘎吱聲，以及低聲交談。但他什麼也沒聽到。他開口想再次呼喚，但藍光照亮了房間，光芒比先前更爲明亮。而由於某種理由，這使他確認了自己的猜測，外頭沒有人。

他解開讓他維持「舒適」的管子和電線。這些動作使他喘不過氣，但影響沒比他想像得大。他按下降低床鋪安全護欄的板手，一下子滑到地上。感覺很痛，不過依然沒預料中那麼痛。

他站起身緩緩踏上走廊，卻走進了城鎮另一頭他家裡的主臥室。他的倒影使他停下腳步：他看起來更結實，頭上也長滿頭髮。他穿著牛仔褲與汗衫，而不是醫院病人服。他感覺不太舒服，但他肯定覺得比幾秒前更好。他身後的浴簾桿上掛了一只西裝袋，他拉開拉鍊，在裡頭發現一套白色服裝，那是瑪格麗特爲墳墓縫製的正式食屍鬼戲服。

門上傳來敲擊聲，瑪格麗特把門打開。她打扮成盜墓者，臉上還貼了假鬍子。

「你爲什麼還沒換裝？」她說。

「我忘記……」他閉上雙眼，想整理思緒。

「你還好嗎？」

他點頭。「沒事。」

「快換吧，太空人。我們快遲到了。」

她關上門。他脫下衣服，套上戲服。再度檢查過他的倒影後，他離開浴室，但原本是踏進他的房間，卻發現自己出現在大學時和瑪格麗特同住的小公寓中：那是間單房套房，裡頭有破爛的地毯與假木板牆，裝滿他的舊平裝書、漫畫和通俗雜誌的紙箱，沿著牆壁放置。他的東西到處都是，餐桌埋在他的打字機和一疊學校報告下。

砰。

聲音似乎來自臥房，他離開擁擠的客廳，前去調查。他看到自己和瑪格麗特躺在床上，兩人都才二十多歲，這輩子都沒有此時這麼俊美健康過。時間已晚，床上的哈利正在熟睡，他戴著瑪格麗特的眼罩，讓她能開燈看書。他身旁的瑪格麗特從手上的《鬼入侵》[56]抬頭，傾身過去親吻睡夢中哈利的臉頰。床上的哈利繼續毫不知情地打鼾。旁觀的哈利觸摸自己的臉頰，心中感到一陣渴望的痛楚。

臥房窗口亮起藍白色的脈衝光。當他能再度視物時，發現自己在不同的臥房裡，也處在不同的夜晚。剛開始他的周遭（床鋪，床頭櫃，梳妝台）似乎誇張地龐大，接著他往下看自己的身體，發現並非房間變大，是他變小了。

他十歲大，半夜晃進他媽媽的房間，因為他聽見她發出尖叫。他只發現她床上的雜亂被單。在他一生講過無數次的故事中，這時他轉身跑進客廳，找電話求救。他會承認，自己以為聽到的只是惡夢，因為當警方找到他打著赤腳、全身滿

56—譯注：雪莉 傑克森於一九五九年出版的哥德恐怖小說，曾於一九六三年與一九九九年拍攝過電影版，網飛則在二〇一八年播映了影集版本。

是瘀青且暈眩的母親時，她離家幾乎有二十英哩。如果她跑了那麼遠，一定走了好幾小時，他不可能聽到她呼喚自己。

但實際上發生的是：哈利走到她母親床邊，發現床墊還有餘溫。當他把手拂過床單時，碰到某個冰涼堅硬的物體。他拿起那個東西，那是塊光滑無比的黑石，連在黑暗中都會發出閃光。哈利握住它時，他面前的世界出現了一個洞，如同石頭本身一樣光滑圓潤。他從洞口看到某種他永遠無法忘卻的景象：一座龐大雄偉的建築群，中世紀的城堡擠上商業建築和體育館，矗立在綠黑色的天空下。有生物飛越天空，型態看似瘴氣中的小型蝙蝠。他又聽到了——他母親在呼喚他的名字，在遠方尖叫著：「哈利！哈利，拜託！」

他從世界中的洞口旁退開，接著絆到自己的腳，並跌了下去。石頭從他手中飛出，他則用雙手穩住自己，門口就這樣關了起來。他跌撞地跑出房間，去找電話和能爲他解決問題的大人。

但當他跑出房間時，藍色脈衝光在他眼前亮起，而當他又能視物時，就看到禿頭而骨瘦如柴的自己，躺在醫院病床（病榻）上睡覺。懷孕的瑪格麗特坐在他身旁的椅子上，帶著難以判斷的表情看著他。她把視線從熟睡的哈利身上移開，望向他腿上的活頁夾，上頭滿是一座規模宛如**城市**的鬼屋設計。她臉上流露出驚喜的神情，他也如同在夢中般明白一切：他對**城市**的想像，這股詛咒了他、並使他終生入迷的畫面，不知怎地感染了他的家人。卽使當他死去，糾纏也不會結束。

這是數個月來，他頭一次感覺到腫瘤的邊角，也察覺眞實的自我，也就是在他女兒出生時哭泣、也渴望書店裡漂亮紅髮女孩的自己。他的眞實自我感到羞愧，愧於自己讓家人接觸了**城市**與它恐怖的可能性；愧於當尤妮絲說她看到臥房窗口邊有東西時，他沒有理會她；當瑪格麗特給他看房子外磚塊上的爪痕時，他也沒有聽她的話；愧於當他生命中的女人們試圖告訴他有事出錯時，他都沒有聽對方說話；愧於他假裝沒事發生，現況卻完全相反。

他跨越房間，走向瑪格麗特。但當他抵達時，窗外亮起藍色脈衝光，場景再度改變。他依然待在醫院病房裡，但現在他變成床上的哈利了。痛苦比之前更加強烈，他的呼吸聽起來也急促不堪。他隱約覺得席德妮在身旁握著他的手，他轉向她，因爲他得告訴某人，得想辦法警告對方。她看起來非常怕，也渴望能討好對方。他努力整理思緒，但狀況十分困難，像是在強風中耙著落葉。

「尤妮絲說得對。」他勉強說道。

「爸爸？」她說。

「瑪格麗特。」他說。

「席德妮。我是席德妮，爸爸。」

「圖畫。設計。都在那裡。妳得。」他說。

「得怎樣？」席德妮說。

「它看到我們了。它記得我們的氣味。」

接著場景再度改變。他還在病床上，但席德妮站在房間對面，看起來心情陰鬱，瑪格麗特遞給他一個新生兒。

諾亞，寶寶的名字是諾亞。哈利的身體滿是痛楚，但他的神智清晰，也取得了第二次機會，見到了他的兒子。脫離腫瘤的扭曲後，他有好多事想告訴男孩，但最重要的也許是這點：生活會讓每個人成爲怪物，但總有可能復原。痛苦與死亡千眞萬確，但愛、家庭和諒解也一樣。但他說不出話，他只是傾身親吻了諾亞的額頭，希望這個粉紅色小人長大時能明白。

窗外再度亮起脈衝光，速度也閃得更快，而當他眼前的影像變得清晰時，自己似乎身處嚇人屋，和瑪格麗特一起躺在軟墊上。當時是一九六八年十月，她用綠色眼珠注視著他，試著決定些什麼，也知道對方要說出某件重大的事；但在她開口前，他們底下的軟墊就落了下去。不——它沒有掉落，它待在原處。他和瑪格麗特才是在空間中飄移的人，他們也不是唯一這樣的人。他打量周圍時，看到大量的人不斷向上飄浮，汽車、垃圾袋、垃圾桶、枯葉、運動器材、報紙、車子和貓狗——沒有栓好的東西，全都飄入空中。天空不斷閃動光芒，藍－白－藍－白－藍－白。

瑪格麗特用雙手和雙腿緊抱住他。他們緩緩向上盤旋，就像在天空共舞的超人和露薏絲・蓮恩。他希望自己能再見到席德妮與尤妮絲，無論她們和她們的小弟弟有沒有甩開他加入在她們肩上的重擔，他都希望自己能看到她們的生活。但這樣就夠了，與瑪格麗特相處的最後一刻。

他吻了她，他有趣、脾氣火爆又心碎的妻子。當他停下時，他發現她在哭。

「噢，哈利。」她說。他懂，也感覺到了。歲月、痛苦和他們倆失去的所有事物的重量，就連死去的引力都無法抹去這些事物。

「沒關係。」他說。他一再親吻她，她的臉頰，她的太陽穴，她的下巴，她火紅的頭髮。「沒關係。我愛妳，瑪格麗特。直到時間的盡頭，與彼端的來世——」

致謝

Acknowledgments

史蒂芬・金曾說：「沒人會獨自寫完長篇小說。」我同意這點，但也想做出修改：「沒有人獨自成爲小說家。」有一大批老師、專業人員和親友們幫助過我，現在我也想向他們致謝：

致我的編輯提姆・歐康納（Tim O' Connell）和安娜・考夫曼（Anna Kaufman），感謝他們的熱忱、精彩的點子和無止盡的毅力，堅持要把這篇迷宮般的故事做到最好。致萬神殿出版社（Pantheon Books）的全體團隊，他們用魔法將這份稿子化爲眞實的書本：文字編輯蘇珊・布朗（Susan Brown），製作編輯凱瑟琳・弗瑞德拉（Kathleen Fridella），公關艾比蓋兒・恩德勒（Abigail Endler），行銷朱莉安・克蘭西（Julianne Clancy），內頁設計師麥可・柯立卡（Michael Collica），書衣設計師凱莉・布萊爾（Kelly Blair），當然還有出版商丹・法蘭克（Dan Frank）。

致我傑出的作家經紀人肯特・沃夫（Kent Wolf），他在這篇怪誕的文學類型大雜燴中發現了某種價值，並爲它找了完美的家。也多謝我的影視經紀人露西・卡森(Lucy Carson)和姚金(Kim Yau)，她們持續在媒體這塊領域照顧我。

致我的岳父母吉姆(Jim)和梅蘭妮・哈洛森(Melaney Harrelson)，他們提供了安靜而美麗的地方，讓我完成這本書，也總是喜歡聽文學界的各種消息。

致我聰穎又善於適應的妻子蕾貝卡(Rebekah)，她鼓勵並支持這項計畫，即使同時她罹患肺栓塞，還得經歷自體免疫失調的痛苦診療過程。撰寫這本小說時，她的畫作就擺在我的書桌旁，使我得到無窮的靈感。

致愛荷華州作家工作坊(Iowa Writers' Workshop)，以及經營它的兩個人：康妮・布羅瑟斯(Connie Brothers)，黛伯・衛斯特(Deb West)，和楊・賽尼斯克(JanZenisek)。還有我的指導老師：伊森・坎寧(Ethan Canin)，他提醒過我，好的小說與人有關。藍・莎曼沙・張(Lan Samantha Chang)，她讀了我的早期稿件，並說她想被嚇到。班・海爾(Ben Hale)，他總是提供我許多優良建議。還有保羅・哈爾丁(Paul Harding)，即便是在充滿鬼屋和怪物的故事中，他也總是鼓勵我找尋顯現人性、以及誠實和眞切的要素。

致我在愛荷華州的朋友和同事，他們讀過這本小說的早期段落，並提供有用的評論與鼓勵：傑克・安德魯斯（Jake Andrews），克里絲・巴特寇斯（Kris Bartkus），諾爾・卡佛（Noel Carver），派翠克・康納利（Patrick Connelly），蘇珊娜・戴維斯（Susannah Davies），麥比奇・伊隆度（Mgbechi Erondu），莎拉・弗萊（Sarah Frye），傑森・希諾喬薩（Jason Hinojosa），J・M・荷姆斯（J. M. Holmes），艾琳・凱爾勒赫（Erin Kelleher），瑪麗亞・庫茲涅索瓦（Maria Kuznetsova），珍妮・林（Jennie Lin），亞歷克斯・麥迪遜（Alex Madison），馬格格迪・馬肯（Magogodi Makhene），凱文・史密斯（Kevin Smith），琳賽・史登（Lindsay Stern），紐爾・路思・董（Nyoul Lueth Tong），蒙妮卡・衛斯特（Monica West），以及最特別的喬・卡薩拉（Joe Cassara）與索洛・衛斯特布魯克－威爾森（Sorrel Westbrook-Wilson），我的小說家夥伴。

致我在德州的寫作老師：《雕刻》雜誌（*Carve*）的克莉絲汀・范納曼（Kristinvan Namen）與馬修・林皮德（Matthew Limpede），還有德州大學阿靈頓分校（University of Texasat Arlington）的提姆・李察森（Tim Richardson），提姆・馬丁（Tim Martin），和喬安娜・強森（Joanna Johnson）。以及在德州大學阿靈頓分校校書，但理應獨立提及的：蘿拉・柯普奇克，她讓我走上這條道路，並持續提供我各種機會。

致阿靈頓的邦諾書店，我在那工作了八年。我在《哈利波特》的上市夜熱血奮戰，偷偷摸摸地趁結帳時寫了我第一篇短篇故事，還找到了無數新作家，並見到我的妻子。我沒有大家庭，但那間店的職員們使我覺得彷彿與家人共處。

致我的父母，瑞克與派翠絲・漢米爾。爸每天晚上都爲我講特製的床邊故事，媽則教我如何注意角色與敍事結構。他們點燃了我對說故事的熱愛，也總是鼓勵我寫作，我也永遠對他們感激涕零。

New Black 024

怪物的宇宙學

A Cosmology of MONSTERS

作者｜夏恩・漢米爾（Shaun Hamill）　譯者｜李函

堡壘文化有限公司

總編輯｜簡欣彥　副總編輯｜簡伯儒　責任編輯｜簡欣彥　行銷企劃｜曾羽彤

封面設計、內頁構成｜IAT-HUÂN TIUNN

出版｜堡壘文化有限公司　發行｜遠足文化事業股份有限公司

地址｜231 新北市新店區民權路 108-2 號 9 樓

電話｜02-22181417　傳真｜02-22188057

Email｜service@bookrep.com.tw

郵撥帳號｜19504465 遠足文化事業股份有限公司

客服專線｜0800-221-029

網址｜http//www.bookrep.com.tw

法律顧問｜華洋法律事務所　蘇文生律師

印製｜呈靖彩藝有限公司

初版 1 刷｜2023 年 11 月　定價｜新臺幣 630 元

ISBN｜978-626-7375-26-6／9786267375273（Pdf）／9786267375280（Epub）

國家圖書館出版品預行編目 (CIP) 資料

怪物的宇宙學 / 夏恩 · 漢米爾 (Shaun Hamill) 著 ; 李函譯 .-- 初版 .-- 新北市 : 堡壘文化有限公司出版 : 遠足文化事業股份有限公司發行 ,2023.11
面 ;　公分 .--(New black ; 24)
譯自 :A cosmology of monsters
ISBN 978-626-7375-26-6(平裝)

874.57112017433